D1062985

Le ciel croule

C'est grâce à un programme d'aide à la traduction du Conseil des Arts du Canada que les Éditions Pierre Tisseyre ont mis sur pied, en 1980, la collection des Deux solitudes, jeunesse, dans le but de faire connaître aux jeunes lecteurs francophones du Québec et des autres provinces les ouvrages les plus importants de la littérature canadienne-anglaise.

Ce même programme permet aussi aux œuvres marquantes de nos écrivains d'être traduites en anglais.

Déjà plus d'une trentaine d'ouvrages, choisis pour leur qualité, leur intérêt et leur originalité, font honneur à cette collection, qui fut, jusqu'à l'automne 1989, dirigée par Paule Daveluy et, depuis, par Marie-Andrée Clermont.

KIT PEARSON

LE CIEL CROULE

traduit de l'anglais par
Michelle Robinson

ÉDITIONS PIERRE TISSEYRE
8925, boulevard Saint-Laurent — Montréal, H2N 1M5

Dépôt légal: 2ᵉ trimestre 1991
Bibliothèque nationale du Canada
Bibliothèque nationale du Québec

Données de cataloga *g* **e avant publication (Canada)**

Pearson, Kit, 1947-

[Sky is falling. Français]

Le ciel croule

(Collection des deux solitudes. Jeunesse).
Traduction de: The Sky Is Falling.
Pour enfants.

ISBN 2-89051-442-0

I. Titre. II. Titre: The Sky Is Falling. Français.
III. Collection.

PS8581.E38S5914 1991   jC813' .54   C91-096484-X
PS9595.E38S5914 1991
PZ23.P42To 1991

L'édition originale en langue anglaise
de cet ouvrage a été publiée par
Penguin Books Canada Ltd., Markham (Ont.)
sous le titre
The Sky Is Falling
Copyright © Kit Pearson 1989

Illustration de la couverture :
Odile Ouellet

1234567890 IML 987654321
10638
Copyright © Ottawa, Canada, 1991
Éditions Pierre Tisseyre
ISBN-2-89051-442-0

* Certificat d'honneur de l'Union internationale pour les livres de jeunesse, pour la traduction (IBBY).

COLLECTION DES DEUX SOLITUDES, JEUNESSE
grand format

* Certificat d'honneur de l'Union internationale pour les livres de jeunesse,
pour la traduction (IBBY).

Pour mes parents

PREMIÈRE PARTIE

1

L'avion

Norah, armée jusqu'aux dents, rampait à plat ventre dans les broussailles: arc au poing, carquois en bandoulière, elle serrait en effet, entre ses dents, un couteau de cuisine. Des brindilles taillées en pointe et ornées de plumes de poule lui tenaient lieu de flèches, dans lesquelles s'enchevêtrait la ficelle de l'étui de son masque à gaz. En se traînant sur les coudes, elle finit par atteindre la clairière.

Elle s'arrêta pour attendre le signal de Tom. Le couteau avait un goût métallique désagréable. En le recrachant, elle leva les yeux et ce qu'elle vit alors la laissa bouche bée.

Droit devant elle, un avion abattu — un avion allemand, un Messerschmitt 109 — étincelait au soleil d'août. Norah en reconnut la forme fuselée et les ailes à bouts carrés. Gisant ainsi sur le sol, exposant ses entrailles par son ventre fendu, il ressemblait davantage à une libellule écrabouillée qu'à un avion. Une des pales de son hélice était repliée en arrière et tordue. Ce cadavre en métal était moucheté de trous des balles, et il s'en dégageait une odeur de brûlé, âcre comme le vinaigre.

L'engin mutilé était un corps étranger, une présence insolite dans le champ paisible de M. Coomber. Il portait sur sa queue son plus sinistre apanage: une grosse croix gammée noire. Quand la guerre avait commencé, un an auparavant, les Nazis étaient bien loin, de l'autre côté de la Manche. Puis ils s'étaient mis à survoler l'Angleterre. À présent, voilà qu'on tombait sur un de leurs avions, à quelques centaines de mètres devant soi. Norah fut prise d'une peur étouffante, comme si quelque chose de lourd lui pesait sur la poitrine.

Elle respira profondément et se dressa sur son séant, en prenant soin de ne pas se montrer. À l'avant de l'appareil, tout bouffi d'orgueil, se tenait M. Willis, du village, arborant sur sa manche l'emblème tout neuf des volontaires du *Home Guard*.

De l'autre côté du champ, elle aperçut Tom qui lui faisait signe du bras. Norah répondit et vit à leur tour les signaux de Harry et de Jasper. Tom montra Norah du doigt. Chic, ils venaient la rejoindre. Peut-être qu'une fois qu'elle ne serait plus seule, cette étrange peur qu'elle ressentait pour la première fois se dissiperait.

— Quelle veine, tu te rends compte? chuchota Tom quelques minutes plus tard.

Lui et les deux plus jeunes la rejoignirent en rampant et déposèrent leurs armes.

La chaleur des trois corps pressés contre elle fit pousser à Norah un soupir de soulagement. Ils se mirent tous à dévorer du regard l'avion, son tableau de bord, ses mitrailleuses, ses réservoirs d'essence, les pans d'aluminium qui pendaient comme des lambeaux. Harry et Jasper en avaient le sifflet coupé.

— L'empennage de la queue est complètement intact, murmura Tom. Si seulement M. Willis n'était pas là, avec une scie à métaux on n'aurait pas de mal à le détacher.

Plusieurs garçons plus âgés qu'eux firent irruption dans le champ par le bois d'en face et se précipitèrent vers l'avion, mais s'arrêtèrent net en apercevant M. Willis.

— Disparaissez! leur cria-t-il. Cet avion sera mis sous garde jusqu'à l'arrivée du camion, alors inutile de traîner autour.

L'un des garçons s'esquiva derrière l'appareil, s'empara d'un des bouts de métal dont le sol était jonché, et déguerpit avec ses compagnons, tandis que M. Willis leur criait vainement après.

— Je me demande où est le pilote, dit Tom. Tu vois son équipement? (Il indiqua du doigt le parachute inutilisé, le casque de cuir et les lunettes d'aviateur laissés pour compte). Et s'il rôdait encore quelque part?

Norah eut à nouveau le souffle coupé rien qu'à y penser. Un des hommes de Hitler! L'ennemi, le Boche, qui voulait conquérir l'Angleterre, sauf que l'Angleterre ne se rendrait jamais.

— Il va probablement se rendre, dit Tom, ou se faire prendre. Peut-être par nous!

Norah considéra d'un air de doute ses minces flèches, son couteau émoussé qui gisait dans la poussière.

Ils passèrent une heure à épier l'avion, jusqu'à ce qu'ils aient des crampes dans les bras et les jambes, et que Jasper se plaigne qu'il mourait de soif. Finalement, se rendant à l'évidence que M. Willis n'avait aucune intention de quitter son poste, ils repartirent en se faufilant à travers les arbres et regagnèrent leurs bicyclettes. Ils rentrèrent à Ringden sans se presser. Arrivés aux barbelés du barrage routier, ils le contournèrent en se glissant le long du côté, salués au passage par la garde, dont les membres les connaissaient bien et ne leur demandaient même plus leurs pièces d'identité.

Comme ils approchaient du village, ils saluèrent Mme Chandler. La vieille dame avait pris son repas de midi dans son jardin toute la semaine, afin de pouvoir regarder les avions qui se livraient bataille dans le ciel au-dessus d'elle. Les enfants laissèrent leurs vélos et traversèrent la pelouse raboteuse derrière chez elle jusqu'à l'arbre dans les branches duquel ils avaient bâti leur fort.

Tom distribua à chacun sa ration d'eau vaguement coupée de limonade. Les quatre compères gardèrent un silence épuisé et complice, comme si chacun était encore sous l'empire du mystérieux avion et du danger électrisant que celui-ci représentait.

2

Les Guetteurs du ciel

La vieille dame ne soupçonnait pas la présence, dans son verger, d'une société secrète. Sa maison, la plus imposante de Ringden, dominait tout le paysage. L'été précédent, Tom et Norah avaient découvert parmi les branches d'un pommier le vieux «fort» que l'un des fils de Mme Chandler avait dû bâtir. Ils l'avaient renforcé avec des bouts de bois et avaient ajouté une échelle de corde pour pouvoir y entrer et en sortir plus rapidement.

Les premiers temps, ils y avaient beaucoup joué aux gendarmes et aux voleurs.

Puis, au printemps, ils l'avaient rebaptisé la Vigie au moment où ils avaient formé la Société secrète des Guetteurs. L'ennemi qu'ils guettaient était bien réel: les Bons, c'étaient les Anglais et les Méchants, les Allemands.

Aux murs de la Vigie étaient épinglées des photos, découpées dans les journaux, des avions de transport militaire à repérer. Ils espéraient particulièrement apercevoir un Junker 52, l'avion ennemi le plus utilisé par les parachutistes allemands. Ils avaient en leur possession un exemplaire du *Guide du jeune guetteur: avions alliés et ennemis*, mais Tom et Norah étaient devenus de tels experts en la matière qu'ils ne s'en servaient même plus.

Les Guetteurs regardaient de travers tout inconnu et brûlaient de rencontrer des religieuses, des moines ou des infirmières au cas où l'un d'eux serait un Nazi déguisé, cachant une bicyclette pliante sous les amples plis de ses vêtements. Ils gardaient dans la Vigie une provision de vieux sucre sale, soustrait de peine et de misère à leurs rations. Pour neutraliser un ennemi, il suffisait d'en verser dans son réservoir d'essence.

Norah buvait à petites gorgées sa limonade acide et considérait d'un œil satisfait le bric-à-brac dont elle était entourée. Sur une étagère, étaient exposés leurs trophées de guerre: éclats d'obus, insignes militaires, boîtes en fer-blanc remplies de douilles de cartouches. Dommage qu'ils n'aient pas pu profiter de l'occasion offerte par la découverte du Messerschmitt!

Un avis du gouvernement était fixé au tronc de l'arbre, intitulé: «Si l'envahisseur arrive». Les mots «Si vous essayez de vous sauver... vous serez mitraillé des airs» retinrent les yeux de Norah qui sentit à nouveau comme un poids sur sa poitrine.

— À qui la garde? demanda Harry.

— À moi, dit Norah, trop heureuse de se changer les idées.

Elle s'accroupit au rebord de la Vigie, les yeux collés aux vieilles jumelles de son père. Elles étaient si lourdes qu'elle en avait mal aux bras, de sorte qu'au bout de quelques secondes elle les déposa et se mit à scruter le ciel et le paysage sans elles.

À ses pieds s'étalait la campagne, vallonnée, parsemée de moutons et des capuchons blancs des séchoirs à houblon. Elle apercevait tout juste l'endroit au fond de la plaine au-delà duquel le terrain dégringolait vers Romney Marsh et, plus loin encore, vers la Manche. De l'autre côté de la Manche étaient les Allemands... À l'ouest de la Vigie, il y avait le village, avec son clocher trapu. Norah apercevait même sa propre maison, et son frère Gavin qui jouait dans le jardin avec son chariot.

Elle fixait si intensément le bleu éclatant du ciel que ses yeux en larmoyaient. Le temps n'avait jamais été si clair, ni de façon aussi ininterrompue qu'en cet été de 1940. «Hitler et la pluie arriveront en même temps», prédisaient les adultes.

Depuis un mois toutes sortes de choses tombaient du ciel: des bombes égarées, destinées à un aérodrome ou à quelque installation côtière; des tracts de propagande allemande qu'on finissait par vendre dans des tombolas; et, flottant au loin, de minuscules parachutes en forme de vesse-de-loup. Pendant les batailles aériennes, des douilles de cartouches vides tombaient comme de la grêle sur les toits de Ringden; la semaine précédente il en était tombé une en plein dans le seau de M. Skinner, alors qu'il trayait sa vache.

Hier, une botte d'aviateur était tombée dans l'herbe tout près de la Vigie: une botte en cuir noir, tout usée, portant encore l'empreinte du gros orteil de l'homme à qui elle avait appartenu. Ils étaient sûrs qu'il s'agissait d'une botte nazie, et ils lui avaient fait une place d'honneur dans leur collection.

Tous les jours, cette semaine, ils avaient assisté à des combats aériens qui inscrivaient, comme une gigantesque toile d'araignée dans un ciel pur, leur enchevêtrement de traînées blanches. La bataille de ce matin avait été la plus excitante. Les avions volaient plus bas qu'à l'accoutumée, et les enfants avaient pu repérer les minuscules

Messerschmitt argentés qui décrivaient des cercles protecteurs autour des Dornier, qui ressemblaient à des mites. C'est alors qu'ils avaient entendu le grondement des chasseurs au moment où ceux-ci se ruaient dans la bataille. Pour une fois, ce n'était pas des Hurricane, dont la silhouette bossue leur était si familière, mais bien des Spitfire, ces acrobates du ciel, qui faisaient des cabrioles en crachant des balles de mitraillette, si bien que les enfants avaient failli tomber de leur plateforme dans l'arbre, tant ils se bousculaient et hurlaient de joie.

Soudain, un des avions allemands était descendu en vrille. Les Guetteurs avaient eu beau se précipiter sur leurs bicyclettes, ils avaient mis des heures à le trouver. Pendant une pause, alors qu'ils mangeaient en vitesse leurs sandwichs, un gamin qui passait leur avait dit que l'avion était tombé dans un champ appartenant à la ferme de M. Coomber.

À présent il ne se passait plus rien. Le seul bruit qu'on entendît provenait des batteuses et de plusieurs corneilles qui se querellaient à grands cris. La campagne environnante était pratiquement vide de voitures depuis qu'on avait commencé à rationner l'essence, et les cloches des églises ne sonneraient plus désormais que s'il y avait une invasion. Norah avait les paupières lourdes à force de regarder le ciel. Elle fut bien contente lorsque son quart fut écoulé et que Harry vint la remplacer.

Derrière elle, les autres lisaient des bandes dessinées et réparaient leurs arcs.

— On devrait écrire à Pete et à Molly pour leur parler de l'avion, dit Norah.

Les Kemp avaient été des membres actifs des Guetteurs jusqu'à leur évacuation au pays de Galles. Les Guetteurs avaient perdu plusieurs autres des leurs de la même façon. Molly manquait à Norah; elle avait été sa meilleure amie. Maintenant c'était sans doute Tom qui remplissait ce rôle-là dans sa vie, même s'il était parfois un peu tyrannique à son goût.

— Il vaut mieux ne pas leur en parler, dit Tom. Ça ne fera que les fâcher de savoir ce qu'ils ont manqué.

— Les Smith vont partir aussi, dit Jasper. On les envoie au Canada! C'est leur mère qui l'a dit à la mienne ce matin.

— Au Canada? marmonna Norah.

Elle prit la botte sur l'étagère et la retourna dans ses mains en essayant de ne pas entendre.

— Il n'y a que les poltrons qui quittent l'Angleterre, déclara Tom d'un air dégoûté. Derek, Dulcie et Lucy sont des mous, je parie qu'ils *veulent* partir.

Harry se détourna de son poste.

— Papa et maman pensaient nous envoyer au Devon, Jasper et moi, chez notre tante, quand les bombardements ont commencé. Maintenant ils ont changé d'idée, parce que c'est aussi dangereux là-bas.

— Eh bien, moi, ma mère dit qu'il n'y en a pas, de lieu sûr, alors autant faire face ensemble, dit Tom d'un ton vantard. Elle ne penserait même pas à se séparer de moi. Et les parents de Norah pensent comme elle. On a de la chance!

— Je vais chercher de l'eau, dit soudain Norah en descendant l'échelle.

Le seau à la main, elle se faufila entre les arbres lourds de pommes presque mûres jusqu'à ce qu'elle parvienne au ruisseau qui coulait au fond du verger. Elle pensait à l'Angleterre, où tout le monde courait deçà, delà comme des fourmis, chacun cherchant où s'abriter de la grosse botte qui descendait vers eux, et ne trouvant pas de refuge.

Elle s'assit au bord de l'eau, enleva ses souliers et ses chaussettes, et se mouilla les pieds dans le ruisseau. Elle allait s'attarder ici jusqu'à ce qu'ils aient fini de parler des évacués. Quelques instants, le bleu d'un martin-pêcheur lui changea les idées. Mais elle ne pouvait s'empêcher de revenir à cette histoire d'évacuation.

L'automne précédent, son village faisait partie des «lieux sûrs». Des centaines d'enfants londoniens avaient été envoyés dans la région d'Ashford, et une école entière avait déménagé à Ringden. Les enfants avaient été mis en pension dans différentes familles et avaient repris les classes dans la salle du presbytère. Pendant quatre mois, les évacués et les enfants du village s'étaient livré bataille en échangeant de la boue et des insultes. Les visiteurs se plaignaient d'être obligés d'aller jusqu'à Gilden pour trouver un cinéma, et les mères du village s'élevaient contre les gros mots qu'on apprenait à leurs enfants. Comme il ne se passait apparemment rien pour ce qui était de la guerre, les évacués étaient rentrés à Londres.

Et puis la «drôle de guerre» avait pris fin et le danger était devenu bien réel. Quand la France succomba et que Churchill annonça que la bataille d'Angleterre avait commencé, Norah aida ses aînés à enlever les poteaux de signalisation, dans le but de dérouter l'ennemi. «Nous nous battrons sur le champ de bataille et dans les rues, nous nous battrons dans les collines», disait la voix solennelle de Churchill à la radio.

Norah était fière du fait que toute sa famille participait à l'effort de guerre. En janvier, ses deux sœurs aînées, Muriel et Tibby, avaient rejoint le Service Territorial Auxiliaire, à Chester.

— Des jeunes filles dans les forces armées, comme des hommes, c'est du joli!, avait dit la voisine, Mme Curteis, qui se mêlait toujours de ce qui ne la regardait pas.

Mais papa était fier:

— Mes filles sont aussi braves que n'importe quel homme, avait-il rétorqué.

Il était trop vieux pour s'engager, mais il s'était quand même porté volontaire dans la *Home Guard*. Maman passait ses matinées dans la salle du presbytère, à marquer des couvertures et à coudre des sacs d'hôpital pour les soldats blessés. Norah, en plus de remplir ses fonctions de Guetteuse, avait versé six pences à la collecte organisée par le village au profit des Spitfire: de quoi manufacturer un rivet. Gavin ne faisait rien, mais il n'avait que cinq ans; il était si jeune et si bébé qu'il ne comptait pas.

La guerre était l'expérience la plus excitante que Norah ait vécue de ses dix ans, et cet été en était le point culminant. Des autres étés elle gardait un souvenir agréablement flou de châteaux de sable sur la plage près de la maison de son grand-père à Camber. Puis, un jour, à la fin du mois d'août dernier, Norah s'était retrouvée en train de remplir des sacs de sable au lieu de jouer.

Maintenant elle vivait chaque instant intensément; même le temps qu'il faisait avait quelque chose d'outré. L'hiver le plus froid depuis cent ans avait été suivi d'un printemps abrégé et d'un été précoce. Tandis que les nouvelles de la guerre empiraient et que les grandes personnes se pressaient anxieusement autour de la radio, le temps, jour après jour, restait beau et chaud. La nuit, les étoiles brillaient d'un étrange éclat dans un ciel d'encre, car c'était les seules lumières — à part les faisceaux lumineux qui balayaient le ciel à la recherche d'avions ennemis — qui ne fussent pas sujettes au black-out dans toute l'Angleterre.

Chaque soir de cette semaine l'annonceur de nouvelles avait donné les scores dans la bataille du ciel, comme s'il s'agissait d'un match de football. Norah avait peine à se rappeler ce qu'avait été la vie avant le début de cette guerre. Comment pouvait-on endurer qu'on vous envoie loin de tout ça? Tom avait raison: ils avaient de la chance que leurs parents soient si raisonnables.

Mais elle avait quand même peur, parce qu'elle n'était pas du tout sûre que ses parents à elle continueraient de se montrer raisonnables.

3

Little Whitebull*

De retour au fort, Norah vida les tasses
de limonade et les enfants rentrèrent chez
eux pour le *tea***. Quand ils atteignirent le
milieu du village, Harry et Jasper firent le
signal secret, en tendant le pouce et le petit
doigt en forme d'avion, et s'engagèrent dans
leur ruelle en courant à toutes jambes. Tom

---

*   *Little Whitebull*: en français «Petit Taureau
    blanc».

**   *Tea*: En Angleterre, le repas du soir est souvent
    appelé simplement *tea*.

et Norah remontèrent la rue principale au pas de l'oie, saluant cocassement, d'une main en travers des narines, en chantant à tue-tête et en mesure:

Nous on travaille tous de gaieté d'cœur!
Hitler va passer un mauvais quart d'heure
Et puis Mussolini aussi
On va les réduire en bouillie
Nous on travaille la joie au cœur

Ils passèrent devant l'église et son presbytère en pierre. Les Smith étaient probablement à l'intérieur, en train de faire leurs valises avant de partir au Canada. Dulcie était dans la même classe que Norah. Elle était du genre à s'énerver si elle avait oublié son mouchoir à la maison. Lucy était un peu plus vieille que Gavin et passait le plus clair de son temps à pleurnicher.

— Pauvres dindes, dit Norah d'un ton moqueur. Je parie qu'elles auront peur des loups, au Canada.

Ces propos malveillants l'aidèrent à se calmer un peu. Puis elle eut pitié des filles Smith: elles allaient rater toute la guerre.

Elle dit au revoir à Tom devant l'épicerie de sa mère et rentra chez elle au pas de course. Elle était en retard pour le *tea*, mais sa mère ne la gronderait probablement pas.

C'était bien l'une des choses qui contribuait au malaise croissant de Norah. Ses parents laissaient Gavin et elle se coucher tard, leur parlaient sur un ton étrange et doux, et leur lançaient des regards tristes quand ils pensaient que les enfants ne s'en apercevaient pas. Gavin ne le remarquait probablement pas. Mais, chaque soir, Norah écoutait le murmure inquiet de son père et de sa mère en bas dans la cuisine.

Norah s'arrêta devant la petite maison en planches où elle habitait. Des massifs de zinnias et de roses trémières de chaque côté de la porte égayaient cet extérieur miteux. Sur la clôture délabrée, un écriteau affichait en lettres de bois délavé, le nom *Little Whitebull*. Personne ne savait pourquoi leur maison avait été baptisée de la sorte. Elle portait déjà ce nom quand ses parents l'avaient achetée, peu de temps après la naissance de Muriel.

Il aurait fallu repeindre la clôture en plus de la réparer, mais papa était trop occupé ces temps-ci pour bricoler à la maison. Norah étudia les charnières branlantes; peut-être pourrait-elle les réparer elle-même et leur montrer ainsi comment elle pouvait se rendre utile. Elle repeindrait l'écriteau d'un rouge éclatant. Elle allait commencer à mettre plus d'ordre dans sa chambre et aider sa mère à faire la vaisselle. Ragaillardie, elle entra en courant dans la maison:

— Me voilà! cria-t-elle en traversant bruyamment la salle de séjour. Je m'excuse d'être en retard, Maman, dit-elle en entrant dans la grande cuisine où la famille passait la plus grande partie de son temps.

Mme Stoakes sortit de l'arrière-cuisine et repoussa la mèche de cheveux qui lui tombait toujours sur l'œil.

— Mais d'où viens-tu donc, Norah, lui demanda-t-elle d'une voix anxieuse. Tu ne rôdais pas autour de cet avion allemand, quand même? Je viens d'apprendre la nouvelle.

— Pas vraiment, marmonna Norah. Pas au point d'y toucher, en tout cas.

Sa mère frissonna.

— Il est passé tellement près. La prochaine fois, c'est sur nous qu'ils vont tomber. Assieds-toi, ma chérie, et mange tes saucisses.

Ma chérie? Ce n'était pas le genre de Maman de se livrer à de telles effusions; elle était plutôt d'un naturel brusque et se fâchait facilement. Maintenant on aurait dit qu'elle portait un déguisement.

Si elle allait jouer la comédie, Norah pouvait bien en faire autant.

— Merci, Maman, dit-elle poliment. Est-ce que tu as dû faire la queue longtemps chez le boucher?

Elle se força à manger lentement au lieu de se jeter sur sa nourriture, comme elle en avait l'habitude.

Gavin était le seul qui fût lui-même. Il était assis à table et tenait les deux moitiés de sa tartine de confiture comme deux adversaires sur un champ de bataille, se donnant l'assaut puis se séparant, tandis qu'il se mettait de la confiture plein les doigts. Il chantonnait à mi-voix, de cet air rêveur qu'il avait quand il jouait tout seul.

Norah regarda sa mère à la dérobée. Elle allait sûrement être obligée de réagir devant un tel dégât: il y avait de la confiture partout sur la nappe. Mais Maman ne trouva rien de mieux à dire que: Tiens, mon coco, laisse-moi t'essuyer les mains.

Norah soupira. Gavin arrivait à faire un tas de bêtises sans se faire punir, mais qu'il mange comme un cochon, d'habitude Maman ne le tolérait pas. Elle se pencha sur son thé laiteux, le cœur à l'envers. Quelque chose se tramait, c'était évident.

Les poules dans la cour, à l'arrière de la maison, se mirent à pousser des glousse-ments indignés. Papa entra par la porte de l'arrière-cuisine. Il enleva ses pinces de cy-cliste, embrassa Maman, ébouriffa les che-veux de Gavin et adressa un large sourire à Norah.

— Qu'est-ce que tu as fabriqué, toi, au-jourd'hui? Quoi de neuf?

Comme d'habitude il la taquinait de ses yeux gris-vert, que tout le monde disait être la copie conforme des siens.

Norah oublia d'être polie.

— Oh, Papa, il y avait un avion écrasé, un ME109! On voyait les trous des balles et la croix gammée!

— Je l'ai dépassé en rentrant, le camion était en train de le remorquer.

— Norah! s'écria sa mère. Je croyais que tu m'avais dit que tu n'y étais pas allée! Il faut que tu sois plus prudente, sinon je ne te laisserai plus sortir du jardin, comme les petites Smith. Je ne sais vraiment plus quoi faire de toi: la guerre est en train de te monter à la tête.

— Voyons, Jane, il ne pouvait pas lui arriver grand mal en regardant un avion qui est hors d'état de nuire, dit Papa d'un ton pacifique.

Voilà qui était plus normal. Norah se détendit et porta son attention à ses saucisses, tandis que son père s'affalait dans son fauteuil préféré avec un grognement de satisfaction.

— Viens m'enlever mes chaussures, mon grand, dit-il à Gavin.

Il n'avait qu'une heure de battement entre le moment où il rentrait de son travail de comptable à Gilden et celui où il repartait remplir ses fonctions dans la *Home Guard*.

Gavin ramassa son petit éléphant en peluche usé et alla rejoindre son père.

— Créature va t'enlever tes chaussures: il est très fort.

Quel bébé que ce Gavin, qui jouait encore avec des animaux en peluche. Jasper n'avait que trois ans de plus que lui, mais il était aussi brave que Tom. Gavin était un frère tellement gnangnan. Tout le monde disait qu'il aurait dû être une fille et que c'est Norah qui aurait dû être un garçon.

Papa leva les yeux des pages de son journal, le *Kentish Press*:

— Ils vont laisser monter les cueilleurs de houblon de Londres, comme d'habitude, dit-il à Maman. Ça veut dire qu'on a pris des mesures pour assurer leur protection en cas de raid aérien.

Maman ouvrit la porte de l'arrière-cuisine pour faire entrer de l'air frais dans la cuisine qui sentait bon la graisse de saucisse chaude et le linge propre qui finissait de sécher devant la cheminée. Papa alluma la radio et Gavin se blottit dans son giron. La voix familière de Larry l'agneau se fit entendre.

Norah fit semblant d'être trop vieille pour «L'heure des petits», mais, secrètement, elle trouvait encore amusant d'écouter Dennis le Daschund parler à rebours. Tout en écoutant sans en avoir l'air, elle aida à essuyer la vaisselle, à la surprise de sa mère, puis s'assit et commença à s'escrimer avec son tricot, un cache-nez gris qu'elle tricotait pour le réconfort des marins, et dont la laine grasse et coupante lui faisait mal aux mains.

— Bonsoir, les enfants, où que vous soyez, dit la voix de la radio.

33

— Bonsoir, Oncle Mac, répondit gravement Gavin, ainsi qu'il le faisait chaque soir.

— Papa, murmura nerveusement Norah, une fois que les nouvelles furent finies et alors que Maman était encore dans l'arrière-cuisine. (Il fallait qu'elle lui pose la question, même si cela lui faisait peur.) Est-ce que tu sais s'ils ont trouvé le pilote?

Papa lui lança un regard qui signifiait «N'inquiète pas ta mère».

— Oui, dit-il tout bas. Ils l'ont ramassé près de Woodchurch. Il était blessé, le pauvre: il s'est rendu sans histoires.

Norah pouvait enfin respirer. Au moins elle n'aurait plus à craindre qu'on le surprenne dans le village.

Bien entendu, si Hitler envahissait l'Angleterre, comme tout le monde pensait qu'il le pouvait, des tas de Nazis entreraient alors dans Ringden — même dans *Little Whitebull*! Sa gorge se serra à nouveau rien que d'y penser, et elle remua dans son fauteuil. Qu'avait-elle donc? se demanda-t-elle, exaspérée. C'était bien la première fois qu'elle prenait peur.

Son père se leva et s'étira.

— Je vais me changer. C'est l'heure. (Sa femme et lui échangèrent un regard.) Ne fais pas de projets pour demain matin, Norah. Ta mère et moi voulons discuter de quelque chose avec toi. Gavin, je t'aiderai demain à terminer ton cerf-volant, puisque c'est samedi.

— Est-ce que je peux rester pour écouter ITMA ce soir? demanda Norah avec désespoir. (S'il ne lui permettait pas de se coucher tard, cela voudrait dire que tout allait normalement.)

— Je ne vois pas pourquoi pas, dit son père avec douceur.

Quand il fut parti, fusil au poing, dans son uniforme de la Première Guerre mondiale, Norah se recroquevilla dans sa chaise, cernée de toutes parts par ses soupçons qui se muaient peu à peu en une terrible certitude.

Avant qu'elle eût le temps d'y réfléchir davantage, la porte arrière s'ouvrit à nouveau et un homme rondelet, au crâne chauve bordé de cheveux blancs, entra à reculons, les bras chargés de valises et de paquets.

— Grand-père! s'écrièrent Norah et Gavin.

— Papa! Mais qu'est-ce que tu fais ici?

Le vieillard rit sous cape en laissant tomber ses bagages. Il prit Gavin et le souleva dans les airs:

— Une bombe! Le Boche m'en a laissé tomber une en plein milieu de mon toit! Ma maison a disparu, réduite en poussière. Alors me voilà. (Il se pencha sur Norah et lui chatouilla la joue avec sa moustache.) Qu'est-ce que tu dis de ça, mon brave petit soldat?

Maman se rassit d'un air abattu.

— Une bombe... Papa, est-ce que ça va, tu n'es pas blessé?

— Ne te tracasse pas, Janie. Je me porte comme un charme, parce que je n'étais pas chez moi quand ils sont passés. Je suis revenu du pub pour trouver ma maison rasée. Alors, j'ai ramassé ce que j'ai pu et j'ai pris le premier autobus. De toute façon, on est plus à l'aise à l'intérieur des terres: l'air salin était mauvais pour mon rhumatisme. (Ses yeux bleu de mer étincelaient sous ses sourcils blancs.) Tu as de la place pour héberger ton vieux père?

— Tu sais bien que oui, tu es chez toi ici quoiqu'il arrive. Mais tu aurais pu être tué! Oh! Papa, cette guerre maudite...

Norah tressaillit, choquée de voir sa mère, qu'elle n'avait jamais vue pleurer, se mettre à sangloter. Son menton tremblait et ses larmes glissaient sur ses joues minces. Elle pleurait de plus en plus fort.

— Pleure pas, M'man! criait Gavin en la tirant par le bras. Tu t'es fait mal?

Mme Stoakes le prit sur ses genoux et, le serrant contre elle, se cacha le visage contre son cou. Gavin avait l'air d'avoir peur et se débattait.

— Allons, allons, Jane, ressaisis-toi, dit Grand-père en tapotant l'épaule de sa fille. Je ne suis pas mort, après tout. Je dirais même que je ne me suis jamais senti plus vivant. Il n'y a rien comme d'être passé tout près pour t'aider à mettre les choses en perspective. Dorénavant on va endurer cette guerre ensemble — les choses sont comme elles devraient être, on est tous réunis. (Il libéra Gavin de l'emprise de sa mère.) Si tu fouilles dans mes poches, tu trouveras peut-être un bonbon.

Norah se tourna vers le feu, pour éviter de regarder sa mère, souleva la grosse bouilloire remplie d'eau et la déposa sur la grille du foyer. Elle n'avait jamais essayé de faire le thé toute seule, mais elle avait bien assez vu faire sa mère. Quand l'eau se mit à bouillir, elle la versa soigneusement sur les feuilles de thé dans la théière. Elle remplit les tasses de lait, de sucre et de thé et en offrit une à sa mère et une à Grand-père.

— Norah, comme c'est gentil. (Maman avait cessé de pleurer et lui sourit faiblement.) Qu'est-ce que je ferais sans toi?

Puis elle eut l'air d'être sur le point de fondre en larmes à nouveau.

Norah se versa une tasse à elle-même, surprise de ce que sa mère ne l'ait pas grondée d'avoir entamé les rations du lendemain. À son grand soulagement, les adultes se mirent à parler normalement.

Norah fixait d'un regard incrédule son grand-père, assis en face d'elle à la table de la cuisine. Elle n'arrivait pas à croire qu'il était bel et bien là. La guerre était en train de déplacer tout le monde beaucoup trop vite. Les uns, comme Molly, Muriel et Tibby, étaient brusquement expédiés ailleurs; les autres arrivaient sans prévenir, et soudain sans logis. Quelques jours plus tôt, toute la famille du frère de Mme Parker s'était présentée devant sa porte, et c'était une famille nombreuse. Leur maison à Detling avait été bombardée et, eux aussi, avaient eu le bonheur de ne pas être à domicile quand c'était arrivé.

Norah eut la gorge et la poitrine serrées de peur en pensant à la chaumière de Grand-père, celle où elle avait passé tous ses étés, réduite en poussière. Mais Grand-père était sain et sauf, et cela allait être merveilleux de l'avoir là, vivant parmi eux. Elle se demanda ce que Papa en penserait. Même si Maman et Grand-père se disputaient souvent, ils s'adoraient. Papa était toujours poli, mais Norah savait que lui et Grand-père n'avaient pas grand-chose en commun.

Grand-père fit un clin d'œil à Norah.

— Maintenant on va pouvoir s'amuser, hein les jeunes?

Norah lui rendit son clin d'œil. Elle grimpa sur ses genoux et commença à lui raconter l'incident de l'avion.

Plus tard ce soir-là elle fut réveillée par un bruit de voix venant d'en bas. Papa venait de rentrer et avait poussé une exclamation en voyant Grand-père. Norah se raidit en entendant le murmure inquiet des adultes au-dessous d'elle. Puis, la voix de Grand-père s'éleva au-dessus des autres. Le ton était accusateur, même furieux. Elle ne put déchiffrer ce qu'il disait, mais la fermeté et l'entêtement qu'elle décela dans sa voix lui donnèrent du courage. Si ses parents étaient en train de lui faire part de la décision qu'elle redoutait, Grand-père venait de voler à sa défense.

4

«Je ne partirai pas»

C'est après le petit déjeuner qu'ils le lui dirent. Maman avait envoyé Gavin jouer avec Joey, qui habitait de l'autre côté de la rue. Norah fut d'autant plus alarmée que Grand-père aussi était sorti, l'air furieux.

On l'invita à s'asseoir au salon, que Muriel insistait pour appeler la «salle de séjour». On ne s'en servait que pour les grandes occasions, quand Muriel et Tibby recevaient leurs soupirants, ou quand le pasteur venait prendre le thé. On s'y asseyait sur des chaises à pattes minces, au dossier trop raide

41

pour qu'on puisse y être à l'aise, comme pour signifier qu'on n'y parlait que de «choses sérieuses».

Norah se mit à se basculer sur sa chaise et attendit. Maman venait de nettoyer les fenêtres de sorte qu'il en persistait une vague odeur d'ammoniaque. Pour le restant de ses jours, Norah ne pourrait plus jamais sentir de l'ammoniaque sans éprouver un mouvement de panique.

Papa se mit à parler d'un ton si réjoui qu'elle eut envie de crier.

— Eh bien, Norah, Gavin et toi, vous allez entreprendre une grande aventure!

— Non! s'écria Norah aussitôt, mais il lui fit signe de se tenir tranquille.

— Du calme! Écoute-moi deux secondes, ensuite tu pourras parler. Vous allez faire un grand voyage, sur un gros navire... qui vous emmènera jusqu'au Canada! Des familles canadiennes ont offert d'accueillir chez elles des enfants anglais en attendant la fin de la guerre. Ta mère et moi, ça nous tranquilliserait beaucoup de vous savoir en sécurité, tous les deux. Et puis, quelle occasion pour vous, d'aller à l'étranger, de découvrir un autre pays...

Sa voix fléchit devant l'expression de Norah. Maman avait l'air aussi accablée qu'elle.

— Je sais bien que ça te bouleverse, poursuivit doucement son père, mais je pense que tu savais que c'était une chose que nous envisagions.

Bien sûr qu'elle l'avait su! En juin quand la France était tombée, tous les adultes avaient parlé d'évacuer les enfants. C'est alors que Molly et Pete étaient partis. Elle avait entendu son père qui lisait tout haut l'avis dans le journal pour la demande d'évacuation outremer, mais elle avait été trop inquiète pour leur demander s'ils l'avaient vraiment fait. Quelques jours plus tard, Papa lui avait demandé, l'air de rien:

— Norah, si tu pouvais visiter un autre pays, lequel choisirais-tu: l'Australie, la Nouvelle-Zélande, l'Afrique du Sud, ou le Canada?

— Je n'en choisirais aucun! s'était-elle écriée.

Sur ce Norah et Gavin avaient été emmenés chez le photographe à Glinden. Norah s'était demandé pourquoi.

Après quoi, pendant un bon moment, on n'était pas revenu sur le sujet. Dans l'excitation croissante causée par la guerre, elle avait presque cessé d'y penser. La possibilité d'être envoyée loin des siens avait pourtant continué de la tracasser secrètement. C'était comme un abcès que son père venait enfin de crever. Norah resta quelques instants interloquée, incrédule. Puis elle se leva d'un bond, en renversant sa chaise.

— Je ne partirai pas!

— Calme-toi, dit son père.

Il tendit le bras pour la toucher, mais Norah l'écarta d'un geste.

— Écoute-moi, Norah, soupira-t-il. Jusqu'ici tu as mené une vie facile, une vie abritée. Maintenant, on te demande de faire quelque chose de dur. Je sais que tu en es capable: tu as toujours été la plus brave de mes filles.

— Mais, je ne veux pas! (Elle ne pouvait pas croire qu'ils allaient la forcer.) Je ne veux pas partir pour un autre pays, je ne veux pas vous quitter! Je m'ennuierais trop de vous! Je raterais toute la guerre! C'est plus courageux de rester, de ne pas se sauver! Et puis les enfants, c'est utile. Tous les jours, je fais le guet, comme l'*Observer Corps*. J'ai aidé à ôter les poteaux indicateurs. Et puis j'aiderai Maman pour le ménage, afin qu'elle puisse passer plus de temps au presbytère. Je trouverai quelque chose pour Gavin aussi. Je... je lui apprendrai à tricoter!

Maman eut de nouveau l'air d'être au bord des larmes.

— Norah, Norah, bien sûr que tu ne veux pas partir. Je souhaiterais tellement t'éviter ça. Mais tu ne vois pas qu'en partant, tu ferais ta part dans la guerre? Tu libérerais Papa et moi d'avoir à nous inquiéter de ton sort. Et... (Elle s'interrompit, comme si elle n'était pas certaine de bien faire en allant plus loin)... et si le pire devait arriver, il y aurait au moins deux membres de la famille qui seraient sains et saufs et... libres.

— Vous seriez comme des ambassadeurs! dit précipitamment Papa. Vous allez rencontrer des enfants d'un autre pays. Ça sera votre façon de contribuer à la bonne entente entre nations. C'est bien la meilleure façon de mettre fin à ces guerres...

— Vous lui avez dit?

Grand-père se tenait dans l'embrasure de la porte. Il s'essuyait le front avec son mouchoir.

Maman se retourna vers lui avec impatience.

— Papa, nous avons bien dit que nous voulions être seuls avec Norah! Oui, nous lui avons dit, mais nous n'avons pas fini. Je t'en prie, attends qu'on ait terminé.

Mais Grand-père entra quand même, en marmonnant: Moi aussi, je fais partie de cette famille. Il attira Norah sur ses genoux et Norah reprit courage. Il était temps!

Papa lança à Grand-père un regard irrité, et continua d'expliquer à Norah pourquoi il valait mieux que Gavin et elle quittent l'Angleterre.

— Mais qu'est-ce que Hitler va penser si on se met à s'enfuir comme ça? protesta Grand-père. Ce qu'il faut, c'est se serrer les coudes et se battre!

— Norah et Gavin ne sont que des enfants, répondit patiemment Papa.

— Justement, qu'est-ce qu'il pensera quand il verra qu'on panique au point de nous départir de nos enfants? On en vient à croire que bientôt on va vouloir se débarrasser de moi aussi! Les jeunes et les vieux! On ne sert à rien, alors on nous expédie!

— Père! dit Maman, dont le visage devint tout rose, ce sont nos enfants: laisse-nous décider et cesse de t'en mêler. Si tu ne peux pas te taire, alors quitte la pièce.

Grand-père lui lança un regard furibond, mais il se tut. Norah et lui finirent d'écouter le raisonnement de Papa et Maman. Lentement, Norah fut bien forcée de constater qu'ils avaient perdu. Les grandes personnes arrivaient toujours à forcer les enfants à faire ce qu'elles voulaient. Elle sentit la poitrine de Grand-père se soulever en un long soupir. Les vieilles personnes aussi devaient se soumettre à la volonté des grandes personnes.

Norah se laissa glisser au sol, replia les jambes et serra ses genoux contre sa poitrine. Le chagrin lui piquait les yeux, mais elle les ouvrait tout grands exprès: *Non*, elle ne pleurerait pas.

En désespoir de cause, elle tenta un dernier argument.

— Même les princesses ne vont pas être évacuées! La reine a dit dans le journal qu'ils n'allaient pas les envoyer à l'étranger: la mère de Tom nous l'a même lu.

Norah avait toujours éprouvé une affinité particulière avec la princesse Margaret Rose, qui avait presque son âge. Elle était sûre que Margaret Rose avait refusé de partir, et que c'est ce qui avait persuadé le roi et la reine.

Papa et Maman se contentèrent de sourire, comme quand ils trouvaient Norah amusante.

— Les princesses sont dans une région du pays qui n'est pas menacée, et non, comme nous le sommes, directement dans le chemin des Allemands s'ils décident de nous envahir, dit Papa. D'ailleurs un grand nombre d'enfants de la classe aisée ont déjà été envoyés outre-mer. Pourquoi seraient-ils les seuls à être protégés? Maintenant, le gouvernement a enfin décidé de payer le passage de ceux qui n'en ont pas les moyens.

Norah se sentait toute petite, perdue, trahie.

— Tu dois avoir des questions, dit son père pour l'encourager.

— Quand est-ce qu'on part? demanda-t-elle faiblement.

— Lundi. Maman vous emmènera à Londres, et vous serez escortés à partir de là. J'aurais tant voulu que ça ne se fasse pas si brusquement, mais on ne nous a prévenus qu'il y a quelques jours, seulement.

— Il y aura des tas d'autres enfants avec vous, dit Maman. Ce sera comme un pique-nique paroissial! Et puis, les Smith partent en même temps que vous, alors vous aurez quelqu'un du village avec vous. Derek pourra veiller sur vous tous.

— Où... où va-t-on vivre au Canada? Combien de temps est-ce qu'il va falloir qu'on reste?

— Vous allez vivre quelque part en Ontario, lui dit Papa. Je pense bien que c'est la plus grande des provinces. Vous ne saurez chez qui vous habiterez qu'une fois arrivés, mais je suis sûr que ce seront de braves gens. Il faut que ce soit des gens généreux pour offrir de faire ça. Mais on ne sait pas combien de temps... (Il eut l'air navré.) Peut-être un an.

Un an? Quand ils reviendraient elle aurait onze ans! Et ils partaient après-demain?

Papa l'observait.

— Norah, je pense qu'on t'en a assez donné à digérer pour l'instant. Tu peux aller jouer. On reparlera de tout ça plus tard. Renvoie Gavin à la maison, veux-tu? Je ne sais pas ce qu'il en retiendra, mais il faut bien lui dire.

Comme Norah sortait, ses parents se remirent à se disputer avec Grand-père, mais il parlait à présent d'une voix vieille et vaincue. Cela ne servait à rien. Ils allaient la faire partir et elle n'y pouvait absolument rien.

5

Trop de fois Adieu

— **M**ais tu ne peux pas! s'écria Tom.

— Je suis obligée. Je leur ai dit toutes les raisons pour lesquelles ils devraient me laisser rester, mais ils ne veulent pas comprendre.

Les quatre Guetteurs du ciel gardèrent un silence lugubre. Ils avaient l'habitude de l'incompréhension des adultes.

— Est-ce que tu penses... est-ce que tu penses que je suis une lâche? demanda Norah à Tom. (Elle ne pourrait pas supporter qu'il pensât cela d'elle.)

49

— Bien sûr que non: tu ne veux pas partir. Mais c'est vraiment une honte.

Tom glissa un regard aux deux petits garçons qui les regardaient en écarquillant les yeux. Ils avaient l'air abattu:

— Tout le monde fout le camp! D'abord Pete et Molly et les Fowler, et maintenant toi. Comment est-ce qu'on va pouvoir continuer à faire notre travail si on n'est plus que nous trois?

Ils restèrent à nouveau sans parler, assis l'un à côté de l'autre et surveillant le ciel comme tous les autres jours. Mais il n'y avait pas eu de combat aujourd'hui et rien, pas même l'air, ne bougeait, comme si la guerre s'était arrêtée pour reprendre son souffle. C'était sinistre.

Norah se sentait déjà comme une étrangère.

— Est-ce que je peux prendre des éclats d'obus de la collection en souvenir? demanda-t-elle enfin.

Tom fit signe que oui et elle choisit quelques morceaux de métal tordu à emporter avec elle. Elle aurait donné n'importe quoi pour avoir la Botte, mais celle-ci aurait pris beaucoup trop de place dans sa valise, et d'ailleurs sa place était ici, dans la Vigie.

— Tu peux prendre le livre sur les avions, si tu veux, dit Tom.

— Pourquoi faire? dit Norah. Il n'y aura pas d'avions ennemis au-dessus du Canada: il n'y a pas de guerre là-bas.

Un pays où il n'y avait pas la guerre, on devait s'y ennuyer à mourir, pensa-t-elle.

Les adieux commencèrent. Papa envoya un télégramme à Muriel et à Tibby qui répondirent aussitôt. AMUSEZ-VOUS BIEN GARDEZ LE SOURIRE, disait leur télégramme, comme si Norah et Gavin partaient en vacances. Il y avait si longtemps que ses aînées avaient quitté Ringden que leur message d'adieu parut superflu à Norah; après tout, elle leur avait déjà dit au revoir.

Cet après-midi-là, les voisins et les amis que Norah connaissait depuis sa plus tendre enfance commencèrent à arriver, pleins de conseils de toutes sortes.

— J'ai donné de la camomille à ta mère pour toi, dit Mme Curteis. Si tu en fais une tisane et si tu en bois tous les matins d'ici au moment de monter à bord du bateau, tu n'auras pas le mal de mer.

— Quelle chance tu as de pouvoir voyager! dit le directeur de l'école où allait Norah. Profites-en pour bien observer ce qui se passe autour de toi.

— Il va falloir que tu sois une petite maman pour Gavin à présent, gloussa la mère de Joey.

On recommanda à Norah de s'habiller chaudement, de ne pas apprendre le patois canadien et de ne jamais oublier qu'elle était une Anglaise. Et on ne cessa de lui répéter, inlassablement, de «prendre soin de Gavin».

Gavin dit à tout le monde que Créature avait hâte de monter à bord d'un train et d'un bateau. C'était à peu près tout ce qu'il pouvait en retirer, semblait-il. «Ils nous envoient au bout du monde!» aurait voulu crier Norah. Mais à quoi bon le terrifier.

Grand-père, de son coin de la cuisine où il était assis, fumant sa pipe et lisant son journal, lançait des regards noirs aux visiteurs. On le laissait bouder, tandis que Norah était obligée d'être polie et de se soumettre aux baisers, aux caresses, aux conseils importuns.

Tous les voisins n'approuvaient pas cependant.

— Je ne pourrais pas me séparer de mes enfants comme ça, murmura Mme Baker à Mme Maybourne. Je parie qu'ils n'ont pas pensé aux torpilleurs allemands...

— Chut! fit son mari, avec un regard significatif en direction de Norah, qui commençait à avoir l'habitude de faire semblant de ne pas entendre ce qui se disait.

Pourquoi Mme Baker n'allait-elle pas dire ça à Papa et Maman? Mais Grand-père leur en avait déjà parlé, et Papa avait dit que le risque représenté par les sous-marins allemands était insignifiant comparé à celui qu'ils couraient en restant en Angleterre.

Le lendemain, à l'église, les filles Smith firent à Norah des signes ostentatoires, comme si leur destin commun faisait d'elles des alliées.

— Notre dernier cantique est pour nos cinq jeunes voyageurs qui vont bientôt entamer une grande aventure, annonça le révérend M. Smith: Numéro 301.

Il regardait ses trois enfants, assis dans la première rangée de bancs, avec des yeux luisants de larmes.

«Entendez nos prières / Pour ceux qui risquent leur vie en mer», chantèrent les fidèles.

— Qu'est-ce qui lui prend? s'indigna tout bas la mère de Norah, qui refusa de chanter et toisa le pasteur d'un regard hostile.

L'église était comble et Norah sentait tous les regards fixés sur son dos. Elle saisit son livre de cantiques et se mit à chanter sans penser au sens des paroles.

Après le service, d'autres encore s'attardèrent près du portail pour faire leurs adieux à Norah. Dulcie et Lucy, habillées de façon identique comme d'habitude, la rejoignirent d'un pas sautillant: Dulcie qui, souvent, se conduisait comme si elle avait peur de Norah, fit preuve d'une audace inaccoutumée.

— Oh! Norah, est-ce que ce n'est pas excitant! Je suis si contente de partir où on va pouvoir être à l'abri. Si seulement Papa et

Maman pouvaient venir avec nous! Mais il faut qu'ils restent ici faire leur part pour gagner la guerre.

— C'est nous qui devrions rester et faire notre part, dit froidement Norah.

— Mais on n'est pas assez grandes! Papa dit que les enfants sont plus utiles quand ils ne sont pas dans le chemin.

«Pas assez grande»: c'est bien ce que les sœurs de Norah lui avaient dit toute sa vie. Même après la naissance de Gavin, elle avait été obligée de passer une grande partie de son temps à prouver qu'elle était assez grande. Elle lança un regard noir à Dulcie, qui lui avait toujours fait penser à un veau, avec ses yeux globuleux, insipides et ternes. Ce n'était pas parce qu'elles allaient se retrouver bon gré, mal gré sur le même bateau, que Dulcie pouvait se permettre d'en conclure qu'elles allaient être amies.

— Est-ce que tu emmènes toutes tes poupées? lui demanda Norah, moqueuse.

La question désarçonna Dulcie. Norah se sentit aussi coupable que lorsqu'elle la taquinait à l'école. Le remords la rendit encore plus irritable.

— Merci, c'est très gentil à vous d'offrir de nous conduire en ville, disait Maman à Mme Smith. Êtes-vous sûre que vous avez assez d'essence? Allez viens, Norah, nous n'avons pas fini de faire vos valises.

À l'église tout le monde avait remarqué comme le ciel était d'un calme inaccoutumé. La sirène d'alarme retentit au milieu du repas dominical. Papa partit précipitamment et Maman les fit tous descendre dans l'abri qui se trouvait dans le jardin.

— Est-ce que je peux regarder? supplia Norah. C'est peut-être la dernière bataille que je verrai.

— Pas après ce que tu as fait avec cet avion allemand, dit sa mère lugubrement.

Norah et Grand-père se contentèrent de regarder par la porte basse de leur refuge en tôle ondulée, tandis que Maman lisait à haute voix pour Gavin sur une des étroites couchettes de l'abri. Grand-père avait à peine ouvert la bouche depuis samedi matin, mais il serra l'épaule de Norah en voyant les avions passer au-dessus d'eux.

La bataille se prolongea, de façon intermittente, jusqu'à la fin de la journée. Norah fut obligée de rester à l'intérieur soit de l'abri, soit de la maison à faire ses bagages. Ils n'avaient droit qu'à une valise chacun.

— Je ne peux pas y faire entrer plus, soupira Maman ce soir-là.

Assise au pied du lit de Norah, elle mit le dernier des vêtements qu'elle avait lavés et repassés dans la petite valise brune.

— J'espère que tu auras assez de lainages. Je t'en enverrai d'autres d'ici peu.

55

Elle jeta un coup d'œil autour de la chambre de Norah. Elle avait appartenu à Muriel et Tibby, mais Norah s'y était installée après leur départ. Trois poupées délaissées se tenaient compagnie sous la fenêtre. Au plafond, des avions en balsa tournaient lentement au bout de leurs ficelles dans l'air chaud de la nuit. Maman se retourna vers Norah, qui, déjà couchée, avait le nez plongé dans une bande dessinée de la série *Hotspur*.

— Est-ce qu'il y a autre chose que tu aimerais emporter? Un de tes avions par exemple? Un de tes avions par exemple?

— Non, merci, dit Norah sèchement.

Elle avait déjà emballé son éclat d'obus et quelques bandes dessinées. Maman avait remis son «déguisement» et avait l'air aussi gai et réjoui que si ce n'était pas la dernière nuit que Norah passait à la maison.

— J'aurais bien aimé pouvoir t'en dire plus sur le Canada. Mais j'imagine que ce doit être très beau: comme dans *Anne, la maison aux pignons verts*. Et puis il y a les quintuplées Dionne au Canada. Tu t'imagines cinq petites filles parfaitement identiques! Peut-être que tu les verras!

Devant le silence de Norah elle prit un air désespéré: «Attends...», dit-elle en quittant la pièce.

Elle réapparut quelques instants plus tard avec la photo de famille qu'elle gardait depuis toujours sur le manteau de la cheminée.

— J'aimerais que tu aies ça, Norah. Je vais l'envelopper dans ton chandail bleu.

Norah poussa un grognement. Maman se rassit, lui tapota la main, et soupira:

— Je sais bien que tu nous en veux. Je te comprends, mais tu verras, une fois à bord du bateau, comme tu vas t'amuser! Ce ne sera pas aussi terrible que tu l'imagines, je te le promets. J'aurais souhaité savoir qui va s'occuper de toi, mais Papa a raison: ce sont sûrement de bonnes gens. Je te demande seulement de ne pas les juger trop vite. Tu sais comme tu peux avoir la tête dure. (Elle sourit.) Et puis essaie de ne pas te fâcher. C'est malheureusement de moi que tu tiens ton côté un peu coléreux. Mais tu as toujours été si sûre de toi, Norah, que je ne m'inquiète pas vraiment pour toi. Tu as de la défense, toi, tandis que Gavin n'en a pas. Il est si sensible, et il est vraiment très jeune pour entreprendre un si grand voyage. Il va falloir que tu prennes particulièrement bien soin de lui.

Sa voix se brisa.

Norah bâilla ostensiblement: «Je veux dormir maintenant.» Elle se retourna sur le ventre et se cacha le visage dans son oreiller. Et elle, dans tout ça? Elle aussi, elle était bien jeune pour partir si loin, non? Gavin avait toujours été le préféré de Maman, tout comme Norah était la préférée de Papa.

Maman posa un baiser sur la nuque de Norah.

— Bonsoir, ma chérie. Endors-toi vite: tu auras une grosse journée demain.

Les Smith étaient censés venir les prendre après le dîner. Norah passa la matinée à flâner dans la cour. Elle chercha le hérisson pour qui elle laissait du lait dans une écuelle, mais il avait disparu... peut-être que le tocsin lui avait fait peur et qu'il s'était sauvé. Elle remplit la pompe à main portative en y versant l'eau qui était dans le seau rouge près de la porte arrière et en arrosa les carottes. Enfin elle s'assit sur la marche et contempla lugubrement les poules qui grattaient le sol poussiéreux.

Maman fit prendre un bain à Norah et à Gavin avant le dîner. Elle leur lava les cheveux, leur coupa les ongles et leur mit des vêtements propres. Papa avait ciré leurs chaussures qui reluisaient comme des châtaignes. Quand il rentra pour le dîner, ils s'attablèrent pour manger le repas que Maman avait préparé tout spécialement. Mais Norah n'avait pas d'appétit pour ses croquettes de poisson aujourd'hui.

— Vous allez être drôlement tassés dans la voiture des Smith, dit Papa. Viens donc en ville à vélo avec moi, Norah. Si on part maintenant, on aura tout le temps avant que le train n'arrive.

— Oh oui, Papa, chic! s'écria-t-elle. (Pendant les vacances elle allait souvent à Gilden avec son père.)

— Mais tu vas salir ta robe, protesta sa mère. Je veux que tu sois présentable. Tu sais comme Dulcie et Lucy ont toujours l'air soigné.

— Elle va se salir dans le train de toute façon, dit Papa. Dis au revoir à Grand-père et on va y aller.

Mais Grand-père avait disparu.

— On s'est déjà dit au revoir, murmura Norah.

Hier soir, il l'avait serrée très fort dans ses bras et lui avait glissé une pièce de six pences dans la main. «Continue la lutte, petit soldat», avait-il dit tout bas. Norah n'avait pas pu répondre. C'était tellement injuste que Grand-père soit venu vivre avec eux au moment même où elle devait partir.

Papa et elle remontèrent côte à côte la rue principale. Norah essaya de graver les points de repère familiers dans sa mémoire. L'étang du village où Tom et elle pêchaient la tanche. La grande place gazonnée du village, à présent jonchée de vieux sommiers, de meules de foin et de fourneaux de cuisine pour empêcher les avions ennemis d'atterrir. La boutique de la mère de Tom, où Norah dépensait la plus grande partie de son argent de poche en bonbons et en bandes dessinées.

Comme ils atteignaient la maison de Mme Chandler, à l'orée du village, elle garda la tête baissée au cas où les Guetteurs du ciel seraient dans la Vigie à la regarder passer. Elle ne les avait pas revus; elle avait eu assez d'adieux à faire sans ça.

Ils traversèrent la campagne paisible sans mot dire. Le ciel de ce début d'après-midi était nuageux et gris.

— Peut-être va-t-il enfin pleuvoir, dit Papa. Il n'y aura pas de combat aujourd'hui.

Norah leva machinalement les yeux, mais il n'y avait dans les airs qu'une volée de vanneaux blancs et noirs qui virevoltaient comme des Spitfire en poussant leurs cris plaintifs.

— Reposons-nous une minute, dit Papa, qui se rangea devant l'échalier qui menait à Stumble Wood.

Norah y accota sa bicyclette et Papa la souleva et l'assit au sommet. Une nuée de papillons blancs planait dans l'air fraîchissant.

— Comment vas-tu faire pour ramener mon vélo à Ringden? demanda-t-elle en fixant tristement le cuir usé de la selle.

C'était un vieux vélo noir et laid qui avait appartenu à Tibby, mais c'était son bien le plus cher.

— Je m'arrangerai avec un collègue de travail, ne t'inquiète pas. Je le garderai en bon état jusqu'à ton retour. Maintenant, Norah...

Norah essaya d'éviter son regard; pas un autre sermon!

— Je veux que tu te rappelles trois choses, dit Papa gravement. La plus importante est évidemment de bien t'occuper de

Gavin. Je ne pense pas qu'il se rend très bien compte qu'il va nous quitter et peut-être que ça vaut mieux. Mais, quand il comprendra ce qui lui arrive, il risque de le prendre mal: il faudra que tu le consoles. Deuxièmement, je te rappelle que tu ne vas pas seulement au Canada en tant qu'individu. Tu représentes l'Angleterre. Si tu es mal élevée ou que tu te montres ingrate, les Canadiens penseront que tous les enfants anglais sont comme toi. Alors, pense à tes bonnes manières et, chaque fois que tu ne seras pas sûre de ce qu'on attend de toi, songe à la façon dont Maman et moi nous voudrions que tu te conduises. Et troisièmement... (Il sourit enfin)... Tâche de t'amuser! Dis-toi que tu es la première de la famille à faire un voyage outre-mer! J'aurais bien aimé avoir une occasion pareille quand j'avais ton âge.

Il l'enviait vraiment, Norah s'en rendait compte, il ne disait pas ça seulement pour lui donner du courage. Papa avait travaillé presque toute sa vie comme comptable dans la tannerie de Gilden; la seule fois qu'il avait quitté son village, ç'avait été pour aller à la guerre de 14.

La gorge de Norah se serra.

— Oh Papa, dit-elle, est-ce qu'il faut absolument que je parte?

Papa la considéra avec sympathie, mais répondit doucement:

— Oui, Norah, il faut que tu y ailles. Je suis navré, mais il faut que tu me croies quand je te dis que c'est pour ton bien. Allez, viens maintenant, il vaut mieux ne pas trop s'attarder.

Ils atteignirent la gare de Gilden en même temps que la voiture bleue des Smith. Dulcie et Lucy en sortirent d'un bond. Elles portaient des robes à fronces et des chapeaux de paille roses. Derek portait l'uniforme de son *Grammar School** Gavin se précipita vers la locomotive.

— J'aurais bien aimé venir à Londres avec vous, dit Papa. (Il écarta Gavin de la voie ferrée et le prit dans ses bras.) Au revoir, bonhomme! Fais exactement ce que Norah te dit de faire.

— Dis au revoir à Créature, ordonna Gavin.

Papa serra la trompe de l'éléphant d'un air solennel.

Il tendit à Norah un sac en papier blanc.

— Des bonbons pour le train, fit-il avec un clin d'œil. Alors rappelle-toi ce que je t'ai dit. Et fais un beau et bon voyage, ma courageuse Norah.

Il l'embrassa vite et détourna la tête, mais Norah avait vu ses larmes.

---

* *Grammar School*: école secondaire d'État où étudiaient les élèves doués.

Elle suivit sa mère à pas lourds, dans le train. Si Papa avait tant de peine, pourquoi donc lui faisait-il ça? Elle lança un regard furibond du côté des Smith qui bavardaient avec leur père sur la banquette opposée. Il avait bien trouvé le temps de venir à Londres, lui!

La fenêtre fut obscurcie par une traînée de vapeur, de sorte que Norah eut peine à distinguer son père qui lui envoyait la main. Quand elle put de nouveau voir clair, elle lui fit signe à son tour et se força à sourire. Pendant les deux heures qui suivirent, Norah oublia presque ce qui les amenait à Londres. La seule autre fois qu'elle y était allée, ç'avait été à Noël, deux ans auparavant, quand Tibby l'avait emmenée voir *Peter Pan*. C'était le même trajet. Le train faisait toujours le même bruit, comme s'il se trouvait très important; il fallait de nouveau attendre d'avoir dépassé Ashford pour manger leurs sandwichs, et elle n'arrivait pas à se débarrasser du sentiment de bien-être qu'elle associait malgré elle au simple fait de voyager par train.

Mais les différences lui sautaient aux yeux malgré tout, comme, par exemple, le nombre d'hommes et de femmes en uniforme, l'absence de panneaux indicateurs sur les quais des gares où ils passaient, le fin grillage aux fenêtres pour parer aux éclats de verre, ne laissant qu'un petit trou au milieu par où regarder dehors.

Et puis, cette fois-ci, elle n'eut même pas le temps de voir Londres. Ils allèrent tout droit d'une gare à l'autre par le métro. Des douzaines d'autres enfants attendaient avec leurs parents le train à destination du nord. Tous les enfants portaient, comme Norah, des valises, des manteaux et des étuis de masque à gaz, et tous avaient de grandes étiquettes fixées à leurs vêtements, comme si on allait les envoyer par la poste. Quelques-uns des plus jeunes, comme Gavin et Lucy, tenaient des animaux en peluche ou des pou-pées qu'ils serraient très fort. De cette foule s'élevait un charivari de petites voix excitées; mais il y en avait d'autres qui se taisaient, et restaient sur leurs gardes. «Votre voyage est-il absolument nécessaire?» disait une affiche.

On présenta Norah à une grosse femme agitée du nom de Mlle Nott.

— C'est moi qui vais vous escorter dans le train, expliqua-t-elle. (Elle consulta une liste.) Est-ce que j'ai tous les enfants du Kent et du Sussex? Alors, dites au revoir, il faut monter à bord.

Le train attendait, comme un dragon noir qui grondait en crachant de la fumée. Norah sentit sa gorge se serrer et prit la main de sa mère.

— Ma petite Norah!

Maman lissa les cheveux de Norah, rajusta sa barrette, et enfonça un peu plus son cha-peau de feutre sur sa tête.

— Prenez soin de ne pas perdre vos manteaux, dit-elle. N'oublie pas que votre argent et vos documents sont cousus dans la doublure. (Elle l'embrassa sur le front.) N'oubliez pas de vous brosser les dents tous les soirs.

À Gavin elle dit seulement: Au revoir, chéri, occupe-toi bien de Créature, d'une voix étranglée. Puis elle l'aida à enfiler son sac à dos et mit sa petite main dans celle de Norah.

— Allez, viens, marmonna Norah en le tirant par le bras. (Miss Nott leur faisait signe d'avancer.)

— Est-ce qu'on va dans l'autre train maintenant? demanda Gavin d'un ton ravi.

Ils furent emmenés en toute hâte avec le reste de leur groupe dans leur compartiment, si bien qu'ils ne purent même pas s'approcher de la fenêtre pour un dernier adieu.

6

«Est-ce qu'on va se laisser démonter?»

Les huit enfants dont Mlle Nott avait la responsabilité s'entassèrent dans le même compartiment. Derek était l'aîné, Gavin le plus jeune. Deux des enfants assis en face de Norah étaient des garçons de l'âge de Lucy. Ils avaient apporté un jeu de cartes, et Lucy et Gavin s'assirent par terre pour se joindre à leur partie de bataille. L'autre inconnue était une jeune fille plus âgée, pleine d'entrain, du nom de Margery. Elle tenta d'entamer la conversation, mais Dulcie était trop timide et Norah n'avait pas envie d'être aimable.

Quand Norah eut lu toutes ses bandes dessinées, elle se rendit compte qu'elle n'avait plus rien à faire. Elle ne pouvait même pas regarder par la fenêtre, qu'on avait fermée et obscurcie en raison du black-out.

— Est-ce que tu sais où on va? demanda-t-elle à Derek.

Lui non plus n'avait pas envie d'être sociable et se cachait derrière son livre.

Derek eut l'air insulté qu'une fille de l'âge de sa sœur ose lui adresser la parole.

— Liverpool, j'imagine, répondit-il sèchement, avec l'accent snob qu'il avait appris à son école.

Ils mangèrent leurs sandwichs, si bien que le compartiment fut bientôt semé de miettes et de papiers graisseux. Mlle Nott et Margery coururent de-ci de-là, essuyant le lait renversé et nettoyant les dégâts des uns et des autres. Plus tard, la corpulente Mlle Nott se planta dans le corridor et, ballottée par le train, leur fit chanter en chœur *Run Rabbit Run*, *Roll Out the Barrel* et *There'll Always Be an England*. Dulcie s'exécuta docilement, mais Norah refusa de participer.

Les voix des enfants se firent plus hésitantes à mesure que le sommeil les gagnait. Gavin s'endormit et Norah essaya de dégager de sous lui son bras engourdi. Elle finit bien elle-même par s'assoupir mais, même en rêve, elle entendait encore le train qui scandait: Veux PAS partir, veux PAS partir, veux PAS partir...

Ils arrivèrent à Liverpool tôt le lendemain matin. Mlle Nott leur dit au revoir; elle avait l'air soulagé d'être débarrassée d'eux. Les enfants, hébétés, affamés, furent emmenés en banlieue et hébergés pendant quelques jours dans une pension où ils prirent leurs repas assis à de longues tables de réfectoire et dormirent sur des paillasses alignées les unes à côté des autres, à même le sol. La pension se remplit d'enfants venus de tous les coins de la Grande-Bretagne, dont beaucoup parlaient avec de forts accents, difficilement compréhensibles. Norah eut bientôt le sentiment de n'être plus qu'une marionnette. À tout moment, on lui demandait de suivre quelqu'un, de se préparer à se coucher, de se lever, de manger, de jouer ou de chanter des chansons entraînantes.

Le premier jour, un médecin l'examina et la déclara: «Maigrichonne mais en bonne santé.» Le lendemain matin, un homme à l'air important leur dit gravement, comme l'avait fait Papa, qu'ils étaient tous de petits ambassadeurs:

— Quand les choses n'iront pas comme vous le souhaitez, et cela arrivera souvent, souvenez-vous que vous êtes sujets britanniques, et gardez le sourire. Soyez francs, courageux, bons, et reconnaissants.

Norah emmagasina ces conseils à l'arrière de ses pensées, avec tous ceux qu'elle avait reçus au préalable, et qu'elle s'était empressée d'oublier. Le seul conseil qu'elle retînt lui venait de sa mère, à savoir de se nettoyer soigneusement les dents chaque soir. Pour une raison ou une autre, cette tâche si simple la rassérénait.

Quant à s'occuper de Gavin, elle en laissait le soin aux femmes responsables, et se contentait de lui faire signe de la main le matin et de lui rappeler chaque soir de se brosser les dents. Mais, le reste du temps, elle en avait trop sur le cœur pour faire attention à lui. D'ailleurs il ne se plaignait pas, même s'il avait souvent l'air perdu et s'il parlait beaucoup à Créature tout bas.

Le troisième matin ils prirent un autobus qui les déposa sur les quais. Ils mirent presque toute la journée à monter à bord. On commença par les rassembler dans un immense hangar, appelé zone d'embarquement, où des centaines d'enfants se hâtaient dans tous les sens tandis que leurs escortes tentaient, tant bien que mal, de repérer les groupes auxquels ils appartenaient.

L'escorte de Norah s'appelait Mlle Montague-Scott. C'était une femme énergique et enthousiaste aux cheveux bruns bouclés, qui avait l'air beaucoup plus gai que cette pauvre Mlle Nott. Norah la connaissait déjà, l'ayant vue à la pension; Mlle Montague-Scott allait s'occuper d'eux jusqu'à leur arrivée au Canada. Il y avait quinze enfants dans son groupe, y compris Dulcie et Lucy, toutes des filles. Mais voilà que Mlle Montague-Scott leur arrivait tenant Gavin par la main:

— La voilà! Norah, nous avons décidé que Gavin est trop jeune pour aller avec les garçons. Il va rester avec nous et dormira dans ta cabine.

Norah jeta un coup d'œil sceptique à son jeune frère; maintenant elle allait bien être obligée de s'occuper de lui. Cela ne lui était jamais arrivé: Maman, Muriel ou Tibby avaient toujours été là pour ça.

Gavin avait les joues rouges, comme s'il avait de la fièvre:

— Est-ce que c'est maintenant qu'on va monter dans le bateau, Norah? Est-ce que Maman et Papa seront là aussi?

Ce n'était pas possible! Il ne se rendait donc pas compte? Norah, affolée, chercha des yeux Mlle Montague-Scott, mais celle-ci était repartie en toute hâte s'occuper de quelqu'un d'autre.

Elle ne pouvait pas lui dire: il pleurerait et tout le monde s'attendrait à ce qu'elle le console.

— Tiens bien ma main, marmonna-t-elle sans répondre à sa question, il faut suivre les autres.

Une femme pendit au cou de Norah une petite plaque ronde en métal, sur laquelle était gravé un numéro. Un autre responsable vérifia leurs cartes d'identité et leurs passeports, et s'assura qu'ils n'avaient pas d'excédent de bagages. Puis, on leur réclama leurs masques à gaz: «Là où vous allez, vous n'en aurez pas besoin», leur dit-on en souriant.

Norah s'accrocha au sien:

— Ne pourrais-je pas le garder en souvenir?

— Tu en as assez à porter, dit la femme.

Norah lâcha l'étui en carton qu'elle avait porté partout avec elle depuis un an. Elle s'étonna de découvrir combien elle y était attachée; elle avait toujours détesté le mettre lors des exercices à l'école. Il dégageait une odeur suffocante de caoutchouc chaud et lui donnait des haut-le-cœur. Mais, en soufflant dedans, on pouvait produire des bruits grossiers et une fois elle avait fait rire toute la classe en faisant semblant de se moucher alors qu'elle le portait. Maintenant qu'elle ne l'avait plus, elle se sentait dénudée, vulnérable.

Mlle Montague-Scott conduisit son groupe jusqu'au quai. Tout le monde s'assit et on attendit encore des heures avant de monter à bord du SS *Zandvoort*. On distribua des sandwichs, qu'on fit passer de main en main le long des interminables files d'enfants. Puis un homme les fit chanter. Est-ce qu'il faudrait donc chanter pendant toute la traversée?

— Allons, tout le monde, les exhortait-il avec son porte-voix. Levez-vous, respirez profondément. Bon! Alors tous ensemble maintenant:...*There'll ALways BE an ENGland...**

On aurait dit un chant funèbre. Un groupe de garçons derrière Norah se mit à chanter à tue-tête: *There'll always be a SCOTLAND...*** Norah se retourna en souriant d'étonnement.

Celui qui avait l'air d'être le meneur du groupe eut l'air surpris, puis il sourit lui aussi.

— C'est ça, les gars, du nerf! disait l'homme au porte-voix. Les enfants, vous commencez aujourd'hui une grande aventure. J'en vois parmi vous qui font triste mine: ça ne peut pas se passer comme ça. Est-ce qu'on va se laisser démonter?

Quelques voix lui répondirent: Non!

— Je ne vous entends pas! Allons, tout le monde cette fois: Vous vous laissez démonter, vous?

— Non! rugirent les enfants.

Dulcie était debout à côté de Norah. Ses cris perçants lui cassaient les oreilles. L'homme leur fit dire, et redire, et répéter interminablement: NON!

Norah serra les lèvres. Cela lui semblait aussi vexant que si on leur avait demandé d'applaudir s'ils croyaient aux fées.

---

*   «Il y aura toujours une Angleterre.»
** «Il y aura toujours une Écosse.»

— C'est beaucoup mieux! s'enthousiasmait le bonhomme à l'air réjoui. Maintenant, avant de vous rasseoir, montrez-moi vos pouces! Allez, tout le monde, on montre les pouces!

— Tes pouces, Norah! s'écria Dulcie en serrant les poings et dressant les pouces.

Quand Norah fit semblant de ne pas l'entendre, elle eut l'air perplexe.

Enfin on les laissa remonter la passerelle. Arrivée sur le pont de l'immense navire gris, Norah respira un mélange d'odeurs, de goudron, de vapeur et d'eau de mer, et ne put s'empêcher d'éprouver, malgré elle, un mouvement d'exaltation. C'était la première fois qu'elle montait en bateau.

«Souriez, tout le monde!» On leur demanda de se pencher sur le bastingage, d'agiter la main pour les photographes et d'entonner une fois de plus *There'll always be an England*.

Norah, tenant la main brûlante de Gavin dans la sienne, jeta un dernier regard sur son pays natal. Tout y était gris: l'eau sale du port, la fumée des cheminées de Liverpool, le ciel de plomb. De minces faisceaux lumineux balayaient le crépuscule et, très haut dans les airs, flottaient les ballons de barrage argentés, ronds et dodus comme des cochons.

Alors les moteurs se mirent à vrombir, le sifflet retentit, et le navire s'ébranla. Norah tourna le dos à l'Angleterre, et fit face au large.

7

La traversée

On donna à Norah et Gavin la même cabine que Dulcie et Lucy.

— Comme c'est gentil! s'exclama Mlle Montague-Scott en passant la tête par la porte pour leur dire de se préparer à se coucher. Quatre amis du même village ensemble dans la même cabine!

C'était affreux. Dulcie riait sottement chaque fois qu'elles se heurtaient l'une à l'autre. Il y avait si peu de place. Lucy se plaignait parce que sa chemise de nuit était froissée. Le pire, c'était Gavin. Après avoir fait le tour de la cabine d'un air affolé, il se mit à secouer le bras de Norah:

— Où sont Papa et Maman? Pourquoi est-ce qu'ils ne sont pas encore arrivés?

Norah avait envie de le secouer. Comment pouvait-il être aussi stupide?

— Ils ne sont pas là, dit-elle avec impatience. Ne fais pas l'idiot. Ils sont chez nous à Ringden et on s'en va au Canada sans eux.

— Tu ne savais pas ça, Gavin? dit Lucy avec toute la supériorité de ses sept ans. On ne va pas voir nos parents avant longtemps, longtemps, pas avant que la guerre soit finie.

— Bien sûr qu'il sait, s'écria Norah, exaspérée. Lave-toi les dents, Gavin.

Elle essaya de trouver leurs brosses à dents dans le fouillis de leurs affaires.

Mais Gavin restait assis sur sa couchette, l'air ahuri. «Créature avait dit qu'ils seraient dans le bateau», murmura-t-il en montrant du doigt son éléphant.

— Eh bien, ils n'y sont pas.

Il restait assis là, passivement, alors Norah le déshabilla, lui mit son pyjama et essaya de le mettre au lit.

— Je veux dormir avec toi, dit Gavin d'une voix minuscule.

Norah essaya de maîtriser son agacement. «Bon, très bien.» Il n'y avait pas assez de place pour eux deux dans l'étroite couchette, mais ils finirent pas s'endormir néanmoins.

Norah se réveilla en sursaut quelques heures plus tard. Où était-elle? Son lit tremblait et on entendait un vrombissement sourd. La mémoire lui revint. Elle dégagea sa jambe, qu'elle avait coincée sous celle de Gavin. Elle effleura un coin de matelas mouillé et froid.

— Gavin! (Norah s'assit tout net et le secoua avec colère.) Regarde ce que tu as fait!

Elle le força à se lever et le fit se tenir debout, tout grelottant sur le plancher de la cabine, tandis qu'elle enlevait les draps et couvrait le matelas humide avec des couvertures.

«Gavin mouille son lit, Gavin mouille son lit, chantait Lucy le lendemain. Bé-bé, bé-bé!»

Il recommença chaque nuit. Puisqu'il insistait pour dormir dans son lit, Norah exigea qu'il aille se blottir à l'autre bout de la couchette, ce qui ne l'empêchait pas néanmoins de se réveiller chaque matin dans un lit humide. Mlle Montague-Scott l'aidait à rincer les draps ainsi que le pantalon de pyjama de Gavin, mais ils ne séchaient jamais complètement et, d'ailleurs, elle n'arrivait pas à se débarrasser de l'odeur, si bien que la cabine en fut bientôt imprégnée et que Norah évitait la plus grande partie du temps de s'y trouver.

Gavin la suivait partout comme un chiot perdu. Après la première journée de grand vent, quand Norah lui avait fait mettre son passe-montagne, il n'avait plus voulu l'enlever. Il le portait aux repas et même au lit. Ses grands yeux bleus n'en paraissaient que plus grands encore et plus craintifs. Il était devenu étrangement silencieux et ne parlait même plus à Créature. Norah savait qu'elle aurait dû le consoler, mais que pouvait-elle lui dire? Elle ne pouvait pas lui dire qu'ils allaient bientôt revoir leurs parents: ce n'était pas vrai. Il ne lui venait rien à l'esprit, à propos du Canada, qui aurait pu le rassurer. Et elle ne pouvait pas s'empêcher de le reprendre constamment pour qu'il cesse de se conduire en bébé.

C'est alors que lui fut accordé un sursis inattendu. Le troisième jour en mer, elle et Gavin s'introduisirent en cachette sur le pont de première classe. Les enfants dont le voyage était payé par le gouvernement étaient censés rester sur le pont inférieur, mais personne ne remarquait s'ils n'y restaient pas. Bon nombre des enfants de première avaient moins de cinq ans et étaient accompagnés de leurs mères, de leurs gouvernantes ou d'autres adultes qui voyageaient avec eux. Norah trouva un endroit où s'asseoir à côté d'une maman qui avait l'air aimable et qui avait avec elle un bébé dans un moïse.

— Bonjour, vous deux, dit-elle en souriant à Gavin. Tu n'as pas chaud, toi, avec ce passe-montagne?

Gavin hocha la tête, mais il sortit Créature pour la première fois depuis l'embarquement et le montra à la dame.

— Comme il est gentil, ton éléphant. Comment s'appelle-t-il?

— Créature, murmura Gavin.

La dame rit.

— Ce n'est pas un nom comme les autres. D'où vient-il?

Norah expliqua comment Gavin avait nommé son éléphant, d'après un hymne qu'ils avaient appris à l'école du dimanche et qui parlait des créatures du bon Dieu.

— Il est très petit pour un éléphant, vous voyez, dit Gavin. Comment vous vous appelez, vous?

— Madame Pym. Et voici mon petit garçon, Timothy. Nous allons à Montréal pour vivre avec les grands-parents de Timothy.

Après cela, Gavin passa tout son temps avec Mme Pym, qu'il suivait partout. Celle-ci ne s'en montrait pas importunée; elle l'emmenait même à la salle à manger avec elle et venait l'embrasser tous les soirs. Norah avait de vagues remords d'avoir abandonné son frère, mais il semblait beaucoup plus heureux avec Mme Pym qu'avec elle.

Maintenant qu'elle était débarrassée de Gavin, elle mourait d'envie de passer ses journées à explorer le bateau. Or, Mlle Montague-Scott avait d'autres projets. On voyait bien que, dans la vie, elle était maîtresse d'école; elle semblait oublier que les vacances n'étaient pas encore terminées. Certaines des autres escortes négligeaient leur devoir et passaient beaucoup de temps à se prélasser ou encore à flirter avec les officiers, mais Mlle Montague-Scott veillait à ce que son groupe se conforme au programme du bord. Cela commençait par des prières, puis on passait à un exercice de sauvetage; venait ensuite une activité, différente chaque jour: chansons en chœur sur la dunette, cours de dessin, concours d'orthographe, éducation physique ou récitation.

— Pas de mines renfrognées dans mon groupe, Norah, criait-elle gaiement pendant qu'ils faisaient leur gymnastique matinale. Un, deux, un, deux...

Mais le mal de mer eut raison de Mlle Montague-Scott. Lucy y succomba, ainsi que nombre d'autres enfants. Quelques-uns vomissaient sur le pont puis poursuivaient leurs jeux, mais la plupart passèrent leurs journées à gémir dans leurs couchettes.

À présent Norah était libre d'en faire à sa guise. Dulcie non plus n'était pas souffrante, et quand elle ne s'occupait pas de Lucy, se tenait avec Margery et quelques autres filles bégueules qui avaient formé une association appelée le «Club Coup de Pouce».

— Tu ne veux pas être membre, Norah? demanda Dulcie. Ça nous aide à garder le moral. Chaque fois que l'une de nous a le cafard ou a peur, elle dit «coup de pouce!» et on le dit avec elle. Ça aide vraiment.

— Je n'ai pas le cafard, moi, mentit Norah, qui chaque soir, étendue à côté de Gavin, s'efforçait de bloquer les images du pays qui lui inondaient l'esprit. J'ai plus important que ça à faire, merci!

Chaque jour, elle se penchait sur le garde-fou et surveillait la mer, guettant les périscopes. Un convoi entier de navires devançait le SS *Zandvoort*, les protégeant jusqu'à ce qu'ils fussent assez loin de l'Angleterre pour être en sécurité. Les escortes faisaient semblant de ne pas remarquer la présence du convoi, mais Norah se souvenait du commentaire de Mme Baker. Elle savait, elle, qu'ils couraient le risque d'être torpillés. Tous les jours pendant une heure, Norah surveillait la ligne grise ininterrompue de l'horizon, jusqu'à ce qu'elle eût trop froid pour rester plus longtemps immobile. Le problème était qu'elle ne savait pas de quoi avait l'air un périscope ou même un sous-marin allemand.

Parfois, si elle se laissait trop aller à penser aux torpilles ennemies, la peur revenait, suffocante. Une fois, elle avait paniqué en cherchant à côté d'elle son masque à gaz. Puis elle s'était souvenue. Au lieu d'un masque à gaz, elle avait maintenant une ceinture de sauvetage qu'elle devait porter partout, en toile orange rugueuse, remplie de liège. Au moins, cela faisait un bon oreiller.

Le navire était comme une île mouvante et Norah en explora tous les recoins, heureuse de pouvoir aller où elle voulait après la vie régimentée de la pension de Liverpool. L'équipage hollandais gâtait les enfants et les laissait aider à polir les cuivres et enrouler les cordages. Parfois le capitaine s'arrêtait et leur parlait dans son anglais hésitant, ou faisait l'inspection lors de l'exercice de sauvetage. Partout où il allait, il était suivi d'une bande de petits garçons admiratifs.

La meilleure partie du voyage était l'absence de rationnement. Tout le monde se gavait de sucre, de beurre, d'oranges et de crème glacée à volonté. Certains repas comprenaient sept plats, et il y en avait cinq par jour. Norah pensait au médecin qui l'avait trouvée maigrichonne, et mangeait tant qu'elle pouvait.

Les dix jours de la traversée devinrent une sorte d'espace privilégié, hors du temps, entre la guerre que l'on laissait derrière soi, et le pays inconnu qui les attendait. Tout était arrivé si vite que Norah n'arrivait toujours pas à croire qu'elle était partie. Parfois elle essayait de s'imaginer «le Canada». Elle pensait à de la glace, à de la neige, aux tuniques rouges de la police montée, à la petite Anne, de la maison aux pignons verts. C'était comme un puzzle dont les pièces n'allaient pas bien ensemble.

Mlle Montague-Scott se rétablit mais, à part les exercices de sauvetage quotidiens, elle n'essaya plus de les régimenter. «Autant les laisser courir en liberté pendant qu'ils le peuvent», l'entendit dire Norah à une de ses collègues. Les pauvres petits vont avoir bien assez de fonctionnaires sur le dos, une fois arrivés.»

«Qu'est-ce qu'un fonctionnaire?», se demanda Norah.

Elle se lia d'amitié avec un garçon du groupe écossais. Il s'appelait Jamie, et avait une collection d'éclats d'obus beaucoup plus importante que la sienne. Il l'aidait à guetter les périscopes.

— Si seulement on pouvait se faire torpiller! disait Jamie avec ferveur en contemplant l'immensité de la mer.

Quand ils se lassaient de monter la garde, ils tendaient des biscuits aux mouettes qui planaient sans cesse au-dessus d'eux, et celles-ci les leur prenaient des doigts.

Jamie présenta Norah à ses frères aînés. Elle les envia lorsqu'ils lui dirent qu'ils allaient vivre chez leur oncle dans une province des Prairies canadiennes. Les Smith aussi étaient «nommés». Cela voulait dire qu'ils savaient chez qui ils allaient demeurer en Ontario.

— Ce sera dans un presbytère à Toronto, comme chez nous, dit Dulcie. Les Milne sont de vieux amis de Papa.

Norah se demanda où elle et Gavin allaient coucher dans une semaine.

Norah et Jamie étaient debout sur le pont un matin quand Norah s'écria:

— Regarde! Est-ce la terre ferme?

Très loin à l'horizon se dessinait une mince bande d'un bleu plus sombre que la mer. À mesure que la journée avançait, elle se rapprocha, se précisa, si bien que le lendemain matin elle s'était transformée en plusieurs îles.

Ce jour-là, un brouillard épais leur obscurcit la vue. Alistair, le frère de Jamie, qui avait l'air de tout savoir, leur dit qu'on était au large du Grand Banc de Terre-Neuve. Comme ils se penchaient au garde-fou, fouillant la brume du regard, Norah fut stupéfaite d'entrevoir une gigantesque silhouette gris-blanc qui semblait se dresser tout près d'eux.

— Qu'est-ce que c'est que ça?

— C'est un iceberg! dit Alistair. Là il y a de quoi s'exciter alors!

Et ils restèrent bouche-bée, à regarder passer la montagne fantôme.

Bientôt ils s'engagèrent dans un estuaire immense; Alistair dit qu'il s'agissait du fleuve Saint-Laurent, mais les rives en étaient si écartées qu'on aurait dit une petite mer. Bientôt cependant, elles se rapprochèrent pour former une vraie rivière bordée de hautes falaises couvertes de sapins. Jamie scrutait attentivement le paysage.

— Peut-être qu'on surprendra des Indiens en pleine danse de guerre, dit-il à Norah.

— Espèce de petit idiot! dit moqueusement Alistair. Le Canada n'est pas un décor de western.

Mais Jamie et Norah continuèrent de surveiller les falaises. À présent on passait de petits villages, chacun avec son phare et son clocher blanc. Au loin, s'élevaient les toits verts de la ville de Québec. Le navire y fit une brève escale et tous les enfants se pressèrent au garde-fou en se bousculant d'excitation. Plus bas des hommes s'interpellaient en français.

— Ils ne parlent donc pas l'anglais, au Canada? demanda Norah à Margery nerveusement.

Comment se débrouillerait-elle dans une nouvelle famille si elle ne comprenait pas ce qu'on disait?

Margery eut l'air dérouté, mais Mlle Montague-Scott leur assura que, bien que le Canada soit un pays où l'on parlait deux langues, en Ontario la plupart des gens parlaient l'anglais.

— Les enfants qui vont vivre à Montréal ont de la chance, ajouta-t-elle de son ton d'institutrice. Certains d'entre eux apprendront probablement le français.

Mais Norah pensait que cela allait être bien assez difficile de s'adapter dans sa propre langue.

Le navire poursuivit son chemin après la tombée de la nuit. Ce soir-là une atmosphère de fête régnait à bord.

On leur avait préparé un banquet, et les escortes leur firent chanter *For they are jolly good fellows*. Le capitaine se leva et leur dit à tous qu'ils s'étaient conduits en vrais matelots.

On leur donna la permission d'ouvrir pour la première fois les hublots obscurcis, et toutes les lumières du bateau se répandirent dehors dans la nuit.

— Il n'y a plus de danger, dit Mlle Montague-Scott en riant. Le black-out n'est plus nécessaire.

Elle était venue aider les membres de leur cabine à faire leurs valises.

— Vérifiez que vous avez bien tous vos papiers. Nous serons à Montréal dans une heure. C'est là que nous allons passer la nuit. Demain je vous quitterai: quelqu'un d'autre s'occupera de vous dorénavant.

— Où irez-vous? demanda Norah. (Mlle Montague-Scott faisait déjà partie de leurs vies.)

— Je vais rentrer en Angleterre et, j'espère, revenir ici avec une nouvelle cargaison d'évacués, dit-elle gaiement. Espérons qu'entre-temps j'aurai eu raison du mal de mer! Allons, Gavin, tu ne peux pas enlever cet affreux chapeau? Tu vas attraper une maladie de peau à force de le porter.

Elle tira sur son passe-montagne.

— Non! gémit Gavin en se tenant la tête dans ses mains.

— Il va falloir que tu trouves un moyen de le lui ôter, Norah, soupira Mlle Montague-Scott. C'est malsain.

Norah n'avait pas le temps de s'en soucier. Elle eut bien assez de peine, le lendemain matin, à arracher Gavin à Mme Pym, qu'il essayait de suivre.

— Je suis ta sœur! s'indigna-t-elle. Elle n'est même pas parente avec toi. Tu dois rester avec moi, alors fais ce que je te dis.

L'intervalle paisible de la traversée était terminé; à présent tout était de nouveau difficile et compliqué, comme à Liverpool. Il y avait des valises empilées partout. Toute la matinée, ils firent la queue dans la chaleur, à bord du bateau, jusqu'à ce qu'on ait vérifié leurs cartes de débarquement et tamponné leurs passeports. Puis ils attendirent encore, dans la salle d'observation, où ils purent au moins s'asseoir. Des journalistes montèrent à bord pour prendre leur photo.

— Est-ce que ce n'est pas excitant, Norah? dit Dulcie. C'est comme si on était célèbres!

Sa voix avait quelque chose d'hystérique et elle avait le pourtour des lèvres tout gercé à force de se lécher. Un journaliste vint les trouver et Dulcie se mit à lui parler du «Club Coup de pouce».

Enfin on les laissa descendre une passerelle couverte. La foule nombreuse qui les attendait se mit à applaudir, leur lançant des bonbons et du chewing-gum. Puis leurs papiers furent à nouveau vérifiés par des douaniers à l'accent doux.

— Quelle brave petite fille qui a fait ce long voyage toute seule! dit celui qui s'occupait de Norah.

Il lui parlait comme si elle avait l'âge de Gavin.

— Par ici, Norah! C'était Dulcie qui l'appelait.

Norah fronça les sourcils. Dulcie se prenait décidément pour une autre.

Le groupe à destination de l'Ontario se dirigea vers un autobus qui devait se rendre à la gare de Montréal. Norah chercha Jamie des yeux dans la foule bruyante et l'aperçut qui faisait la queue dans un autre groupe, hors de portée de sa voix. Mais elle n'allait pas le revoir de toute façon; à quoi bon lui dire au revoir?

Mme Pym réapparut et donna en toute hâte un dernier baiser à Gavin.

— Obéis à ta grande sœur, toi, lui dit-elle. Au revoir, Norah, bonne chance à tous les deux.

Norah crut voir de la pitié dans les yeux de Mme Pym; aussi lui tendit-elle vite la main, de peur qu'elle ne l'embrasse aussi.

Elle entraîna son frère dans l'autobus avant qu'il n'eût le temps de se mettre à pleurnicher. L'autobus démarra et s'éloigna de Mme Pym et de Jamie, laissant Norah et Gavin de nouveau seuls.

La gare de Montréal était une vaste salle très propre, avec un plancher en marbre glissant; c'était un espace énorme, où les voix résonnaient. Margery montra du doigt le plafond: «Voilà le drapeau canadien», dit-elle avec autorité. Norah contempla le minuscule Union Jack britannique, qui se noyait dans un océan de rouge. Cela lui rappela l'Angleterre, petite et si loin.

Le train de Toronto différait des trains anglais: il n'y avait pas de compartiments et tous les sièges étaient tournés dans la même direction. Norah et Gavin avaient pour voisin, de l'autre côté du couloir central, un gros homme en chapeau à carreaux, qui semblait très curieux à leur endroit.

— Vous venez d'Angleterre, alors? Quel âge avez-vous? Est-ce que vous avez subi des bombardements? Où est votre village?

Il posait tant de questions que Norah se demanda s'il s'agissait d'un espion.

— Je ne peux pas vous dire, dit-elle bien haut, ainsi que le directeur de leur école leur avait dit de répondre à tout inconnu suspect.

Elle le dévisagea tant et si bien qu'il se leva et alla s'asseoir ailleurs.

Soixante-dix enfants du bateau avaient pour destination Toronto. Il y avait de nouvelles responsables et l'une d'elles se baladait d'un bout à l'autre du wagon en distribuant des brassards de différentes couleurs. Celui de Norah était bleu et celui de Gavin, vert. Elle supposa que cela signifiait leurs âges.

— Va-t-on coucher chez nos nouvelles familles cette nuit? lui demanda Norah.

— Oh non! petite. Vous serez logés dans les résidences à l'université pendant quelque temps, jusqu'à ce qu'on vous ai fait examiner.

— Examiner?

La femme rit.

— Il s'agit simplement de s'assurer que vous êtes en bonne santé. Ensuite vos hôtes viendront vous chercher. Ne t'inquiète pas, tu n'auras pas le temps de t'ennuyer. On a prévu toutes sortes d'activités, de jeux, de chansons, de films, même de la natation.

Norah soupira... il faudrait encore chanter.

— Mes sœurs et moi ne serons pas obligées d'y aller, n'est-ce pas? demanda Derek, derrière elle. Nous savons déjà chez qui nous logeons.

— Tant mieux, petit, mais il vous faudra quand même demeurer à l'université pour commencer. C'est le règlement, malheureusement.

Norah était contente; les Smith avaient grand besoin qu'on leur rabatte un peu le caquet.

Gavin s'était endormi. Il se réveilla en sursaut quand le train s'arrêta. La nuit tombait déjà: où était donc passée cette journée interminable? Beaucoup d'enfants s'étaient assoupis et quelqu'un avait baissé les stores pour empêcher qu'ils n'aient les rayons du soleil couchant dans les yeux.

Tout à coup, un des adultes remonta le store à côté d'eux.

— Vous y voilà! Bienvenue à Toronto!

Dehors la nuit était illuminée de lumières éblouissantes, multicolores. Norah, émerveillée, ouvrait des yeux ronds.

Gavin se mit à crier aussitôt:

— Éteignez les lumières! Éteignez les lumières!

— Calme-toi, Gavin! dit Norah en le faisant rasseoir. Rappelle-toi, Miss Montague-Scott a dit qu'il n'y a pas de black-out ici. Il n'y a pas de guerre. On n'est plus en Angleterre, on est au Canada maintenant.

Les mots s'étranglèrent dans sa gorge. Qu'allait-il leur arriver à présent? Elle rassembla leurs affaires avec lassitude, et se prépara à descendre du train.

8

Invités de guerre

À la gare Union, une autre série d'adultes les fit descendre du train et leur demanda de se mettre en rangs deux par deux. On les emmena dans une vaste salle d'attente où un homme était en train de donner des ordres.

— Bienvenue à Toronto, les enfants! dit-il avec un accent traînant. J'aimerais que chacun de vous regarde la couleur de son brassard et se mette en ligne derrière le chef de file qui porte cette couleur-là.

Il n'avait pas besoin de crier; les enfants étaient tous fatigués et soumis. Norah chercha des yeux l'adulte portant le brassard bleu. Puis elle se souvint que Gavin portait une couleur différente. Son frère s'accrochait à sa robe, son visage était sale et barbouillé de larmes.

— S'il vous plaît... implora-t-elle, s'adressant à une adulte. Mon petit frère porte un brassard vert, mais il faut qu'il reste avec moi.

La femme eut l'air inquiet.

— Ah, mais il faut qu'il aille avec les garçons. Tu pourras lui rendre visite plus tard.

Elle desserra doucement les doigts de Gavin et l'emmena. Il se retourna pour la regarder par-dessus son épaule, les yeux pleins de larmes.

— Je te verrai plus tard, Gavin! cria Norah. (Si seulement Mme Pym était encore là!)

— Il se consolera, Norah, dit Dulcie.

Norah l'envia presque. Elle ne semblait jamais avoir de problèmes avec Lucy, mais Lucy était beaucoup plus sûre d'elle que sa grande sœur. Et puis, elles avaient Derek pour s'occuper d'elles, même s'il avait habituellement le nez plongé dans un livre.

Ce matin-là, Dulcie avait mis à Lucy ainsi qu'à elle-même leurs robes roses, qu'elle avait suspendues et gardées propres pendant tout le voyage. La robe de Norah était tachée et ses chaussettes étaient sales et humides.

Allons, les Bleues! Les filles suivirent leur chef de file, qui les mena à l'autobus, décoré d'une banderole bleue, qui les attendait.

Tout comme à Montréal, une foule assemblée de l'autre côté de la rue derrière un cordon se mit à les applaudir: «Bienvenue au Canada! *Rule Britannia!* Regardez comme elles sont mignonnes!» Comme les filles du groupe bleu se rapprochaient un soupir s'éleva de la foule. Une femme, tout près de Norah, dit:

— Regardez ces deux-là! Les petites en rose! On dirait les princesses royales! Lucy sourit et leur fit signe de la main comme une Altesse.

Le trajet en autobus fut court. Elles descendirent bientôt devant un vieil édifice en pierre, du nom de Hart House. On eût dit une église à l'intérieur, avec ses poutres apparentes au plafond et ses grandes verrières colorées.

Gavin, quittant son groupe, se précipita vers elle.

— Tu es partie, dit-il en reniflant.

Son nez coulait. Norah, dégoûtée, essaya de lui essuyer le visage avec un coin de sa robe; elle avait perdu son mouchoir depuis longtemps.

Un monsieur jovial vint chercher Gavin pour le reconduire à son groupe.

— Viens, petit, tu vas manger avec les grands, toi!

Norah le perdit de vue alors qu'ils entraient dans un immense réfectoire appelé Grande Salle, dont les murs étaient peints de grandes lettres dorées.

Le dîner consistait en poulet bouilli et en chou-fleur trop cuit. Quand le dessert arriva, quelques-uns des enfants commençaient à se ragaillardir. Ils s'interpellaient d'une table à l'autre et dévoraient leur crème glacée. Mais Norah n'avait pas faim.

Tout de suite après le dîner, les filles furent emmenées dans un gymnase où il leur fallut se tenir debout en camisole et en culotte pendant que des femmes-médecins leur examinaient la gorge, les oreilles et la poitrine.

— Tu as besoin de te remplumer, toi, dit le médecin à Norah.

Elle se sentit insultée: n'avait-elle pas fait exprès de beaucoup manger sur le bateau? Elle avait toujours été petite pour son âge, mais personne n'en avait jamais fait tant de cas.

Pendant qu'elle se rhabillait, elle entendit le médecin dire à la petite fille derrière elle qu'elle avait le rhume et qu'il lui faudrait aller tout droit à l'infirmerie.

— Mais je veux rester avec ma sœur, pleura l'enfant.

Une infirmière ouvrit la porte et traversa rapidement la pièce:

— Est-ce que Norah Stoakes est parmi vous?

Norah agita le bras.

— Est-ce que tu peux venir empêcher ton frère de pleurer? lui demanda l'infirmière. Il fait une crise de larmes, le pauvre petit, parce qu'on lui a enlevé son chapeau.

Les hurlements de Gavin retentissaient d'un bout à l'autre du corridor. Il était par terre devant l'entrée de l'autre gymnase et se démenait comme un diable: «Je v-v-veux ma sœur!» sanglotait-il.

Norah n'était pas du tout sûre qu'elle voulait de lui, par contre. Il avait les joues barbouillées de saleté et de mucus et ses cheveux blonds avaient foncé là où le passe-montagne les avait couverts. Qu'aurait fait Maman? Elle était soudain furieuse contre sa mère, lui en voulait de ne pas être là pour se charger de lui.

— La ferme! Gavin!

Elle le secoua si fort que sa tête en branla.

L'infirmière parut outrée et lui prit le bras pour l'arrêter:

— Ne sois pas si brutale, Norah! Ce n'est pas une façon de traiter son petit frère!

Les cris de Gavin se muèrent en hoquets. Norah fit volte-face.

— C'est vous qui m'avez demandé de le faire cesser, dit-elle, et c'est ce que j'ai fait! De toute façon, c'est votre faute s'il pleurait, vous n'auriez pas dû lui enlever son chapeau! Vous deviez bien vous rendre compte que ça allait le faire pleurer!

L'infirmière parut indignée.

— Nous n'avions pas le choix: il était d'une saleté répugnante! Nous l'avons jeté et maintenant il va falloir lui laver les cheveux à fond. Quant à vous, mademoiselle, vous avez autant besoin d'un bain que lui: Suivez-moi. Et puis je pense que vous oubliez vos bonnes manières. Au Canada, les enfants ne parlent pas ainsi à leurs aînés.

Elle les conduisit dehors jusqu'à un édifice, de l'autre côté de la pelouse, où il y avait une rangée de baignoires. Norah, ahurie, se détendit peu à peu dans l'eau chaude du bain. Gavin se faisait shampooiner la tête dans la cabine voisine. Il se taisait de nouveau.

— Est-ce qu'il faut que je te baigne aussi? grommela l'infirmière, venue voir où elle en était. Imagine, une fille de ton âge qui ne peut pas se laver toute seule!

Elle lava les cheveux de Norah et la frotta de la tête aux pieds avec une débarbouillette rugueuse. Puis elle lui remit une sorte de peignoir.

— Allons, dis bonsoir à ton frère, ordonna-t-elle. Je vais le raccompagner à sa chambre et je reviendrai te chercher. Tu loges dans un autre édifice.

Malgré son épuisement, Norah sentit s'élever en elle une voix têtue.

— Non!

— Comment?

— Il faut qu'il reste avec moi.

— Ne sois pas difficile, Norah. Tu peux le voir tant que tu veux le jour, mais les garçons et les filles dorment dans des résidences séparées.

— Non, répéta Norah.

Une partie d'elle-même se demandait pourquoi elle insistait tant; elle se serait bien passée de s'occuper de Gavin. Mais il avait l'air si pitoyable avec ses cheveux mouillés qui lui collaient au crâne et ses grands yeux cernés. Elle essaya de ne pas penser à son cou, qui avait ployé comme la tige d'une fleur quand elle l'avait secoué.

L'infirmière la dévisagea quelques instants, puis se résigna:

— Reste ici, soupira-t-elle, je vais voir ce que je peux faire. Mais tu es en train de fausser tout le système.

Au bout de dix minutes, Norah obtint ce qu'elle voulait. L'infirmière revint et les conduisit à un édifice appelé Falconer House, jusqu'à une chambre où il y avait quatre lits. La valise de Norah y était déjà et un garçon vint porter celle de Gavin à leur arrivée. Les lits portaient des noms et Norah constata que les deux autres appartenaient à Dulcie et Lucy.

— Je vous laisse, mais quelqu'un d'autre viendra vous voir dans quelques minutes, dit l'infirmière. Sa voix s'était radoucie, mais Norah était trop fatiguée pour lui répondre.

— Couche-toi, dit-elle à Gavin une fois que l'infirmière fut repartie.

Il lui obéit sans mot dire et se recroquevilla sur lui-même dans son lit. Norah le borda. Elle tâta son matelas et fut soulagée de le trouver protégé par un drap en caoutchouc.

Elle se réfugia entre ses propres draps propres et amidonnés. Elle était si fatiguée que c'est à peine si elle entendit les Smith quand elles entrèrent quelques minutes plus tard.

Ils restèrent à l'université pendant une semaine. Tout le monde était gentil et accueillant, mais Norah commença bientôt à se sentir prisonnière. Le campus de l'université était spacieux et elle mourait d'envie d'aller courir toute seule sous ses grands arbres ou de traverser la rue grouillante, où les voitures roulaient du mauvais côté. L'animation trépidante de la ville qui entourait l'université la lui faisait paraître aussi importante et excitante que Londres. Sauf qu'il y avait des Scouts qui montaient la garde du matin au soir à l'entrée de Hart House, où les enfants mangeaient et jouaient. «C'est pour décourager les curieux», disaient les adultes, mais Norah pensait qu'ils étaient plutôt là pour empêcher les enfants de sortir.

La seule fois que les enfants quittèrent le campus fut pour une visite à un hôpital, où chacun d'eux fut examiné de beaucoup plus près qu'ils ne l'avaient été à Hart House ou à Liverpool. Norah fut obligée de se déshabiller complètement, puis un médecin l'examina de la tête aux pieds en passant par le milieu, ce qui porta atteinte à sa dignité. On la fit passer aux rayons X, on lui martela les genoux et on lui piqua le doigt pour obtenir un spécimen sanguin. On lui fit ensuite plusieurs piqûres. Elle fut tâtée et auscultée, tant et si bien qu'elle eut le sentiment que son propre corps ne lui appartenait plus. Les Canadiens semblaient penser que les enfants anglais étaient porteurs de quelque terrible maladie.

Un autre médecin lui posa des questions: sur ses parents, sur les amis qu'elle avait dû quitter, sur ce qu'elle aimait faire. Il lui était si pénible de parler de tout cela, qu'elle lui répondit le plus brièvement possible. Quand il lui demanda de sa voix douce et compréhensive ce qu'elle ressentait au sujet de son évacuation, elle ne put que marmonner «rien de spécial», pour ne pas pleurer.

— Je vois que tu es timide, dit le médecin. Tu seras bientôt plus à ton aise pour parler, une fois dans ta nouvelle famille.

Une fois de plus, Gavin fut pris en main. Maintenant c'était Mlle Carmichael qu'il suivait partout. Elle s'occupait de leur dortoir et avait également la charge de tous les enfants de moins de neuf ans. C'était une sorte de Mlle

Montague-Scott, mais plus douce et plus jolie; pas aussi enthousiaste, mais tout aussi «maîtresse d'école».

— Comme Gavin est un enfant bien élevé! disait Mlle Carmichael. Et si attachant, avec ses grands yeux et ses traits fins.

Elle gardait les plus jeunes constamment occupés. Gavin revenait au dortoir chaque soir avec de la peinture sur les vêtements et les genoux de ses pantalons tout verts d'avoir joué dans l'herbe. Il semblait plus calme, mais cela ne l'empêchait pas de mouiller son lit la nuit, et son regard avait quelque chose de terne, comme si une lumière s'était éteinte en lui.

La femme qui était chargée des enfants plus âgés ne cessait d'encourager Norah à participer aux activités organisées. Une partie d'elle-même voulait oublier son cafard et se joindre aux courses de relais et nager dans la piscine avec les autres. Mais une sorte d'obstination s'était installée en elle, une humeur qui exaspérait sa mère. Elle l'appelait son «nuage noir». Quand cette humeur sévissait, Norah prenait presque plaisir à ne pas aimer ou ne pas apprécier ce que les grandes personnes lui suggéraient.

— Tu devrais participer davantage, lui disait Margery. Tu t'amuserais plus ici si tu participais.

Norah le savait bien, tout comme elle savait qu'elle aurait dû s'intéresser davantage à

Gavin. Mais le nuage noir lui cachait tout le reste et elle n'arrivait pas à en sortir.

Le premier jour, elle s'accroupit maussadement dans l'herbe et se contenta d'observer un nouveau jeu qu'on appelait base-ball. Il y avait de nouveaux jeux, beaucoup plus à manger, et des accents inaccoutumés. Néanmoins, elle avait peine à croire qu'elle était vraiment au Canada. Cela n'était pas tellement différent de la pension de Liverpool: un intervalle d'ennui, où l'on attendait interminablement que quelque chose se produise.

La balle vint rouler tout près d'elle. Norah la ramassa et la renvoya, soudain aux prises avec ses souvenirs: l'odeur d'herbe fraîchement coupée, et la voix patiente de son père qui l'encourageait tandis qu'elle perfectionnait son lancer avec sa balle de cricket.

— Tu es sûre que tu ne veux pas jouer, Norah? lui demanda gentiment une des responsables.

Norah bannit le souvenir de ses pensées et refusa.

Désormais elle se soustrayait aux activités quotidiennes en passant le plus clair de son temps dans la grande salle remplie de livres pour enfants qui servait de bibliothèque. Norah n'avait jamais vraiment été férue de lecture. À l'école, elle était beaucoup plus forte en arithmétique qu'en anglais et, à la maison, elle s'amusait trop dehors pour s'enfermer dans la maison avec un livre.

Mais maintenant, elle s'installait confortablement chaque jour dans un des fauteuils en cuir de la bibliothèque et lisait. Derek aussi venait tous les jours, ainsi que plusieurs autres. Personne ne parlait; ils étaient isolés les uns des autres, comme des îlots épars, chacun prenant refuge dans une histoire.

Le premier livre que Norah choisit s'appelait *Hirondelles et Amazones*. Il racontait l'histoire d'un groupe d'enfants qui campaient tout seuls dans une île. Ils lui faisaient penser aux Guetteurs du Ciel. C'était un bon livre, épais, qu'elle lut en trois jours. Quand elle l'eut fini, elle en trouva un autre encore plus épais, intitulé *La vallée des hirondelles*, où figuraient les mêmes enfants. Elle devint tellement absorbée dans leurs aventures que, chaque fois qu'on sonnait le gong pour les repas, elle levait les yeux en sursaut, comme si elle avait été à cent lieues de là.

Un après-midi, Mlle Carmichael survint et l'obligea à aller dehors:

— Il fait trop beau pour se terrer à l'intérieur avec un livre. Viens sur le gazon. Tout le monde s'amuse à faire des bulles et il y a des journalistes qui veulent vous rencontrer tous et toutes.

Norah posa son livre à contrecœur et suivit Mlle Carmichael. Quelqu'un lui remit un bout de fil de fer recourbé et l'invita à le tremper dans un seau rempli d'eau savonneuse. Autour d'elle, des bulles irisées flottaient dans l'air chaud. Le temps était très chaud pour septembre; la chaleur faisait à Norah l'effet d'une éponge humide contre sa peau. Elle regarda monter la bulle qu'elle venait de souffler en clignant des yeux, comme une taupe qui sort de terre.

À côté d'elle, Lucy se faisait interviewer.

— Maintenant dis-nous ce que tu penses de Hitler, lui demanda un journaliste.

— Hitler est un méthant, méthant homme, dit Lucy la sainte nitouche en zézayant. C'était bien la première fois que Norah l'entendait zézayer.

Une famille de cinq enfants prenait position pour une photo. La vedette s'appelait Johnnie, entouré de ses frères et sœurs aînés.

— On est venus au Canada pour aider nos parents à gagner la guerre, déclara-t-il, tout fier de lui.

— Pourquoi dis-tu ça? lui demanda un journaliste pour l'encourager.

— Parce que les enfants, c'est encombrant. Maintenant qu'on n'est plus là pour leur mettre des bâtons dans les roues, ils vont pouvoir mieux se battre!

Les journalistes se penchaient en avant sur leurs sièges.

— Dis aux gentils messieurs-dames ce que tu as dit, le premier soir, quand je t'ai demandé comment tu te sentais, dit Mlle Carmichael en le cajolant.

Johnnie resta interloqué jusqu'à ce que Mlle Carmichael lui chuchotât quelques mots.

— J'ai dit... j'ai dit que j'étais pressé d'être brave! s'écria-t-il. Je suis si brave que je vais... je vais..., mais sa grande sœur lui mit la main sur la bouche et l'entraîna.

Deux femmes munies d'appareils-photo qui se tenaient un peu à l'écart du groupe avaient tout entendu.

— Excusez-moi, dit l'une d'elles à Mlle Carmichael. Nous venons des États-Unis pour visiter Toronto et nous n'avons pas pu nous empêcher d'entendre cet adorable petit garçon. Il est vraiment trop mignon! Ces enfants sont des évacués, n'est-ce pas? Comment pouvons-nous nous en procurer un?

— Nous ne les appelons pas des évacués, corrigea Mlle Carmichael. Cela donne l'impression qu'ils sont des sans-famille. Ce sont les invités de guerre du Canada. Nous les accueillons parmi nous pour toute la durée de la guerre. Si vous désirez parrainer un enfant, il faudra vous adresser à votre propre gouvernement.

Le lendemain Mlle Carmichael leur apporta le journal du soir. Des photos de Lucy et de Johnnie y figuraient entre autres, en tête d'un article intitulé: «Les jeunes invités de guerre britanniques soufflent paisiblement des bulles à Hart House».

— Il faut envoyer ça à Papa et Maman! s'écria Dulcie. Tu vois comme ils ont mis exactement ce que tu as dit, Lucy?

Norah ne put trouver ni Gavin ni elle dans les photos. Cela lui donna plus que jamais le sentiment qu'elle n'était pas vraiment là du tout.

9

Alenouchka

Vers la fin de la semaine les enfants
«nommés» partirent rejoindre leurs parents et
amis.

— Au revoir, Norah, dit Dulcie d'une voix
hésitante, tandis que Mlle Carmichael l'aidait à
transporter ses valises jusqu'à la porte de
Falconer House. Penses-tu qu'on se reverra?

Elle passa sa langue sur ses lèvres ger-
cées; elle avait le pourtour de la bouche plus
rouge que jamais.

— Mais bien sûr que vous allez vous revoir, dit Mlle Carmichael. Les Milne peuvent

savoir par nous où Norah logera, et il y aura aussi une grande fête à Noël qui vous réunira tous.

Norah accompagna Dulcie jusqu'à la porte et agita la main en lui disant au revoir, tout étonnée de se sentir triste. Dulcie et Lucy avaient beau être des pestes, elles étaient des visages familiers.

— Quand Gavin et moi allons-nous partir? demanda-t-elle à Mlle Carmichael ce soir-là. Savez-vous chez qui nous logerons?

— Pas encore, mais on va vous trouver quelqu'un dès que possible. On a besoin de vos lits pour le prochain arrivage d'enfants et l'école a déjà commencé. Mais ne t'inquiète pas, nous sommes inondés d'offres.

Elle avait dit cela jeudi. Samedi, Norah entendit prononcer son nom depuis le corridor alors qu'elle revenait à sa chambre. Mlle Carmichael était en train d'aider Mme Ellis à changer les draps.

— Ils ont choisi une famille pour Norah et Gavin, dit Mlle Carmichael.

Norah resta figée sur place et écouta attentivement. Elle savait que ce n'était pas bien d'écouter aux portes, mais ce qui se disait était important. Elle ne saisit pas bien le nom que donna Mlle Carmichael en réponse à la question de Mme Ellis.

— Ils voulaient absolument un garçon, poursuivit Mlle Carmichael, mais on les a persuadés de prendre Norah aussi. J'espère

110

vraiment qu'elle va finir par s'habituer. Gavin est si gentil, mais Norah est parfois difficile. C'est une solitaire, ce n'est pas naturel.

Norah enrageait. C'était Gavin, le difficile, et pas elle! Est-ce que Mlle Carmichael prenait donc plaisir à changer ses draps et à rincer son pantalon chaque jour?

— Je pensais qu'ils seraient envoyés à la campagne, dit Mme Ellis. Ils viennent d'un petit village, si je ne me trompe?

— J'aurais cru que cela leur aurait convenu davantage, mais apparemment la dame a bien précisé qu'elle voulait un petit garçon, aussi jeune que possible — et Gavin est le seul garçon de cinq ans qui nous reste. Je ne devrais pas le dire, mais il faut croire qu'ils ne pouvaient pas très bien le lui refuser, elle est bourrée d'argent.

Norah traîna un peu les pieds pour leur faire savoir qu'elle approchait.

— Te voilà, Norah! dit Mlle Carmichael en souriant. (Comme avec Mme Pym, Norah eut le sentiment qu'elle lui faisait pitié.) J'ai des nouvelles épatantes! Une famille du nom d'Ogilvie serait très heureuse de vous accueillir, Gavin et toi, pour la durée de la guerre. Ce sont deux dames: Mme Ogilvie, qui est veuve, et sa fille. Vous habiterez Toronto: quelle chance, non? Surtout que les Ogilvie ont de l'argent et que vous allez vivre dans une superbe maison à Rosedale. Qu'en penses-tu?

Cela faisait trop d'informations à absorber à la fois. D'ailleurs, ce n'était pas elle que les Ogilvie voulaient, mais Gavin. Norah ne trouva rien de mieux à dire que: Quand partons-nous?

— Quelqu'un passera vous prendre demain après-midi. Maintenant viens m'aider à faire vos valises.

Le dimanche matin de bonne heure les enfants furent emmenés à l'église. La veille, le groupe réduit dont Norah faisait partie s'était accru d'un contingent d'évacués fraîchement débarqués. Norah éprouva de la pitié en les voyant partir après le dîner pour subir leurs examens médicaux. Au moins elle allait enfin partir d'ici, même si elle n'était pas du tout rassurée sur ce qui l'attendait à l'extérieur.

Pendant le service, le pasteur pria pour le peuple britannique qui «continuait bravement à se battre, tout seul contre l'ennemi». Norah pria aussi, en ayant soin de nommer chaque membre de sa famille. Elle essaya de ne pas penser à ce qu'ils pouvaient être en train de faire à cet instant-là. Elle essaya plutôt de s'imaginer une famille du nom d'Ogilvie; elle sentit un poids peser sur sa poitrine.

De retour à Hart House, on leur annonça qu'une bibliothécaire venait d'arriver pour leur raconter des histoires avant le dîner.

— Emmène donc Gavin, dit Mlle Carmichael. Je dois m'occuper de tous ces petits nouveaux.

Écouter des histoires, c'était pour les bébés, mais Norah prit Gavin par la main et entra dans la pièce qui servait aux activités récréatives. Les enfants, éparpillés un peu partout, s'amusaient avec des jouets et des puzzles. Une petite femme aux yeux très vifs, assise sur un tabouret devant la cheminée, parlait tout en les surveillant calmement:

— Il était une fois un fermier et sa femme qui avaient une seule fille. Celle-ci était courtisée par un gentilhomme, commença-t-elle, sans se presser, d'une voix vibrante qui eut vite fait d'interrompre les bavardages.

Petit à petit, les enfants se rapprochèrent et vinrent s'accroupir par terre devant elle.

Quand elle en fut au point où les personnages de l'histoire gémissaient dans la cave, quelques-uns des enfants se mirent à sourire. Et quand l'homme essaya de sauter dans son pantalon, ils riaient. Gavin rit pour la première fois depuis leur départ, et même Norah se prit à sourire.

— ... et voilà l'histoire des trois sots, conclut la dame.

— Racontez-en une autre! demanda une grosse fillette du nom d'Emma.

— Il était une fois une poule qui picorait tranquillement des grains de maïs quand tout à coup — toc! — un gland lui tomba sur la tête. Bonté divine! s'écria la poulette. Le ciel nous tombe sur la tête! Il faut le dire au roi.

Il y eut un silence satisfait dans la pièce après que le rusé renard eut dévoré ses niaises victimes.

— Bien sûr, le ciel ne tombait pas vraiment, dit Emma d'un air entendu.

— Chez nous, si! s'écria Johnnie. Le ciel croule sur toute l'Angleterre, c'est pour ça qu'il a fallu qu'on parte!

La bibliothécaire parut interloquée, l'espace d'une seconde. Elle leur montra à jouer le jeu des petits cochons avec leurs doigts. Puis elle leur raconta l'histoire des trois petits cochons. Tous les plus jeunes soufflèrent avec le loup, y compris Gavin. Ils se rapprochèrent encore un peu, et l'un des enfants se mit à caresser ses chaussures. Emma grimpa sur ses genoux.

— Et maintenant, j'aimerais vous raconter l'histoire d'Alenouchka et de son frère.

Son ton s'était fait triste et solennel et l'atmosphère de gaieté exubérante se transforma en un silence plein d'attente.

— Il était une fois deux orphelins, un petit garçon et une petite fille. Leur père et leur mère étaient morts et ils étaient seuls au monde. Le petit garçon s'appelait Ivanouchka et la petite fille Alenouchka. Ensemble ils entreprirent de traverser à pied le grand et vaste monde. C'était un long voyage qu'ils avaient entrepris, et ils ne pensaient pas à en voir la fin, seulement à aller plus loin, plus loin...

Norah frissonna. Elle se sentit attirée par l'histoire comme par un aimant. Elle *devint* Alenouchka, essayant d'empêcher son petit frère de boire l'eau des flaques laissées par les empreintes d'animaux, se désespérant lorsqu'il le fit quand même et fut transformé en petit agneau.

Les autres enfants étaient aussi envoûtés qu'elle. Ils se tenaient immobiles comme des statues sous l'empire de la riche voix, oubliant la conteuse tant ils étaient absorbés par l'histoire elle-même.

Ô mon frère Ivanouchka,
J'ai autour du cou une lourde pierre,
L'herbe soyeuse pousse entre mes doigts,
Le sable jaune pèse sur ma poitrine.

Norah ne se rendit compte qu'elle avait les larmes aux yeux que quand l'une d'elles lui roula sur la joue.

L'histoire finissait bien. Alenouchka fut sauvée d'un ensorcellement, et quand elle prit l'agneau dans ses bras, il redevint son frère,

— ... et tous vécurent heureux et mangèrent du miel tous les jours de leur vie, avec du pain blanc et du bon lait.

La voix se tut et les enfants restèrent sans bouger. Norah se sentait détendue, bien dans sa peau. Elle sentait le tapis rugueux sous ses jambes et la cuisse chaude de Gavin contre la sienne.

La bibliothécaire se leva et quitta la pièce sans mot dire, sans même leur dire au revoir. C'était comme si les histoires s'étaient servies d'elle pour se raconter elles-mêmes. Les enfants se levèrent en silence et allèrent dîner.

Le sentiment de bien-être qu'éprouvait Norah prit fin après le repas. Elle et Gavin, dans leurs vêtements lavés et repassés, attendaient dans le hall d'entrée.

— Où est-ce qu'on va encore vivre, dis? murmura Gavin.

Norah s'escrimait avec sa barrette.

— Que veux-tu dire, nigaud? on n'a encore vécu nulle part.

— Si, quand même. D'abord à la pension, ensuite sur le bateau avec Mme Pym et ensuite ici avec Mlle Carmichael. Et maintenant, alors, où est-ce qu'on va vivre?

— Chez une famille du nom d'Ogilvie qui habite une maison de riches. Tu sais bien, Gavin, on te l'a déjà dit.

Mlle Carmichael monta leur dire au revoir.

— Bon, prenez soin de vous conduire comme des invités polis et tout ira très bien. Quelqu'un viendra vous rendre visite sous peu pour voir comment vous vous débrouillez.

La porte d'entrée s'ouvrit, livrant le passage à une dame potelée et quelconque. Elle portait un tailleur en toile brune et un chapeau beige; ses cheveux beiges étaient ramassés en un petit chignon serré. Elle avait les yeux bruns et le regard anxieux:

— Comment allez-vous? Je suis Miss Ogilvie. Et ces enfants doivent être Norah et Gavin. Je suis très heureuse de vous rencontrer tous les deux, dit-elle d'un ton craintif.

Norah serra la main molle de la dame. Elle portait des gants beiges impeccables.

— Je veux rester ici, gémit Gavin en se cachant derrière Mlle Carmichael.

— Allons, Gavin!

Elle lui donna un gros bonbon. Ce fut une telle surprise que Gavin se mit à le sucer avidement au lieu de pleurer.

Mlle Carmichael les embrassa tous deux.

— Je vous verrai à la fête de Noël, dit-elle en souriant.

Mlle Ogilvie les conduisit à sa luxueuse voiture grise.

— Peut-être aimeriez-vous vous asseoir l'un à côté de l'autre sur la banquette arrière, leur dit-elle d'un ton hésitant.

Norah regarda l'université s'éloigner derrière eux. Puis elle passa le reste du trajet à travers les rues paisibles à regarder la nuque soignée de Mlle Ogilvie.

DEUXIÈME PARTIE

10

Les Ogilvie

La voiture s'engagea dans une rue ombragée et tranquille et s'arrêta devant la maison du bout, une maison si haute et si imposante qu'elle avait l'air d'un château en brique rouge. Elle avait même une tour. Les fenêtres épiaient Norah comme une foule d'yeux inquisiteurs. Elle remonta, valise en main, de larges marches blanches, flanquées de gros piliers verts.

L'intérieur de la maison était encore plus éblouissant. Le hall d'entrée était grand comme deux pièces de Little Whitebull. Il avait l'air encore plus grand parce qu'il était pratiquement vide de meubles, à part une table en acajou sur laquelle était posé un bol en argent rempli de roses. Le hall donnait sur plusieurs pièces où l'on entrait par des portes voûtées; un grand escalier en colimaçon menait vers les étages supérieurs.

Mlle Ogilvie, debout à côté d'eux, semblait aussi mal à l'aise dans ce hall que si, elle aussi, était une étrangère qui ne savait pas ce qu'on attendait d'elle.

— Voyons, maintenant..., dit-elle de sa voix timide qui retentissait dans le silence. Maman est évidemment désireuse de faire votre connaissance, mais c'est l'heure à laquelle elle se repose. Je vais vous montrer votre chambre et vous pourrez déballer vos affaires en attendant l'heure du thé.

Elle leur fit monter deux étages. Les marches menant au premier étaient recouvertes d'un tapis épais, celles du second étaient nues et glissantes. Tout en haut il n'y avait que deux pièces: l'une, petite, contenait une énorme baignoire; l'autre était une grande chambre à coucher circulaire avec des sièges encastrés le long des fenêtres.

— Mais c'est la tour! s'écria Norah, qui courut aux fenêtres et contempla, émerveillée, les cimes feuillues des arbres.

— Oui... J'espère que cela ne vous ennuie pas d'être là-haut tous seuls. Est-ce que

cela vous va? s'enquit Mlle Ogilvie timidement. J'ai tout préparé moi-même.

Norah n'avait jamais rencontré de grande
personne qui fût si nerveuse. Elle se mit à
marcher dans la chambre à pas feutrés, en
évitant les gestes brusques susceptibles de la
faire sursauter.

Le long d'un mur se trouvaient deux lits
étroits, chacun recouvert d'un édredon de
satin. Les rideaux qui pendaient aux fenêtres
avaient l'air neufs. Sur une table, étaient
empilées des boîtes de casse-tête et de jeux.
Des petites voitures et des petits camions
étaient alignés sous la table et, dans un coin
de la pièce, un vieux cheval à bascule râpé,
avec une crinière en vrai crin de cheval, attendait d'être redécouvert. Gavin alla le trouver et lui caressa doucement la crinière.

— Je regrette qu'il y ait surtout des jouets
de garçon, s'excusa Mlle Ogilvie. Vous
voyez... (Sa voix lui fit défaut.)

Norah pensa qu'elle allait avouer qu'elles
auraient souhaité n'héberger qu'un garçon.
Son enthousiasme pour la chambre au sommet de la tour diminua.

— ... vous voyez, cette chambre appartenait autrefois à... mon frère et à moi. La plupart de ces jouets étaient les siens, mais j'ai
retrouvé une de mes poupées pour toi,
Norah. (Elle désignait du doigt une petite
poupée en plâtre à la figure ébréchée qui était
couchée sur un des lits.) J'adorais les pou-

pées mais, bien sûr, toutes les filles n'aiment pas les poupées, ajouta-t-elle de sa voix douce et anxieuse.

Norah tâta la robe en coton jauni de la poupée. Mlle Ogilvie la regardait faire avec des yeux si pleins d'espoir qu'elle essaya d'avoir l'air emballé.

— Merci. Elle est très belle. Où est votre frère, alors? Est-ce qu'il vit encore ici?

Le visage ingrat de la femme s'affaissa.

— Non! Hugh est mort à la guerre. Pas celle-ci, la première.

— Oh. Je suis désolée.

Après cela, il n'y avait plus rien à dire. Miss Ogilvie avait l'air de vouloir s'en aller.

— Prenez le temps de vous installer, dit-elle, et je monterai vous chercher à l'heure du thé. Le thé du dimanche est un repas en règle. Nous mangerons plus simplement ce soir. Peut-être pourriez-vous vous changer et vous mettre en grande tenue. Et puis... pourrais-tu lui essuyer la bouche? ajouta-t-elle en hésitant. (Gavin avait les lèvres barbouillées de rouge à cause du bonbon de Mlle Carmichael.) La première impression compte tellement, vous ne pensez pas? À plus tard, donc.

Elle s'esquiva et disparut dans l'escalier.

Gavin se balançait lentement sur le cheval à bascule qui grinçait. Norah déballa tous ses vêtements et les rangea dans la garde-robe et dans les tiroirs de la commode qui, lorsqu'elle eut fini, étaient encore à moitié vides. Elle posa la photo de sa famille sur la table de nuit. Elle trouva, au fond de sa valise, sa collection d'éclats d'obus, dont elle caressa le métal lisse, irisé, et qu'elle décida de cacher sous son matelas.

Elle obligea Gavin à se laver la figure et à aller aux cabinets. Ici, la toilette se trouvait dans la même pièce que la baignoire, alors que chez elle, c'était dans une pièce à part, attenante à l'arrière-cuisine. Elle était déjà habituée à appuyer sur une poignée au lieu de tirer une chaîne.

Elle choisit leurs vêtements. La seule robe qui fût plus présentable que celle qu'elle portait était une robe d'hiver en tissu de laine imprimé, et elle était toute fripée. Elle essaya de la défroisser à l'aide d'une débarbouillette mouillée.

— J'ai trop chaud, se plaignit Gavin, après que Norah lui eut fait mettre sa culotte courte en laine grise et son gilet en tricot, qui avait au moins l'avantage de recouvrir sa chemise blanche toute chiffonnée.

— Arrête de pleurnicher. Tu as entendu ce qu'elle a dit, il faut faire bonne impression.

Norah se trouva un ruban, malheureusement fripé, et se fit tant bien que mal un nœud sur le côté de la tête.

— Et puis enlevons ça, dit-elle en détachant les médaillons identificateurs qu'ils portaient au cou. Elle les jeta dans la corbeille à papier et se sentit plus légère.

Assis sur la banquette qui longeait la fenêtre, ils contemplaient calmement les toits au-dessous d'eux. Norah se prit à éprouver un commencement d'espoir. Peut-être ne serait-ce pas une si mauvaise chose que de vivre ici. Même si les Ogilvie ne voulaient vraiment que de Gavin, cette chambre merveilleuse était une bien agréable surprise. Si elle se montrait aussi polie que possible, peut-être ces dames voudraient-elles aussi d'elle.

Mlle Ogilvie frappa à leur porte.

— Oh! fit-elle d'un air déconfit en les voyant. Vous auriez dû demander à la bonne de repasser vos vêtements. Cela ne fait rien, il est trop tard à présent. Maman aime que l'on soit à l'heure et elle nous attend déjà dans la bibliothèque.

Elle se comportait comme s'ils étaient sur le point d'être présentés à un membre de la famille royale. Norah sentit sa poitrine se serrer. Elle et Gavin descendirent le long escalier derrière Miss Ogilvie, qui entra dans une pièce donnant sur le hall.

— Entrez, entrez, disait impatiemment une voix retentissante. Laissez-moi vous regarder.

Par contraste avec l'austérité du hall, la bibliothèque était une pièce chaleureuse, remplie de gros fauteuils rembourrés, recouverts de chintz, et de tables encombrées de vases pleins de fleurs, de bibelots et de photos dans des cadres en argent. L'air y était lourd et parfumé.

La voix provenait d'une femme étendue sur un fauteuil à bascule à côté de la fenêtre. Elle avait le visage rond, auréolé de cheveux argentés, épais et frisés. Ses yeux étaient presque du même gris que ses cheveux. Sa robe de soie rouge, sous laquelle bombait une ample poitrine, lui donnait l'aspect d'un rouge-gorge bien nourri. En dépit de cet embonpoint, elle avait de longues jambes minces et élégantes.

— Venez me serrer la main, ordonna Mme Ogilvie.

Norah eut un mouvement de recul avant de mettre sa main dans la sienne. Une bague sertie de pierres pointues mordit sa paume moite.

— Tu dois être Norah... et voici le petit Gavin, bien sûr. Asseyez-vous, je vous en prie. Je suis enchantée de vous rencontrer tous les deux.

Mme Ogilvie supposait évidemment qu'ils savaient qui elle était. Norah attendait, immobile, de voir ce qu'on attendait d'elle. La dame vibrait d'énergie, comme un moteur qui marche à la perfection. Comment s'étonner de ce que sa fille fût si pâle et soumise; sa mère avait dû saper toutes ses couleurs.

Gavin contemplait Mme Ogilvie dans toute sa splendeur comme s'il était ensorcelé. Mme Ogilvie l'examina et ronronna de plaisir.

— Quel beau petit garçon! Viens là, tout près de moi. (Elle attira près de ses pieds un petit tabouret.) Je ne vais pas te manger! Nous allons être bons amis, toi et moi.

Gavin avança lentement, sans jamais quitter des yeux le visage de la dame, une main enfoncée dans sa poche.

— Tu as cinq ans, n'est-ce pas? Dis-moi, qu'est-ce que tu as dans cette poche?

— «Créature», murmura Gavin en sortant son éléphant en peluche pour le lui montrer.

— Créature! Quel nom charmant! Regarde ce que j'ai pour toi et Créature. (Elle ouvrit le tiroir de la table à côté d'elle et en sortit un petit avion en étain.) Là! Je sais bien ce qu'aiment les petits garçons.

Gavin caressait l'avion. Ses yeux brillaient. Norah le regardait faire jalousement. C'était un excellent modèle d'un Blenheim. Elle se demanda si elle aussi allait recevoir un cadeau.

— Dis merci, gronda-t-elle.

— Voyons, voyons, laisse-le faire, s'interposa Mme Ogilvie. Ce qui vous arrive est étrange et nouveau pour lui. (Elle regarda de nouveau Norah.) De quelle partie de l'Angleterre venez-vous? Rappelez-le moi.

— Du Kent, marmonna Norah.

Elle offrit quelques détails sur son village natal, en réponse aux questions de Mme Ogilvie. Celle-ci avait immédiatement reporté toute son attention sur Gavin, qui lui racontait la traversée en bateau. Norah, au comble de l'irritation, remua dans son fauteuil. Comment pouvait-il parler si facilement à une étrangère, quand il avait à peine adressé la parole à sa propre sœur pendant tout le voyage?

— Comme vous avez dû avoir peur quand les avions allemands ont survolé le bateau, dit Mlle Ogilvie en frissonnant. Vous devez être si soulagés d'être enfin sains et saufs.

— Je n'avais pas peur, moi, déclara Norah, qui ne quittait pas Gavin des yeux. Je ne voulais pas être saine et sauve.

Mme Ogilvie la regarda en fronçant les sourcils.

— Elle est terriblement petite pour son âge, Mary. Es-tu sûre qu'elle a dix ans?

— J'ai dix ans et demi, s'écria Norah avec indignation. Vous n'avez pas besoin de parler de moi comme si je n'étais pas là.

Mlle Ogilvie la regardait, bouche bée. Norah regretta ses paroles lorsqu'elle vit l'expression de Mme Ogilvie.

— Impertinente! Les mauvaises manières ne sont pas tolérées dans cette maison, ma fille.

Norah savait qu'elle aurait dû s'excuser, mais quelque chose dans les yeux gris qui la regardaient, peut-être leur détermination même, lui donnait envie de se montrer tout aussi têtue. Oubliant toutes ses bonnes résolutions, elle garda un silence hostile.

Mme Ogilvie attendit quelques instants, puis regarda sa fille d'un air entendu. Elle agita une petite cloche en cuivre.

Une domestique en tablier blanc à volants froncés entra en poussant un chariot à desserte sur lequel était servi un véritable thé à l'anglaise: sandwichs aux œufs, au poulet, *scones* chauds beurrés, avec de la confiture aux framboises, minces biscuits au citron, et un lourd gâteau d'épice glacé à l'érable. Norah se dépêcha de manger. Ce n'était pas facile de tout garder en équilibre sur son genou; elle finit par imiter Gavin qui s'était assis par terre. Mme Ogilvie leur fit boire du lait.

— Le thé n'est pas bon pour les enfants, dit-elle lorsque Gavin en demanda.

— Bon, voyons un peu, dit-elle en posant la théière en argent. Il m'a semblé que vous seriez plus à l'aise en m'appelant Tante Florence et ma fille, Tante Mary. Je sais que vous allez vous sentir chez vous ici: nous suivons les bonnes vieilles traditions britanniques. Dans cette terrible guerre, nous sommes tout particulièrement heureuses d'aider la mère patrie dans toute la mesure du possible. C'est pourquoi j'ai décidé d'accueillir des invités de guerre, de faire ma part.

Elle regardait Norah comme si elle attendait d'elle une profonde reconnaissance, puis sourit à Gavin.

— Et, bien sûr, je voulais de nouveau avoir un enfant dans la maison. (Se tournant vers Norah, elle poursuivit.) Toi aussi, il va falloir faire ta part. Je m'attends à ce que tu sois tranquille, propre et bien élevée. Vous serez traités comme des membres de la famille, et je suis sûre que vos parents seront heureux de savoir qu'on vous a trouvé un si bon foyer. Avez-vous des questions?

— Non, maugréa Norah.

— Non, qui?

— Non... Tante Florence.

Les mots lui restaient dans la gorge comme des miettes de pain sec. Pourquoi serait-elle obligée d'appeler «tante» quelqu'un qui ne lui était même pas apparenté? Tout à coup elle se rappela qu'elle avait une question à poser:

— Est-ce qu'on va aller à... l'école?

C'était une échéance qu'elle n'était pas du tout prête à envisager, mais il fallait bien qu'elle sache à quoi s'en tenir.

— Vous commencerez l'école mardi. Les gens de Hart House nous ont suggéré de vous garder à la maison le premier jour pour vous donner le temps de vous habituer à votre nouvelle famille.

La bonne revint chercher le chariot. Il y eut un silence gêné. Norah retroussa ses manches; elle avait trop chaud dans sa robe d'hiver, dans cette pièce où l'on manquait d'air.

— Voyons un peu, que va-t-on faire?

Tante Florence sourit avec bonté, mais Norah se contenta de regarder le tapis.

— Si tu jouais au *cribbage* avec Norah, Mary, pendant que Gavin et moi nous jouons au *Poisson*.

Sa fille se leva docilement et mena Norah à une table dans un coin de la pièce, sur laquelle était posée une sorte de longue planche étroite, criblés de trous, hérissée çà et là de petites fiches en ivoire. Il y avait aussi un jeu de cartes, du papier, et des crayons. Norah fit de son mieux pour suivre les explications de Tante Mary, mais elle ne pouvait s'empêcher d'entendre les glousse-ments de joie de Gavin chaque fois qu'il criait «Poisson!».

Le *cribbage* était un jeu si compliqué qu'elle poussa un soupir de soulagement lorsque Tante Florence leur permit enfin de retourner à leur chambre.

— Quand Tante Mary ira vous chercher, vous prendrez un repas léger dans la cuisine. Le dimanche soir, nous jouons au bridge et j'aimerais que vous veniez rencontrer tout le monde.

Elle les congédia d'un geste royal.

— Tante Florence est belle, dit Gavin lorsqu'ils eurent réintégré la tour. Est-ce que tu crois qu'elle est la reine du Canada?

Norah se renfrogna.

— Ne dis pas de bêtises. Bien sûr que non. Comment peux-tu l'aimer? Elle est mé-chante, c'est un vrai gendarme, et en plus elle est grosse.

— Ah. (Gavin avait perdu son enthousiasme.) Est-ce que ça veut dire qu'on ne va pas rester, si tu ne l'aimes pas?

— Tu penses que c'est moi qui décide? Si c'était vrai, on n'aurait jamais quitté l'Angleterre! Bien sûr qu'on va rester. On n'a nulle part où aller.

Gavin grimpa sur le cheval à bascule et se mit à chantonner, en faisant planer son avion à bout de bras:

— Créature pense qu'il aimerait bien rester, lui.

Tante Mary monta à six heures et demie et leur dit de se mettre en pyjama. Norah voulut protester à l'idée de se préparer à se coucher si tôt, mais elle savait que tout ce qu'elle dirait à Tante Mary ne ferait que la rendre encore plus nerveuse. Ils se mirent donc en robe de chambre et en pantoufles et descendirent à la cuisine avec elle.

Tante Mary les laissa avec la cuisinière, Mme Hancock. C'était une brave femme, d'un certain âge, aux mains rouges, un peu désordonnée.

— Vous êtes venus d'Angleterre! s'extasiat-elle en repoussant une mèche rebelle sous le filet qu'elle portait sur la tête. J'ai toujours voulu visiter le vieux pays. J'ai vu le roi et la reine quand ils sont venus l'année dernière. Je les ai vus comme je vous vois. Même que j'aurais pu les toucher. Asseyez-vous là et goûtez à ma crème de tomates.

Ils mangèrent la soupe, le pain rôti et le pudding, à une table en pin bien frottée. La cuisine ressemblait à la leur, chez eux, sauf qu'elle avait un grand réfrigérateur et pas de feu de foyer. Ils se sentaient à l'aise avec Mme Hancock. Elle leur montra comment le réfrigérateur fabriquait des glaçons.

— Appelez-moi Hanny, dit-elle. C'est comme ça qu'on m'appelle dans la famille. Ça me rappelle le bon vieux temps, quand Mary et Hughie mangeaient leur repas du dimanche soir à la cuisine. Ça doit faire trente ans de ça! Ça fait du bien de voir des enfants dans la maison, hein Édith?

Édith, la bonne, lisait un roman à l'autre bout de la table.

— C'est mon soir de sortie, dit-elle maussadement. Quand est-ce que je peux partir?

— Pas avant de leur avoir servi leurs sandwichs. Reprends donc du pudding, Gavin.

Quand Tante Mary revint les chercher, Norah quitta la cuisine à contrecœur. Ils la suivirent à l'entrée du salon. Sept adultes y étaient assis à deux tables carrées. Mme Ogilvie leva les yeux du jeu de cartes qu'elle battait de ses mains expertes.

— Voici nos jeunes invités de guerre! Venez que je vous présente.

Tous les adultes se levèrent et se dirigèrent vers les enfants en leur souriant et en leur tendant la main. On leur ébouriffa les cheveux et on leur serra vigoureusement la main! «Comment allez-vous?» «Bienvenue au Canada!» «Où habitez-vous en Angleterre?» «Avez-vous fait bon voyage?» «Est-ce que vous commencez à vous habituer?»

Comme il était impossible de répondre à tant de questions, Norah gardait le silence. Quand Gavin se mit à parler timidement de Créature, les voix des adultes se turent.

— Quel accent adorable! gloussa une femme lorsqu'il eut fini.

Norah fronça les sourcils: est-ce que les Canadiens ne se rendaient pas compte que c'était eux qui avaient un accent?

— Que penses-tu du Canada, Norah? demanda un monsieur. Est-ce bien différent de l'Angleterre?

Une fois de plus, tout le monde cessa de parler. Devant tous ces visages radieux, Norah laissa échapper la première chose qui lui vint à l'esprit:

— Tout le monde au Canada a les dents très blanches.

Les adultes éclatèrent de rire et Norah rougit de honte. Qu'avait-elle donc dit de si drôle?

— Maintenant, allez vous coucher, dit Tante Florence. (Elle embrassa Gavin et s'approcha de Norah mais, quand celle-ci se mit à reculer, elle se ravisa.) Et éteignez tout de suite. Vous devez tous deux être très fatigués.

On les renvoya en haut tout seuls.

— Créature comprend maintenant, dit Gavin quand ils furent couchés. On va vivre ici longtemps et quand j'aurai huit ans on va retourner vivre avec Maman et Papa.

— Pas huit ans! Peut-être presque sept ans!

— Mlle Carmichael a dit huit ans.

— Eh bien, elle se trompe! Papa a dit: peut-être un an. C'est exactement ce qu'il a dit.

Gavin s'endormit vite. Norah se tourna et se retourna dans son lit. Elle finit par se relever et alla s'asseoir à la fenêtre. Un vent chaud s'était levé, qui faisait onduler les feuilles des arbres comme les flots agités d'une mer houleuse. Rosedale était un quartier beaucoup plus tranquille que celui de l'université. De temps en temps, une voiture passait, ou un chien aboyait, mais entretemps on n'entendait rien, sinon le bourdonnement soutenu de quelque insecte. Il ne faisait pas tout à fait nuit, il était beaucoup trop tôt pour s'endormir. Norah regardait tomber la nuit avec une triste résignation.

Ils étaient donc arrivés à leur destination. Ils allaient rester là pendant toute la durée de la guerre, aussi longue soit-elle. La guerre, l'Angleterre, tout ça lui semblait loin de cette vie de luxe «coussinée» que menaient les Ogilvie: leur vie aussi, désormais.

Elle remarqua que la banquette avait une charnière et lorsqu'elle souleva le siège, elle en trouva l'intérieur rempli de couvertures. Ce serait là une meilleure cachette pour ses éclats d'obus. Lorsqu'elle les y eut déménagés, elle défit la doublure de son manteau et en retira le billet de cinq livres que sa mère y avait dissimulé. Elle le cacha également sous les couvertures et rabattit le siège de la banquette. Maman et Papa lui avaient dit de donner l'argent à sa nouvelle famille pour qu'on le lui garde, mais Norah décida qu'elle préférait l'avoir sous la main, au cas où elle en aurait besoin.

Elle se recoucha et pensa à sa chambre vide, chez elle, et à ses parents qui dormaient juste en dessous. Elle se mit à pleurer doucement, mais même cela lui sembla inutile; alors elle resta là à écouter la nuit jusqu'à ce que le sommeil la gagne.

11

Lundi

Le petit déjeuner fut servi dans la salle à manger. Norah, Gavin et Tante Mary, assis à un bout de la longue table polie, mangeaient le gruau, les œufs et le bacon que Hanny leur apportait.

— Maman ne se lève jamais pour le petit déjeuner, expliqua Tante Mary. (Elle semblait plus détendue sans sa mère.)

Devant chaque assiette était posé un long fruit jaune.

— Qu'est-ce que c'est? demanda Gavin.

— Ne fais pas l'idiot, c'est une banane, lui dit Norah. On n'a pas vu de bananes depuis avant la guerre, expliqua-t-elle à Tante Mary. Il ne s'en souvient pas.

Aïe! Gavin avait mordu dans la banane sans la peler d'abord.

— Pauvre enfant, laisse-moi t'aider.

Tante Mary lui montra comment enlever la peau.

— Alors, qu'est-ce que vous aimeriez faire aujourd'hui? Il faut penser à quelque chose d'amusant à faire avant de commencer l'école demain, Norah.

— Et Gavin, ajouta Norah.

— Est-ce que Gavin n'est pas trop jeune pour aller à l'école? Je pensais qu'il avait cinq ans. Je suppose qu'il pourrait aller à la maternelle, mais je pense que Maman préférerait l'avoir à la maison...

— Il va avoir six ans en novembre et, de toute façon, il a déjà été à l'école. Il était au jardin d'enfants, l'année dernière. Alors il est assez grand, n'est-ce pas Gavin?

Norah était fière de son frère: ce matin, pour la première fois depuis leur départ, il n'avait pas mouillé son lit.

— Je ne pense pas que Maman sache qu'il a presque six ans, dit Tante Mary d'un air soucieux. Il va falloir le lui dire, je suppose.

— Je n'aime pas l'école, dit Gavin.

— Tu as appris à aimer ça une fois qu'on t'a montré à attacher tes boutons, lui rappela Norah.

Gavin venait la trouver en pleurant pendant la récréation pour qu'elle lui boutonne son pantalon derrière un arbre quand il était allé aux cabinets. Rien qu'à y penser, elle se mit à lui en vouloir de nouveau. Elle serait obligée de s'occuper de lui encore plus, à leur nouvelle école canadienne.

— Ton école est à six rues d'ici, à peine, disait Tante Mary. J'ai appris hier, à l'église, que tu vas y retrouver des amies d'Angleterre: les demoiselles Smith. Elles et leur frère sont les invités de notre pasteur, le Révérend Milne.

Norah posa sa cuillère. Elle avait complètement oublié Dulcie et Lucy. Elle avait peine à les associer dans son esprit avec les Ogilvie.

— Aimerais-tu les inviter à dîner? demanda Tante Mary. Elle n'ont pas encore commencé l'école, elles non plus, et Mme Milne a décidé de les garder à la maison aujourd'hui pour que vous commenciez toutes ensemble.

— Non, merci. (Norah essaya de ne pas paraître mal élevée.) Est-ce que... pensez-vous qu'à la place, je pourrais aller me promener?

— Toute seule? Je me demande ce que Maman en dirait. (Tante Mary considéra la mine suppliante de Norah.) Je suppose qu'il n'y a pas de mal. Tout le monde dans ce quartier nous connaît. Si tu te perds, tu n'as qu'à frapper à une porte et demander ton chemin. Mais ne t'éloigne pas trop, et mets ton chapeau. Sois de retour dans une heure.

Norah, ne tenant plus en place, essaya tant bien que mal d'écouter le reste des prudentes indications de Tante Mary. Puis elle se précipita à leur étage pour aller aux cabinets et prendre son chapeau.

En redescendant, elle s'arrêta sur le palier, devant la porte de la chambre de Tante Florence. Malgré sa hâte de sortir, elle ne put s'empêcher d'écouter lorsqu'elle entendit une voix. Elle écoutait beaucoup aux portes depuis quelque temps, mais elle ne trouvait pas d'autre moyen de se renseigner.

Tante Florence ne pouvait pas être en train de se parler à elle-même. Elle devait avoir le téléphone là-dedans. Norah n'avait jamais entendu parler d'avoir le téléphone dans sa chambre à coucher. À Ringden, les seules personnes à avoir le téléphone tout court étaient le docteur, le policier et Mme Chandler; les autres utilisaient la cabine téléphonique dans la rue principale.

— La fille? disait la voix de gorge. Eh bien, elle est insolente, mais on lui fera passer ça. Les filles sont si sournoises: j'ai dû être beaucoup plus stricte avec Mary qu'avec Hugh. Mais attendez de voir Gavin! C'est un numéro, et avec cet accent adorable. Et de belles joues roses! La fillette est maigrichonne, et pâle, on ne devinerait jamais qu'ils sont frère et sœur. Et leurs vêtements... enfin, on voit bien que ce ne sont pas des gens aisés. Je vais emmener Gavin dans les magasins, demain. Avec son teint blond, il serait mignon comme tout dans un petit costume matelot bleu marine. Pensez-vous qu'on en trouve encore chez Holt? Il y a si longtemps que je n'ai pas acheté de vêtements d'enfant. Je vous dis, Audrey, tout ça me fait revivre, tout à coup.

«Tante Florence ne pourra pas emmener Gavin dans les magasins quand elle apprendra qu'il va à l'école demain», pensa Norah en poursuivant son chemin.

Dès qu'elle mit les pieds dehors, elle oublia sa rancune. Une délicieuse sensation de liberté s'empara d'elle. C'était la première fois, depuis le jour où elle avait quitté l'Angleterre, qu'elle pouvait aller où bon lui semblait. Et c'était la première fois depuis le début de la guerre qu'elle sortait les mains vides, sans masque à gaz, sans carte d'identité, sans gilet de sauvetage.

Elle laissa son chapeau sur les marches et se mit à marcher lentement le long du trottoir, en savourant la chaleur du soleil sur ses jambes et ses bras nus. Le soleil allait taper, leur avait dit Hanny, mais l'air matinal était encore frais. La rue sinueuse bifurquait devant des îlots de fleurs. De part et d'autre s'élevaient des maisons magnifiques et «imperturbables», comme celle des Ogilvie, les unes en brique, les autres en pierre. Norah se demanda pourquoi aucune d'elles ne portait de nom. Dans l'une d'elles, elle vit remuer un rideau, comme si quelqu'un avait été en train de la regarder à la dérobée.

Les rues tortueuses faisaient penser à un labyrinthe. Norah nota soigneusement chaque coin de rue afin de ne pas se perdre. Elle fut très fière de se retrouver devant la maison des Ogilvie. Puis elle repartit dans une autre direction. Devant une maison, un petit chien nerveux se précipita vers elle derrière une grille en fer forgé. Quand elle s'accroupit pour le caresser, il lui lécha les doigts, en passant le museau entre les barreaux.

Lorsqu'elle eut de nouveau fait tout le tour, l'heure n'étant pas encore écoulée, elle n'eut pas envie de quitter le grand jour pour la demi-obscurité de la maison. Leur jardin était minuscule; elle trouvait étrange d'avoir une si grande maison sur une si petite pro-priété. Mais il y avait derrière la maison quelque chose de bien mieux qu'un jardin: un épais bosquet qui dégringolait en talus jusqu'au fond d'un vallon.

Norah s'enfonça dans le bois, se frayant un passage entre les buissons, repoussant les branchages, jusqu'à ce qu'elle atteigne une clairière tout en bas. Loin, au-dessus d'elle, s'élevait un pont; elle entendait le bruit des voitures qui y passaient. Quelqu'un avait écrit des gros mots sur un des piliers en béton.

Il y avait de quoi faire un fameux fort, ici; mais elle s'ennuierait à bâtir un fort toute seule et elle se sentait trop paresseuse pour s'y mettre. Elle s'assit sur un rondin et gratta le sol avec une brindille. Quand elle pensa à l'école, et au lendemain, sa poitrine se serra, mais elle respira profondément et dessina dans la poussière tous les avions qu'elle connaissait.

Au bout d'un long moment, Norah se rappela soudain qu'elle était attendue. Elle escalada le talus à toute vitesse et entra en trombe dans la maison. L'espace d'un instant, elle se crut presque dans la maison de ses parents, car de la bibliothèque lui parvenait une voix familière: «Ici le service des nouvelles de la BBC, en direct de Londres.» Elle hésita devant la porte; Tante Florence serait-elle fâchée?

Les Ogilvie étaient assises autour d'un gros poste de T.S.F. Tante Florence l'éteignit aussitôt qu'elle aperçut Norah, comme si elle ne voulait pas qu'elle entende.

— Mais où étais-tu donc, mademoiselle? Nous étions sur le point d'appeler la police!

— Je me promenais, marmonna Norah en levant les yeux et en rejetant la tête en arrière d'un air de défi. Tante Mary m'a donné la permission.

— Elle a dit que tu étais partie faire le tour du pâté de maisons, mais il y a des heures de cela! Et regarde-toi: tu es couverte de feuilles et de saleté. Où étais-tu donc? Tu nous a fait une de ces peurs. Si on m'avait consultée, tu n'aurais jamais pu sortir toute seule comme ça!

— Je suis allée dans le bois derrière le jardin et j'ai oublié l'heure.

Tante Mary avait l'air si malheureux que Norah ajouta: je vous demande pardon.

— Tu t'es aventurée dans le ravin? dit Tante Florence d'un ton cassant. Ça ne peut pas se passer comme ça, ma fille! Le ravin attire de mauvais garçons, et c'est un endroit plein de boue, et dangereux. Tu ne dois plus jamais y retourner, tu m'entends? Va te laver pour le dîner.

Tout en secouant les brindilles de sa robe et en ôtant ses chaussettes pleines de terre, Norah résolut de retourner à sa cachette au fond du ravin le plus tôt possible. Il faudrait simplement s'assurer de ne pas être prise sur le fait.

Le reste de la journée de lundi passa si lentement que Norah pensa qu'elle allait mourir d'ennui. Tante Mary suggéra une promenade en voiture, mais sa mère décréta qu'il faisait trop chaud. Elles passèrent tout l'après-midi assises, à boire de la limonade à petites gorgées, sur la véranda grillagée à l'arrière de la maison. Norah s'étendit par terre à plat ventre à côté de Gavin et l'aida à construire des châteaux de cartes. Elle regretta encore plus d'avoir été obligée de laisser *La vallée des hirondelles* à Hart House avant d'avoir pu finir ce livre. C'est alors qu'elle se rappela que Tante Mary lui avait montré des rayons de bibliothèque, dans leur chambre. Pouvait-elle simplement se lever et monter là-haut toute seule, comme si elle était chez elle?

— Excusez-moi, murmura-t-elle. Je vais à ma chambre.

— Bien sûr, Norah.

Tante Mary lui sourit. Tante Florence ne leva même pas les yeux de sa tapisserie. Elle boudait depuis que Mary lui avait dit que Gavin devrait aller à l'école.

Norah décida d'explorer d'abord la maison. Personne n'avait offert de la lui faire visiter, mais elle pouvait bien en faire le tour seule pendant que les Ogilvie étaient sur la véranda et que Hanny avait son congé.

Elle se demanda pourquoi deux personnes avaient besoin de tant de pièces. Au rez-de-chaussée, derrière la bibliothèque, elle trouva une autre pièce, avec, sur le bureau, une photo d'un monsieur moustachu, à l'œil grave: M. Ogilvie, décida-t-elle. À l'étage, il y avait cinq chambres à coucher, donnant sur de larges couloirs, aux planchers recouverts de tapis glissants. Les pièces étaient encombrées de meubles sombres. Elles sentaient le renfermé et leurs fenêtres étaient obscurcies par de lourds rideaux. Les portes de Tante Florence et de Tante Mary étaient résolument closes.

Elle découvrit un escalier de service menant de la cuisine aux étages supérieurs. Au sommet de l'escalier la voie était barrée par un rideau. Elle l'écarta et laissa échapper une exclamation de surprise. Édith était étendue sur un lit de camp. Elle avait les pieds nus et s'éventait avec un journal plié. Elle se dressa sur son séant en criant:

— Qu'est-ce qui te prend de venir fourrer ton nez ici! Fiche le camp!

Norah dégringola les escaliers, traversa précipitamment la cuisine et le hall, et remonta l'autre escalier jusqu'à la tour. Elle se jeta sur son lit, le cœur battant. Elle savait que Hanny venait travailler tous les jours; elle ne s'était pas rendu compte que Édith vivait dans la maison même. D'après ce qu'elle en avait si brièvement aperçu, la chambre d'Édith semblait plus petite et plus pauvrement meublée que toutes celles qui étaient inoccupées.

Il faisait chaud dans la tour, mais Norah décida que c'était la plus belle pièce de toute la maison. Quand elle eut repris son souffle elle examina les livres. La plupart étaient de vieux livres d'école; il n'y en avait aucun de l'auteur de *La vallée des hirondelles*. Le seul récit qu'elle trouva était intitulé *Elsie*

Dinsmore. Les pages spongieuses en étaient tachées de moisi; Mary Ogilvie était inscrit sur la page de garde en lettres rondes et soignées. C'était une histoire étrange, dont l'héroïne était une petite sainte nitouche qui était aussi très dévote. Norah persévéra à lire jusqu'à l'heure du dîner.

Ce soir-là, Norah fut appelée au téléphone. «Pour moi?» répéta-t-elle, incrédule. Qui, au Canada, la connaissait?

— Bonsoir Norah, c'est Dulcie! dit la voix, aiguë et nerveuse.

— Bonsoir, Dulcie, dit Norah sans enthousiasme, mais quand même contente d'entendre une voix familière.

— Quelle chance qu'on soit logées dans le même quartier, tu ne trouves pas? Les Milne sont tellement gentils. On a eu des vraies vacances depuis qu'on est arrivés. Je me demandais... crois-tu qu'on pourrait essayer de se mettre l'une à côté de l'autre à l'école, demain? Tante Dorothy dit que l'école est assez grande...

Ce qu'elle demandait en réalité, c'était si elles pouvaient se tenir ensemble comme des amies. Les Smith n'habitaient Ringden que depuis deux ans. Norah se souvenait de la mine craintive de Dulcie, le premier jour où elle était venue à l'école, et combien les autres enfants en avaient profité pour lui faire des misères.

Norah n'avait jamais été une «nouvelle». Elle avait toujours été une des élèves les mieux aimées de sa classe: ce serait sûrement le cas ici aussi. Elle était flattée que Dulcie reconnaisse la supériorité de sa position.

— Je verrai ce que je peux faire, dit-elle magnanimement.

— Merci, Norah! dit Dulcie. À demain!

Tante Florence entra dans le hall.

— Va te coucher maintenant, dit-elle d'un ton sec. Gavin et toi avez une grosse journée devant vous demain. Je ne sais pas comment ce petit garçon si délicat tiendra le coup.

12

«Allons maintenant à l'école /Stop/ Tout va bien»

Comme si Tante Florence l'avait voulu, Gavin se réveilla le lendemain matin trop malade pour aller à l'école. Son nez coulait, il avait le front brûlant et toussait à fendre l'âme.

Tante Florence le déménagea en bas, dans la chambre en face de la sienne, et l'installa sur de gros oreillers, sous une montagne de couvertures. Quand Norah sortit avec Tante Mary, on entendait la voix riche, enjôleuse, qui disait: «Aimerais-tu que je te lise *Winnie-l'Ourson*? J'ai connu autrefois un petit garçon qui adorait cette histoire.»

Le trajet à pied de la maison à l'école Prince Edward n'était pas long; elles arrivèrent devant l'édifice de brique rouge à deux étages beaucoup plus vite que Norah ne l'aurait souhaité. Elle essaya de ne pas éviter les regards curieux des enfants qui se tenaient par petits groupes et bavardaient bruyamment. Tante Mary la conduisit à l'intérieur et se mit à la recherche du directeur, qu'elle appelait le «principal».

La secrétaire du principal leur dit d'attendre dans le vestibule. Elles s'assirent sur un banc en bois et écoutèrent une voix profonde qui parlait au téléphone derrière une porte en verre givré. Dulcie et Lucy ne tardèrent pas à les rejoindre, pleines d'enthousiasme, et accompagnées par une dame souriante qui avait l'air fort satisfait d'elle-même.

— Bonjour, mademoiselle Ogilvie, dit-elle. Ce doit être Norah. Je suis si heureuse que Dulcie et Lucy soient avec des amis de chez elles. Mais où est donc ton petit frère?

Tante Mary expliqua ce qu'il était advenu de Gavin. Mme Milne lui présenta les petites Smith, en disant que Derek avait été mis au secondaire.

— C'est un garçon tellement intelligent qu'ils lui ont fait sauter une année. N'est-ce

152

pas un privilège d'avoir le soin de ces enfants, Miss Ogilvie? Le pasteur et moi ne
savions pas combien nos vies étaient vides
avant leur arrivée. Déjà je sens qu'ils font
partie de la famille.

Elle fit bouffer le nœud que Lucy avait
dans les cheveux et l'embrassa tendrement.

— M. Evans voudrait parler à ces dames
d'abord, interrompit la secrétaire.

Elle introduisit Tante Mary et Mme Milne
de l'autre côté de la porte vitrée puis réapparut.

— Attendez ici bien tranquillement, dit-elle
aux enfants. Il vous verra dans quelques minutes.

— Miss Ogilvie a l'air très gentille, dit
Dulcie. (Les gerçures qu'elle avait eu autour
des lèvres avaient disparu, tout comme le zé-
zaiement de Lucy, du reste.) Comment
trouves-tu *Madame* Ogilvie? Oncle Cedric dit
que c'est un vrai dragon, mais qu'elle est
quand même un pilier de l'Église.

Norah haussa les épaules. Elle ne trouvait
pas de mots pour décrire Tante Florence,
quoique «dragon» et «pilier» soient fort à-pro-
pos.

— Tante Dorothy et Oncle Cedric ne sont
pas sévères du tout, dit Lucy, en essayant
de se tenir en équilibre sur une jambe. Ils
nous laissent faire tout ce qu'on veut et ils
nous ont emmenés dans toutes sortes
d'endroits intéressants. Est-ce que tu es mon-

tée en tramway, Norah? As-tu vu les îles de Toronto, ou la Casa Loma? Nous oui.

— Tu ne trouves pas bizarre la façon dont ils font leur marché, ici? gloussa Dulcie. Tout dans le même magasin! Est-ce que votre maison a un réfrigérateur? La nôtre, oui. Et on a le droit de faire couler autant d'eau qu'on veut dans le bain. Arrête, Lucy, on nous a dit de nous tenir tranquilles.

Dulcie et Lucy continuèrent à babiller. Norah ne les écoutait qu'à demi; elle gardait les yeux fixés sur la porte vitrée. En Angleterre le directeur — le principal se corrigea-t-elle — était aussi son professeur. Il n'avait ni bureau, ni secrétaire, ni mystérieuse porte vitrée.

— Cette école est immense, tu ne trouves pas? dit Dulcie. Tante Dorothy dit que ça va jusqu'à l'âge de quatorze ans!

À l'école du village, elles avaient été dans le groupe des grands. Tandis que Norah réfléchissait à tout cela, la porte vitrée s'entrouvrit.

— Entrez, les filles, leur lança Mme Milne.

Elles allèrent se tenir côte à côte devant le bureau du principal. Il se pencha et leur serra la main par-dessus son bureau: «Bienvenue au Canada», dit-il d'un ton vague. C'était un homme à l'aspect somnolent, qui paraissait préoccupé, comme si aucune d'elles ne se trouvait véritablement dans la pièce avec lui.

— Oui, bon, les invités de guerre, nous en avons déjà vingt-quatre dans l'école. Je pense qu'ils s'adaptent bien. Nous sommes heureux que le Canada puisse vous aider dans ces moments difficiles. Parlons maintenant de vos niveaux scolaires.

Il leur apprit que Lucy serait mise en deuxième année, et Norah et Dulcie en cinquième.

— Prenez congé de vos tutrices. Je vais vous conduire à vos classes.

— Je te verrai devant la grande porte à midi trente, chuchota Tante Mary.

Les trois filles suivirent M. Evans dans le couloir. Le plancher en bois dotait leurs pas d'un écho retentissant. Tous les autres élèves étaient déjà à leurs places. Norah et Dulcie attendirent dehors pendant que le principal menait Lucy par la main dans une salle appelée 2e B — Mme Newbery. Puis il poursuivit son chemin jusqu'à une porte où l'on lisait 5e A — Mlle Liers.

Il frappa avant de passer sa tête par la porte entrebâillée.

— Mademoiselle Liers, vos invitées de guerre: Dulcie Smith et Norah Stoakes.

Elles entrèrent et il referma la porte sur elles.

Mlle Liers était une femme maigre, à l'expression amère, aux cheveux noirs ramassés en un chignon si serré qu'il lui étirait la peau du visage. Bien que ses paroles fussent bienveillantes, elle parlait sur un ton sarcastique, comme si elles étaient coupables d'une faute.

— Comment allez-vous, Dulcie et Norah? Nous vous attendions. Je vous ai réservé deux bureaux côte à côte, là-bas. Les 5e A sont fiers d'accueillir des invitées de guerre. Nous nous sentions privés, tant que nous n'en avions pas, n'est-ce pas, la classe?

Les 5e A dévisageaient Norah et Dulcie, à qui il semblait que cette multitude d'yeux ne formaient qu'un seul œil énorme.

Mlle Liers leur remit à chacune des crayons et des cahiers, tout en parlant d'une voix froide et contrainte. «Pourquoi leur en voulait-elle?», se demanda Norah en soulevant la couverture de son pupitre afin de se cacher de tous ces yeux. Elle l'apprit aussitôt.

— Dulcie et Norah ont une chance énorme, disait Mlle Liers. Tous les évacués britanniques ont de la chance que le Canada les invite pour toute la durée de la guerre. Mais nous ne devons pas oublier qu'il y a d'autres enfants, en Europe, qui n'ont pas cette chance. Des petits enfants belges, hollandais, et juifs qui vivent dans des conditions bien plus graves que celles qu'ont à subir les enfants anglais. Espérons que notre gouvernement passera aux actes afin que ces enfants puissent également être soustraits au danger.

Elle se tut, faisant mine d'attendre quelque chose, et la classe s'exécuta d'un ton monocorde: «Oui, mademoiselle Liers.» Mais personne n'écoutait. Tous n'avaient d'yeux que pour les deux nouvelles.

Norah se pencha sur son livre d'arithmétique, maintenant que la leçon interrompue avait repris. Ce n'était pas sa faute si on l'avait envoyée au Canada à la place d'un enfant européen. Peut-être un jour pourrait-elle dire à Mlle Liers qu'elle aurait été très heureuse qu'on évacue quelqu'un d'autre à sa place.

Elle constata vite que les problèmes étaient les mêmes que l'année d'avant. À côté d'elle, Dulcie poussa un petit soupir de soulagement. Le calcul avait été sa matière la plus faible.

Mlle Liers ne fit appel ni à l'une ni à l'autre. Quand certains élèves allèrent au tableau écrire leurs réponses, Norah leva les yeux et risqua un regard autour de la pièce.

Elle était aussi grande que leur école de Ringden tout entière. Les cinq rangées de pupitres étaient largement espacées. À une extrémité de la salle s'élevait une estrade, avec dessus un piano. Les murs étaient ornés de cartes géographiques et d'un portrait de la famille royale, tout comme dans leur ancienne école. Le pupitre de Norah était près de hautes fenêtres, qui lui permettaient de voir les maisons de l'autre côté de la rue.

Elle regarda ensuite les élèves. Ils étaient tous trop occupés à leur calcul pour la dévisager en retour. Ils n'avaient décidément pas l'air très différent des enfants anglais, sauf qu'ils étaient si nombreux. À Ringden il n'y avait eu que trente-deux élèves, divisés en deux groupes d'âge. Ici ils étaient — elle compta rapidement — vingt-sept, elle et Dulcie comprises, et tout le monde semblait avoir le même âge. S'il y avait deux salles pour chacune des huit classes, cela voulait dire que l'école comptait plus de cinq cents élèves!

Une puissante sonnerie interrompit ce calcul mental. Norah regarda autour d'elle pour savoir ce qu'il fallait faire à présent. Tous les enfants posèrent leurs crayons et, soudain alertes, se redressèrent sur leurs chaises.

— Avant de vous laisser sortir pour la récréation, je voudrais deux volontaires pour s'occuper de nos invitées de guerre, dit Mlle Liers.

Toutes les filles levèrent aussitôt le bras. Un gros garçon rouquin, à l'air narquois, agitait frénétiquement le bras, tandis que ses copains poussaient des cris et des gloussements hilares.

— Ça suffit, Charlie! (Le silence se fit instantanément; Mlle Liers savait se faire respecter.)

— Babs Miller s'occupera de Dulcie, et Ernestine Gagnon, de Norah. Montrez-leur où aller et quoi faire pendant les prochains jours. Aidez-les à se sentir à l'aise ici.

Dès qu'il leur fut permis de parler, Babs Miller inonda Dulcie de questions. Ernestine suivit Dulcie, qui quittait la pièce, d'un regard rempli de regret, qui donnait l'impression qu'elle l'aurait de beaucoup préférée à Norah. Elle était très jolie, avec ses boucles brunes et lustrées, retenues par un nœud énorme.

Norah avait désespérément besoin de trouver les toilettes.

— Où sont les cabinets? demanda-t-elle, comme Ernestine et elle sortaient dans la cour.

— Les cabinets? Qu'est-ce que tu veux dire?

Au secours! comment cela s'appelait-il, ici? Chez les Ogilvie on disait la «salle de bains», mais il ne pouvait quand même pas y avoir des bains dans l'école.

— Les W.-C., tenta ensuite Norah.

— Les W.-C.? Tu me poses une devinette, ou quoi? Ernestine avait l'air agacé de rester là, tandis que tout le monde se précipitait dehors.

— La... la toilette, lâcha Norah en rougissant de honte.

— Ah, la toilette: pourquoi ne le disais-tu pas? Suis-moi.

Ernestine, carrément fâchée à présent, la conduisit au sous-sol, à une grande pièce où s'alignait une longue rangée de cabines.

159

Norah dut s'y attarder un certain temps. Quand Ernestine, après l'avoir attendue, l'emmena enfin dans la cour, la récréation était pratiquement terminée.

Les garçons et les filles semblaient jouer dans des parties différentes de la cour. Ernestine et Norah se joignirent aux filles de 5e, qui se pressaient avidement autour de Dulcie.

— Combien de temps a duré la traversée?

— Comment as-tu trouvé le bateau?

Dulcie avait l'air de se régaler de toute cette attention inaccoutumée.

— C'était dangereux, sur le bateau, dit-elle d'un ton important. Comme on avait peur, d'autres filles et moi, on a formé un club pour se donner du courage.

— J'adore ta robe, Dulcie, dit Ernestine, en se frayant un passage jusqu'à elle et oubliant Norah.

Norah évalua rapidement la situation. Cela ne se passerait pas comme ça: c'était Dulcie qui était censée être impopulaire. D'ailleurs, elle ne parlait même pas du plus intéressant. Norah ouvrit la bouche pour parler à quelqu'un de l'avion allemand, mais la sonnerie retentit à nouveau et tout le monde se précipita vers l'entrée des filles.

«Très bien», se dit-elle avec colère. Puisqu'elles allaient lui préférer Dulcie, elle ne leur dirait rien du tout.

— Tu viens du même village que Dulcie, pas vrai? lui demanda la fille qui se trouvait devant elle.

Norah marmonna «Mmmm», et détourna les yeux.

Tout le restant de la matinée, Norah répliqua à tout regard bienveillant qu'on lui destinait avec un air de réserve orgueilleuse. Elle regardait le portrait de la princesse Margaret Rose, dans sa robe du couronnement, se tenant majestueusement à côté de sa sœur et de ses parents. Norah fit semblant qu'elle aussi était une princesse, trop noble pour frayer avec de petits Canadiens.

Pendant le cours d'anglais, Mlle Liers leur lut un poème intitulé «Comment la Bonne Nouvelle fut portée de Gand à Aix». Norah écouta attentivement. C'était la première fois qu'elle aimait un poème. Il y était question du genre d'exploit dont se seraient volontiers acquittés les Guetteurs du Ciel. Mlle Liers lui demanda de lire la première strophe à haute voix. Norah se leva et la récita d'un ton animé et farouche:

Je bondis à l'étrier, et Joris, comme
    moi;
Je galopai, Dirk aussi, nous galopions
    tous trois;
«Hâtez-vous!» cria le quart comme on
    tirait les verrous;

Et les murs nous renvoient son écho:
«Hâtez-vous!»
Derrière nous se clôt la poterne,
s'estompent les flambeaux,
Tandis qu'au cœur même de la nuit,
nous plongeons au galop.

Au dernier mot, Charlie s'esclaffa, mais le regard perçant de Mlle Liers le fit taire.

— Très bien, Norah! dit-elle d'un ton surpris, comme si son admiration faisait concurrence à sa rancœur. Si seulement vous pouviez tous lire avec autant d'expression.

Eux tous, naturellement, faisaient la moue, et quelques-uns regardaient même Norah d'un œil mauvais. Quand Dulcie lut la strophe suivante d'une voix monotone et hésitante et que Mlle Liers la reprit plusieurs fois, les autres sourirent avec commisération.

— Comment cela a-t-il été? lui demanda anxieusement Tante Mary, quand Norah sortit à l'heure du dîner. Est-ce très différent de ton ancienne école?

— C'est plus grand, lui répondit laconiquement Norah.

Hanny lui servit son dîner toute seule dans la salle à manger. Tante Mary était attendue à une réunion de la Croix-Rouge.

— Ah, Norah, dit-elle en sortant. Quelqu'un a téléphoné pour nous dire que vous avec le droit d'envoyer gratuitement un câble à votre famille tous les mois — mais il faut choisir parmi plusieurs messages écrits d'avance. Le monsieur me les a lus et il m'a semblé que celui qui convenait le mieux à votre situation était: «Allons maintenant à l'école /Stop/ Tout va bien.» Maman a donné son accord pour qu'on envoie ce message-là à vos parents de votre part ce mois-ci; n'est-ce pas gentil? Cela leur arrivera beaucoup plus vite qu'une lettre. Connais-tu assez le chemin pour retourner toute seule à l'école, crois-tu?

Quand Norah fit «oui» de la tête, Tante Mary sortit en toute hâte.

Norah repartit pour l'école sans que Tante Florence ne se préoccupât d'elle; elle était en haut en train de donner à manger à Gavin.

— Le docteur est venu. Il a dit que c'était un mauvais rhume, dit Hanny. Il faut qu'il reste couché une semaine, le pauvre enfant.

Norah se dit qu'il avait de la chance. D'ailleurs, elle était contente de ne pas avoir à se soucier de Gavin à l'école, elle allait avoir bien assez de mal à se débrouiller elle-même.

13

De mal en pis

Dans la semaine qui suivit, Dulcie devint de plus en plus populaire, tandis que Norah se faisait de plus en plus distante. Elle fit semblant de se moquer du fait qu'on ne lui adressait pas la parole et, si quelqu'un essayait de lui parler, elle prenait une expression froide et orgueilleuse. Ernestine l'abandonna. «Quelle snob», Norah l'entendit-elle dire tout bas à d'autres.

Norah fut bien contente de ne pas être obligée d'aller à l'école le samedi, mais elle eut peine à trouver de quoi s'occuper. Gavin était toujours au lit, à se faire dorloter par Tante Florence qui le comblait de jouets neufs, de bonnes choses à manger et d'une attention de chaque instant. Tante Mary semblait appartenir à un tas de comités.

Il y avait au moins Hanny. Norah passa la plus grande partie de la journée du samedi dans la cuisine à l'aider. Hanny lui posa toutes sortes de questions sur l'Angleterre. Elle manifesta un vif intérêt quand Norah lui parla du rationnement.

— Deux onces de thé *par semaine*? Comment est-ce que ta mère y arrivait? Quand je pense que, des fois, j'en bois trois pleines théières en une journée! Qu'est-ce que vous faisiez quand vous en manquiez?

— On n'en manquait jamais, dit Norah, surprise. Je suppose que maman devait faire bien attention. (Pour la première fois, elle se rendait compte à quel point cela avait dû être difficile.) Parfois, on manquait de sucre, et, une fois, Papa a mis un de mes bonbons dans son thé, parce que les bonbons ne sont pas encore rationnés. Il a trouvé ça dégoûtant.

— Espérons qu'on n'aura jamais de rationnement au Canada, dit Hanny en travaillant le beurre en crème avec le sucre.

Lorsqu'elle eut fini, Norah prit le batteur et le lécha. Elle essaya de penser à une question à poser à Hanny pour qu'elle cesse de lui parler de son pays:

— Pourquoi est-ce que Tante Mary n'a pas de mari?

Hanny soupira.

— Pauvre Mary. Brimée toute sa vie, et puis la seule chance qu'elle aurait eue... (Elle serra les lèvres et se tut.)

— Quoi? insista Norah.

— Ce n'est pas pour les jeunes oreilles. Disons seulement qu'elle a une peine secrète. (Elle refusa d'en dire plus long.)

Une peine secrète: on aurait dit un des romans à l'eau de rose de Muriel. Tante Mary, si terne tout à l'heure, paraissait soudain plus intéressante.

Hanny mit le gâteau au four et fit du thé.

— Puis-je en avoir? demanda Norah avec espoir.

— Tu aimes le thé? Très bien, je ne vois pas pourquoi pas.

Elle donna à Norah une tasse de thé coupé avec du lait. Norah la prit à deux mains et but: «Merci!» Hanny lui sourit.

— Et M. Ogilvie? demanda Norah. Comment était-il?

— Ah! quelle triste perte pour la maisonnée. Un vrai gentleman, que cet homme-là: je ne veux pas dire qu'il se donnait des airs, non, un vrai gentleman, toujours prévenant et gentil. Il ne parlait pas beaucoup, mais quand il ouvrait la bouche, il disait des choses qu'on avait envie de se rappeler. Mary était sa favorite, sa mort l'a absolument démolie. Et *elle* aussi, naturellement.

Elles savaient toutes deux qui «elle» était. Norah ne pouvait s'imaginer Tante Florence mariée à un homme doux et peu loquace.

— Elle s'est enfermée pendant des semaines, poursuivit Hanny. J'avoue qu'elle faisait pitié. D'abord son fils, et puis son mari: les deux êtres qu'elle aimait le mieux au monde. Mais il y a quinze ans de ça et il y a longtemps qu'elle s'en est remise. C'est une femme forte, que Mme O, trop forte pour son bien. Elle était plus douce du vivant de M. O et de Hughie. Elle a besoin de penser à quelqu'un d'autre qu'elle. Peut-être que de vous avoir là, tous les deux, ça va lui permettre de se dépenser un peu.

Norah frissonna: elle ne voulait pas que Tante Florence pense à elle, au contraire.

— Et vous? demanda-t-elle, pour changer de sujet. Est-ce que votre mari est mort aussi?

— Oh non, dit Hanny en riant. Il était garde-frein pour le Canadien-Pacifique avant de prendre sa retraite. Il passe son temps à bâtir des modèles de chemin de fer; un jour je vous emmènerai chez nous, Gavin et toi, pour les voir. Mais, bonté divine, regarde-moi l'heure qu'il est et je n'ai même pas commencé les légumes! Tu fais mieux d'aller les rejoindre dans la bibliothèque, elles vont se demander où tu es passée.

Norah posa sa tasse et sortit à contrecœur de cette cuisine accueillante, qui sentait si bon.

Hanny n'arrivait pas avant onze heures le dimanche, de sorte que Norah ne pouvait pas se réfugier auprès d'elle. Au lieu de cela, il lui fallait aller à l'église avec les Ogilvie. Cela faisait au moins passer le temps. Le service était presque le même que chez elle, jusqu'aux Smith qu'elle retrouva siégeant dans la première rangée de bancs, comme d'habitude. Norah découvrit pourquoi Tante Florence et Tante Mary éteignaient la radio chaque fois qu'elle était dans les parages: le révérend Milne parla des terribles bombardements que subissait Londres.

— Ne t'en fais pas, Norah, murmura Tante Mary, en échangeant avec sa mère un regard inquiet. Je suis sûre que les bombes sont tombées très loin de l'endroit où vit ta famille.

Norah en eut la gorge si serrée qu'elle eut du mal à avaler l'énorme repas du dimanche. L'après-midi s'annonçait, une fois de plus, interminable et morne, et Norah alla se réfugier à la cuisine.

Tante Florence vint chercher du lait pour Gavin.

— Tu es beaucoup trop souvent ici, Norah, gronda-t-elle. Hanny a du travail à faire: tu la gênes. Tu bois du thé maintenant?

Vous me décevez, Hanny, elle est beaucoup trop jeune pour boire du thé.

Hanny fit la sourde oreille sur la deuxième partie de ce qu'elle venait de dire.

— Elle ne me gêne pas du tout, madame Ogilvie, dit-elle calmement. À vrai dire, elle m'aide beaucoup.

— Norah n'est pas ici pour faire la servante. Que diraient ses parents si nous lui faisions faire des travaux ménagers? Je ne veux plus que tu entres dans la cuisine, Norah! Sauf le dimanche pour souper, bien entendu.

Norah ouvrit la bouche pour protester, mais Tante Florence la fit taire.

— Pas de discussion, s'il te plaît. Ne peux-tu pas trouver quelque chose à faire? Et tous les casse-tête que Mary a mis dans ta chambre? As-tu fait tes devoirs?

— On n'en avait pas, dit Norah d'un ton maussade. Et j'ai déjà fait tous les casse-tête. (Si on ne lui permettait de parler à Hanny qu'une fois par semaine, qu'allait-elle faire?)

— Je sais ce que tu vas faire, dit Tante Florence sèchement, tout en fouettant un œuf dans le verre de lait de Gavin. Il est temps que tu écrives à tes parents. Tu pourras leur écrire tous les dimanches après-midi, ajouta-t-elle, soulagée d'avoir trouvé un moyen d'occuper Norah.

Elle l'installa dans la pièce contiguë à la bibliothèque avec des feuilles d'un papier à lettre blanc épais, portant ses initiales. Norah posa un genou sur la chaise devant le bureau en chêne et se mit à mâchonner le bout de son stylo. Elle avait déjà écrit une lettre depuis l'université, mais ce n'était qu'un court paragraphe disant qu'ils étaient bien arrivés. À présent elle ne savait pas quoi leur dire. De son cadre doré, M. Ogilvie la surveillait d'un œil bienveillant.

Elle aurait tant voulu leur dire toute la vérité, s'épancher le cœur et soulager sa détresse en se livrant à une énumération en règle de tous ses griefs. Leur dire qu'il lui fallait demander la permission chaque fois qu'elle voulait quitter la maison, qu'elle n'avait pas le droit de s'aventurer plus loin que quatre rues, qu'on lui interdisait d'aller dans le ravin, bien qu'elle y allât presque tous les jours en rentrant de l'école. Qu'on la grondait quand elle se rongeait les ongles, quand elle grimpait à l'arbre devant la maison et, hier, parce qu'elle avait essayé de descendre la chute à linge sale qui menait du premier étage à la cave. Leur parler aussi de l'école: de son isolement, de sa solitude, de Mlle Liers qui continuait à lui en vouloir. Le seul fait de pouvoir leur dire tout ça l'aurait soulagée énormément.

Mais elle ne le pouvait pas. Ça ne pourrait que les inquiéter, alors qu'ils avaient déjà bien assez de soucis avec la guerre. D'ailleurs, elle savait combien son père serait déçu si elle se plaignait. Grand-père comprendrait mais, si elle lui écrivait séparément, ses parents se demanderaient pourquoi.

Norah finit par penser à un moyen de remplir la page. Elle trempa sa plume dans l'encrier de cristal et écrivit:

Chers Maman, Papa et Grand-père,

Voici ce qui est différent au Canada. Les gens conduisent leurs voitures du mauvais côté de la rue. Les rouges-gorges sont énormes. L'essence et la nourriture ne sont pas rationnées. Il n'y a pas de black-out. L'argent est diffé-rent. Les Canadiens parlent un drôle d'anglais. Voici une liste des mots que j'ai appris jusqu'ici:

Gâteaux	*Biscuits*
Sucette	*Suçon*
T.S.F.	*Radio*
Boutique	*Magasin*
Gant de toilette	*Débarbouillette*
Tricot	*Chandail*
Cabinets	*Toilette*
Directeur	*Principal*

Ils appellent le déjeuner, dîner, et le dîner, souper. On ne prend le thé que le dimanche, mais nous n'avons pas le droit d'en boire. Pourriez-vous dire à Tante Florence que vous nous le permettez?

Est-ce que les bombes sont tombées près de Ringden? Est-ce qu'on voit encore des combats aériens? Est-ce qu'on a abattu d'autres avions? Est-ce que la jument de M. Whitelaw a eu son poulain? Est-ce que le hérisson est revenu? Est-ce que vous avez des nouvelles de Muriel et Tibby? Répondez-moi vite, s'il vous plaît.

Quand elle eut terminé sa lettre, Norah se sentait faible, tant elle avait le mal du pays. Sa main tremblait en écrivant: Je vous embrasse de tout mon cœur, Norah. Elle ajouta un post-scriptum: Je me brosse les dents tous les soirs.

Au moins, elle avait mis un bon moment à écrire cette lettre, surtout la liste. Elle avait soigneusement tracé des lignes bien droites en s'aidant du bord d'un coupe-papier, et n'avait pas fait de taches.

— Quand pensez-vous que je recevrai une lettre d'Angleterre? demanda Norah à Tante Florence quand elle alla à la bibliothèque lui demander des timbres.

— Pas avant quelque temps, malheureusement: le courrier d'outre-mer est très lent, à cause de la guerre.

Tante Florence prit la lettre de Norah en fronçant les sourcils, comme si elle était mécontente de la trouver cachetée.

173

— J'espère que tu n'as pas parlé du rhume de Gavin, Norah; nous ne voudrions pas inquiéter tes parents inutilement.

— Je n'en ai pas parlé.

Norah constata avec remords qu'elle n'avait même pas mentionné Gavin dans sa lettre.

— J'ai aussi écrit à tes parents, dit Tante Florence, qui tenait en effet une deuxième enveloppe. Je leur ai parlé de notre famille et leur ai envoyé une photo de la maison. Je suis sûre que cela les rassurera. Je vais demander à Gavin de leur faire un beau dessin.

Norah en tout cas était certaine que cette lettre-là leur parlait de Gavin. Elle regardait la lettre de Tante Florence avec la même curiosité que celle-ci avait manifestée à l'égard de la sienne, et se demanda ce qu'elle y disait d'elle.

Lundi matin, Norah se réveilla avant l'aube: quelque chose n'allait pas. «Ah non, Gavin, pas encore!» grogna-t-elle dans son demi-sommeil. Le lit était froid et mouillé, comme sur le bateau.

Elle se réveilla complètement lorsqu'elle se souvint que Gavin n'était pas dans son lit, ni même dans sa chambre: il dormait à l'étage au-dessous. Qui donc avait mouillé le lit?

La réponse s'imposa à elle avec une force telle qu'elle sauta au bas du lit comme s'il était en feu. Elle ôta précipitamment son pantalon de pyjama trempé, le roula en boule et le jeta par terre de toutes ses forces.

Qu'avait-elle donc? Elle avait dix ans, elle n'était plus un bébé! Peut-être qu'elle était malade. Quoi qu'il en soit, elle ne voulait pas qu'on sache ce qu'elle avait fait.

Au moins il n'y avait personne à l'étage avec elle. Elle alla rincer son drap et son pantalon de pyjama dans la salle de bains. Elle les suspendit dans le garde-robe et ferma la porte. Puis elle frotta le matelas et fit le lit sans drap dessous. Avec un peu de chance, cela aurait le temps de sécher avant ce soir.

À l'heure du coucher, cependant, tout était encore humide. Norah remit le drap sur le matelas, mit son pyjama de rechange, et se recroquevilla du côté sec du lit. «Je vous en supplie, mon Dieu, faites que ça ne recommence pas», pria-t-elle. Mais rien n'y fit. Aussi, le lendemain à son retour de l'école, Tante Mary la fit-elle venir dans sa chambre.

Norah regarda autour d'elle pour voir si elle pouvait trouver trace de la fameuse peine secrète dont lui avait parlé Hanny. Elle essayait de se distraire pour ne pas penser à la raison pour laquelle elle devinait que Tante Mary l'avait convoquée. Comme tout le reste de la maison, la chambre de Tante Mary était pleine de gros meubles sombres, les fenêtres tendues de lourds rideaux, qui étouffaient le son de leurs voix. Sur la table de nuit, était posée une grosse Bible. Sur la commode, il y avait une photo montrant une petite fille en robe blanche et bas noirs, levant des yeux adorateurs vers un grand garçon costaud, vêtu d'un costume marin, qui lui entourait les épaules d'un bras protecteur. C'était un beau garçon, à la chevelure épaisse, alors que la petite fille était grassouillette et quelconque. Ce devait être Tante Mary avec son grand frère Hugh.

— Assieds-toi, Norah, commença Tante Mary de sa voix douce. Quand Édith a fait ta chambre ce matin, elle a trouvé un drap et des pyjamas mouillés, suspendus dans ta garde-robe. As-tu... est-ce que tu as eu un accident?

Norah hocha la tête sans mot dire.

— Est-ce que cela t'arrive souvent?

— Jamais! Ça ne m'est jamais arrivé jusqu'à maintenant. Peut-être que je suis malade.

— J'imagine que ce doit être le changement. On nous a dit de nous y attendre, mais je pensais que cela arriverait plutôt à Gavin, pas à une enfant de ton âge. Tu cesseras probablement à un moment donné. (Tante Mary soupira.) Édith va mettre un drap en caoutchouc sur ton matelas. Si cela se reproduit, ne suspends pas tes draps là-haut, mets-les au linge sale. Si tu laisses ton lit défait, Édith le refera pour toi. Et puis Norah... peut-être vaut-il mieux ne rien dire de tout ça à Maman.

Elles avaient toutes deux le visage rouge lorsque Norah quitta la pièce. Au moins, Tante Florence ne savait pas. Ç'aurait été un point marqué contre Norah, si elle l'avait su.

Norah prit pratiquement l'habitude de descendre furtivement à la cave avec son linge mouillé chaque matin avant le petit déjeuner. Dieu merci Tante Florence n'était jamais levée à cette heure-là. Édith se mit à lui lancer des regards rancuniers et à ronchonner qu'on lui donnait du travail supplémentaire. Tante Mary paraissait résignée à ce que cela fasse partie de la situation lorsqu'on hébergeait des invités de guerre, et Norah se sentait de plus en plus honteuse et perdue.

À l'école non plus, les choses n'allaient pas mieux. Mlle Liers ne fit plus jamais de compliment à Norah; au contraire, elle semblait prendre plaisir à critiquer Dulcie tout autant qu'elle. «Je ne pense pas qu'il soit vraiment nécessaire d'écrire aussi tassé», dit-elle froidement en leur rendant leurs premières rédactions. Elles n'eurent pas le courage de lui expliquer qu'en Angleterre, on les encourageait à remplir tout l'espace disponible sur la feuille, afin d'économiser le papier.

Norah passait ses récréations toute seule dans un coin de la cour qui se trouvait en territoire neutre entre le terrain de jeux des filles et celui des garçons. Elle était lasse de faire la princesse. Elle aurait bien aimé se faire des amis, mais elle en avait toujours eu sans faire le moindre effort; elle ne savait pas comment s'y prendre plus délibérément. De toute façon, tout le monde maintenant la prenait pour une snob.

Il y avait un autre solitaire dans la cour de l'école: un garçon pâle, à lunettes, aux cheveux châtain clair hirsutes. En voyant comme les autres garçons le tourmentaient, Norah était reconnaissante de ne pas partager son sort; au moins les filles la laissaient tranquille. Elle se demanda pourquoi les garçons s'en prenaient à lui en particulier.

Jeudi, en quittant l'école, elle entendit un cognement rythmique provenant d'un attroupement de garçons de cinquième et sixième années: «Sale Boche, sale Boche», scandaient-ils. Norah se rapprocha; ce n'était pas la première fois qu'elle l'entendait appeler ainsi.

Le garçon à lunettes; il était assis dans la poussière au milieu du groupe; on lui avait enfoncé un seau sur la tête. Deux garçons le tenaient, tandis que Charlie cognait sur le seau en cadence avec un bâton.

Norah, sans une seconde d'hésitation, se fraya un passage jusqu'à lui:

— Arrêtez! Vous lui faites mal!

On se retourna tout surpris de voir une fille s'en mêler. La victime saisit l'occasion qui se présentait pour s'extirper la tête du seau et fuir à toutes jambes.

— Qu'est-ce qui vous a pris? demanda Norah avec colère.

Elle serra les poings, mais sentit sa poitrine se serrer sous les regards hostiles dont elle faisait l'objet.

— C'est parce qu'il sympathise avec l'ennemi, espèce d'idiote, dit Charlie.

Norah ne comprenait pas. Que voulait-il dire? Le groupe, qui se refermait autour d'elle, ne lui laissa pas le temps de réfléchir.

Charlie était de toute évidence le meneur. Il était plus grand que les autres et ses cheveux carotte attiraient l'attention, comme un drapeau.

— Tu te prends vraiment pour quelqu'un, hein, l'Anglaise? railla-t-il. Tu veux savoir ce qu'on pense? On pense que t'es une poltronne. La guerre te faisait trop peur, alors t'as déguerpi au Canada. On se serait pas laissé faire, nous. On aimerait ça, nous, la guerre, pas vrai les gars?

Les autres hochèrent la tête et attendirent.

Norah bafouilla de rage:

— Espèce... bande de... vous n'êtes que des *coloniaux*! cracha-t-elle enfin. Je ne suis pas une poltronne! On ne m'a pas donné le choix de venir ici. Et puis j'ai vu un tas de choses que vous ne verrez jamais. J'ai vu un avion nazi écrasé!

Quelques-uns des garçons parurent intéressés, mais Charlie se remit à la railler.

— Bah, t'aurais pas pu. Un avion ennemi ne descendrait jamais si bas.

Il dit cela avec un tel air d'autorité que les autres reprirent leur attitude menaçante.

— Qu'est-ce que tu en sais? s'écria Norah. Le ciel en était plein! Et j'aidais à faire le guet, moi. Vous, qu'est-ce que vous faites? Les poltrons, c'est vous, sains et saufs, loin de la guerre. On ne croirait même pas qu'on soit en guerre, à vivre ici!

Mais ils s'éloignaient déjà. Norah n'en finissait plus de trembler. Comment allait-elle bien pouvoir supporter l'école? Les filles faisaient semblant de ne pas la connaître, et maintenant les garçons la méprisaient. Elle s'arrêta dans le ravin en rentrant, d'abord pour pleurer un bon coup, puis pour prendre le temps de réfléchir.

Elle rentra tard, mais personne ne remarqua, et elle monta tout droit à sa chambre sans voir qui que ce soit. Toutes les choses de Gavin, y compris le cheval à bascule, avaient disparu. Norah fut soudain inquiète. Gavin était-il gravement malade? Il y avait presque deux semaines qu'il manquait l'école, trop longtemps pour qu'il s'agisse d'un simple rhume. Elle eut honte en pensant au peu de temps qu'elle avait passé avec lui depuis leur arrivée. Avait-il été emmené à l'hôpital? Elle se précipita en bas et fit irruption dans la pièce où il dormait depuis qu'il était tombé malade.

Gavin était à plat ventre sur le tapis, entouré d'une troupe de soldats de plomb. Il portait un costume matelot et de belles chaussures neuves.

— Est-ce que tu es encore malade? demanda Norah.

Gavin secoua la tête.

— Non, mais je vais rester dans cette chambre tout le temps maintenant, parce que je suis délicat. Regarde mes nouveaux soldats, Norah. Tante Florence m'a emmené dans un immense magasin aujourd'hui. Il y avait un ascenseur, et six étages. Elle m'a acheté plein de vêtements et de trucs, et puis ces soldats. Demain on va au musée voir les dinosaures!

— Ne sois pas ridicule, Gavin! Si tu vas mieux, c'est à l'école que tu iras demain. Et tu n'es pas délicat du tout: tu n'es pratiquement jamais malade.

— Je t'assure, au contraire, qu'il l'est.

Tante Florence était debout dans l'embrasure de la porte et couvait Gavin d'un sourire radieux.

— Ne reste pas allongé par terre, mon ange, tu vas reprendre froid. Norah, il y a quelque chose dont j'aimerais discuter avec toi. (Elle eut un curieux moment d'hésitation.) J'ai décidé de ne pas envoyer Gavin à l'école, ce trimestre. Ce long voyage a été pour lui une dure épreuve. Ce serait trop lui en demander que de le mettre dans cette grande école. Je vais refaire ses forces d'ici à Noël, et ensuite nous verrons. Peut-être vos parents me laisseraient-ils lui payer l'école privée. Je lui ferai faire des sorties éducatives et lui lirai à haute voix tous les jours. Il ne manquera rien; d'ailleurs, à cet âge-là, on ne leur apprend pas grand-chose à l'école, de toute façon. Puisqu'il n'aura six ans qu'au mois de novembre, personne ne va s'opposer à ce qu'il ne commence l'école qu'en janvier. J'ai dit à vos parents qu'au Canada, il n'est pas habituel d'envoyer un enfant de cinq ans à l'école. Je sais que nous avons déjà envoyé ce câble, mais ma lettre leur parviendra très bientôt.

Elle parlait comme si elle avait préparé d'avance tous ses arguments; ses yeux gris impérieux défiaient Norah de la contredire.

Norah s'assit et ramassa un soldat de plomb, le temps de digérer la nouvelle. C'était mal, bien sûr. C'était mauvais pour Gavin d'être si gâté. Il allait oublier tout ce qu'il avait appris l'année précédente. Ses parents auraient été bien contrariés de savoir que Gavin pouvait parfaitement bien aller à l'école à cinq ans. Tante Florence leur avait menti! Elle pouvait menacer d'écrire à ses parents; Tante Florence le savait très bien. Plus le silence de Norah se prolongeait, et plus elle avait l'air mal à l'aise.

D'un autre côté, c'était beaucoup plus commode pour Norah que Gavin n'aille pas à l'école, où elle serait forcée de s'occuper de lui. Car elle avait maintenant un plan d'action.

Elle finit par hausser les épaules d'un air las.

— Tu as de la chance, Gavin! l'école, c'est la barbe.

Tante Florence fit semblant de ne pas avoir entendu la deuxième partie de sa réponse.

— C'est donc entendu, dit-elle d'un ton enjoué. Et c'est toi, Norah, qui as de la chance d'avoir cette belle grande chambre à toi toute seule.

Norah ne pouvait pas la contredire. Elle remonta dans la tour qui était maintenant son propre petit domaine et regarda par la fenêtre tomber la nuit.

14

Bernard

Norah se réveilla tôt et enleva ses draps mouillés avant même d'y penser. Puis elle se rassit sur son lit et réexamina son plan d'action, tout en écoutant le bruit de sabots sous ses fenêtres qui signalait le passage du laitier.

Elle avait décidé de faire l'école buissonnière. C'était la première fois de sa vie qu'elle prenait un tel risque. À Ringden, où tout le monde était au courant des affaires de tout le monde, elle aurait été repérée immédiatement si elle n'était pas allée à l'école. Mais Toronto était une grande ville; personne ne le saurait ni ne s'en soucierait.

Elle avait remarqué que, quand Babs avait oublié d'apporter un mot d'excuses la semaine précédente, Mlle Liers n'avait pas insisté. «Essaie de te rappeler, la prochaine fois», s'était-elle contentée de dire. Peut-être Norah s'en tirerait-elle en faisant semblant qu'elle avait été malade.

Et si elle échouait? Et si elle se faisait prendre? La pire conséquence qu'elle pouvait imaginer était que l'école et les Ogilvie soient très fâchées. Peut-être même l'enverrait-on vivre dans une autre famille. Elle avait toujours eu mauvaise conscience à désobéir à ses parents ou à son directeur d'école, mais elle n'éprouvait pas de sentiments chaleureux envers les Ogilvie et l'école Prince Edward. D'ailleurs, une autre famille ne pouvait être pire que celle où elle était tombée; ce serait peut-être même une amélioration.

L'humeur noire dans laquelle elle sombrait la remplissait d'une imprudente audace. Elle se paierait une journée entière de liberté, là où ni l'école ni les Ogilvie ne viendraient lui casser les pieds.

— Puis-je emporter mon dîner à l'école? demanda-t-elle au cours du petit déjeuner, en dissimulant de son mieux sa nervosité.

Tante Mary en parut ravie.

— Cela nous aiderait beaucoup aujourd'hui. Maman et Gavin seront au musée et j'ai une réunion à l'église. Cela donnerait plus de temps à Hanny pour faire ses commissions.

Norah quitta la maison comme d'habitude et se rendit directement à son refuge au fond du ravin. Elle n'avait toujours pas construit de fort, mais elle avait rassemblé quelques rondins pour en faire une sorte de chaise. Elle s'y assit en triomphe et se mit à arracher les feuilles d'une petite branche d'arbre tout en évitant de penser à ses parents.

Que diraient-ils s'ils savaient? De toute façon, ils ne savaient pas. Et si Tante Florence savait? Le fait qu'elle ne sache pas, justement, la fit sourire de triomphe. Les seuls dont elle aurait aimé être vue étaient Charlie et sa bande: ils verraient bien qu'elle n'était pas une poltronne.

Elle resta longtemps accroupie, les bras autour des genoux, au fond du vallon ombragé. Elle n'avait pas pensé plus loin que le simple fait de ne pas aller à l'école; comment remplir le reste de la journée? là était maintenant la question. Explorer Toronto serait sans doute intéressant, à condition d'éviter le musée. De toute façon, elle ne savait pas où il se trouvait. Elle pourrait toujours faire une promenade en tramway. Tante Florence avait commencé à lui donner de l'argent de poche chaque semaine. Elle pourrait faire un tour de tramway, et puis aller quelque part pour manger son dîner. Après, il y aurait encore l'après-midi, mais elle trouverait peut-être autre chose à faire d'ici-là.

Norah cacha ses livres d'école sous un buisson, et se dépêcha de remonter au niveau de la rue. Elle s'éloigna rapidement de la maison des Ogilvie, les jambes toutes tremblantes. Quelqu'un pouvait encore sortir et l'apercevoir.

Lorsqu'elle atteignit la rue Yonge, la grande artère grouillante qu'on lui avait défendu de traverser, elle resta un instant figée d'incertitude. Les tramways allaient et venaient parmi les voitures, mais elle n'avait pas encore le courage de monter à bord. Elle se mit à marcher.

Elle avait eu raison de penser qu'on était anonyme dans une grande ville. Personne ne semblait trouver bizarre de voir une enfant de dix ans seule dans la rue un vendredi matin. Elle essaya quand même de se donner l'air de quelqu'un qui va quelque part.

Au bout d'une dizaine de minutes, elle déboucha sur une autre rue pleine de voitures et se rendit compte qu'elle était dans un quartier beaucoup plus populeux. Ils étaient passés par là le jour où ils avaient quitté Hart House. C'était un peu comme quand elle explorait Stumble Wood avec Molly et Tom, sauf que les points de repère étaient des panneaux de signalisation et des immeubles, au lieu d'être des arbres.

Il était encore plus facile de passer inaperçue ici. Norah s'arrêtait devant les vitrines et se faufilait dans la foule de femmes portant des sacs à provisions. Ses oreilles bourdonnaient de crissements de freins et de coups de klaxons; elle s'émerveilla de la tranquillité des rues de Rosedale, pourtant si proches de tout ce tohu-bohu.

Un tramway rouge et jaune qui remontait à grand bruit le milieu de la rue sur ses rails, s'arrêta en sonnant sa cloche. Norah remarqua que les gens descendaient carrément dans la rue pour monter à bord et elle les suivit. Les portes du tramway ouvrirent en se pliant.

— Avez-vous un billet? demanda le conducteur.

Norah fit non de la tête.

— Combien est-ce, s'il vous plaît?

Il le lui dit, et elle compta soigneusement sa monnaie. Mlle Liers avait beau leur avoir expliqué l'argent canadien, à Dulcie et à elle, elle n'en avait pas encore l'habitude.

— Payez au préposé, dit le conducteur.

Norah s'achemina vers le milieu du tramway, et paya son billet au préposé. Elle s'assit sur la banquette et la voiture s'ébranla. Quand on la regardait, elle essayait d'avoir l'air d'accompagner la femme assise à côté d'elle.

Elle était montée à bord à la rue Charles. Elle compta une dizaine de pâtés de maisons, débarqua, et courut de l'autre côté de la rue prendre un autre tramway en sens inverse. Elle regarda anxieusement défiler les imposants immeubles en brique ou en pierre aux innombrables fenêtres. Il devait y en avoir du monde, à l'intérieur! Elle vit le panneau Charles Street et descendit pour de bon.

Grisée par son exploit, Norah se dirigea vers le coin de Yonge et de Bloor d'un pas presque ailé. Elle avait réussi! Maintenant Dulcie et Lucy n'étaient plus les seules à être montées dans le tramway de Toronto.

En s'arrêtant à un feu rouge, elle aperçut, de l'autre côté de la rue, une grosse femme qui tirait par la main un petit garçon en costume matelot. Tante Florence et Gavin! Norah se blottit dans l'entrée d'un magasin pour échapper aux regards.

Tante Florence s'arrêta pour parler à une dame élégamment vêtue qui portait un chapeau à fleurs. Elle s'attarda interminablement. Norah fit semblant d'être absorbée dans la contemplation d'un étalage de chaussures pour femmes. Le cœur battant, elle imaginait la voix de Tante Florence éclatant au-dessus du bruit des voitures: «Norah, pourquoi n'es-tu pas à l'école?»

Enfin Tante Florence se remit en marche, avec Gavin qui trottinait derrière. Norah remarqua avec étonnement qu'il avait l'air malheureux, ahuri, passif, comme un chiot au bout d'une laisse.

Dès que la voie lui parut libre, Norah se hâta dans la direction opposée. Soulagée, elle remonta la rue Yonge. Elle commençait à se fatiguer, mais ne pouvait s'arrêter, car il n'y avait pas d'endroit où s'asseoir. Son estomac gargouillait et la plante des pieds lui cuisait à force de marcher. Elle finit par trouver un parc. Assise sur un banc loin de la rue, elle mangea tout ce que Hanny lui avait préparé. Un écureuil miteux et deux pigeons partagèrent son repas.

Quoi faire à présent? Norah poussa un soupir et regretta de ne pas avoir de montre. Peut-être pourrait-elle ne manquer que la matinée sauf qu'elle ne savait pas quand la cloche allait sonner. En plus ça ne serait pas facile de s'arranger pour rentrer chez les Ogilvie à l'heure habituelle. Elle se remit à marcher sans entrain. La vue de Tante Florence avait dégonflé tout son enthousiasme.

Quand elle arriva dans son quartier, Norah décida de continuer à marcher en direction du nord. Elle n'avait pas d'endroit où aller à part le ravin, et elle n'avait pas envie d'y passer le restant de la journée à se tourner les pouces. Elle avait les jambes engourdies à force de marcher, mais elle ne vit pas d'autre parc.

C'est alors qu'elle remarqua, à quelques pas dans une rue transversale, une pancarte: «Bibliothèque municipale de Toronto — succursale McNair».

N'importe qui pouvait aller à la bibliothèque. Celle-ci était plus grande que celle de
Gilden, mais elle donnait envie d'y entrer; il y
avait même une pancarte au-dessus d'une
porte latérale qui disait Garçons et Filles.

Elle ouvrit timidement cette porte et descendit un escalier au bout duquel se trouvait
une longue pièce remplie de livres et de
tables. Il y avait une cheminée et un théâtre
de marionnettes à un bout, et à l'autre un bureau sur lequel était penchée une jeune
femme. Celle-ci leva la tête alors que Norah
hésitait dans l'entrée.

— Bonjour! dit-elle. (Norah constata avec
surprise que l'horloge n'indiquait que onze
heures.) Est-ce que je peux t'aider? demanda
la bibliothécaire avec un sourire accueillant.

— Est-ce que je peux regarder? demanda
Norah d'un air indécis.

— Bien sûr! Regarde tant que tu veux et
apporte les livres qui t'intéressent à une
table. Serais-tu une de nos jeunes invitées de
guerre?

Comment savait-elle? Norah rougit de
confusion, mais soudain elle comprit: son
accent, bien sûr!

— Oui, dit-elle aussi calmement que possible. J'habite dans une famille à Rosedale
mais j'ai été malade, alors je ne vais pas à
l'école aujourd'hui.

Cette femme bienveillante accepta sans
peine son explication.

— Je m'appelle Mlle Gleeson. J'aime beaucoup l'Angleterre, parce que c'est de là que viennent tous mes auteurs favoris. Aimerais-tu devenir membre de la bibliothèque? Tu peux donner le formulaire à signer à tes hôtes.

— Non, non, je veux seulement voir les livres qu'il y a ici, s'empressa de dire Norah, puis, parce que Mlle Gleeson avait l'air déçu, elle ajouta: Je m'appelle Norah.

— Eh bien, Norah, qu'est-ce que tu aimerais lire?

— Est-ce que vous avez un livre qui s'appelle *La vallée des hirondelles*?

Mlle Gleeson bondit de sa chaise, courut à une rangée de livres à reliure verte, en tira un de l'étagère et le lui apporta, le tenant à bout de bras comme s'il s'agissait de quelque objet sacré.

— Arthur Ransome! Mon auteur préféré! Est-ce qu'il n'est pas merveilleux? As-tu lu le premier? Connais-tu le Lake District? Après la guerre, la première chose que je vais faire, c'est d'y aller et essayer de trouver tous les endroits qu'il décrit dans ses livres.

Norah se serait bien contentée du livre. Elle marmonna une réponse et la bibliothécaire lui remit enfin *La vallée des hirondelles*. Norah s'assit à une des tables et trouva vite la page où elle en était restée. Mlle Gleeson était retournée à son bureau, mais chaque fois que Norah levait les yeux, la bibliothécaire était là qui la regardait d'un air presque révérencieux.

À mesure que l'histoire l'absorbait, elle cessa de penser à Mlle Gleeson. C'est à peine si Norah bougea dans les deux heures qui suivirent. Elle était à ce point fascinée par les aventures des Walker et des Blackett qu'elle sursauta lorsque la porte s'ouvrit.

— Entre sans faire de bruit, Bernard, dit Mlle Gleeson au garçon qui entrait. Quelqu'un lit.

Norah posa son livre et s'étira les bras et les jambes. Elle approchait de la fin et voulait retarder le dénouement le plus longtemps possible. Elle regarda de plus près le nouveau venu, et se cacha soudain le visage derrière son livre.

C'était le garçon à lunettes. Elle lui lança un coup d'œil furtif et le vit se diriger tout droit vers la section appelée «Autres Pays.» Il choisit un livre et, lui tournant le dos, s'installa à la table de devant.

Norah remarqua l'aspect délavé de sa chemise écossaise. Mlle Gleeson l'avait appelé Bernard. Que faisait-il ici? Allait-il la reconnaître et dire à quelqu'un qu'elle n'était pas à l'école? Soudain l'idée lui vint que, lui aussi faisait tout probablement l'école buissonnière; elle se détendit et retourna à son histoire.

— Excusez-moi, les enfants. (Ils levèrent tous deux les yeux.) Je dois assister à une réunion. Si quelqu'un se présente, pourriez-vous les diriger au département des adultes, au premier?

Ils hochèrent la tête, et Mlle Gleeson disparut par une porte à côté de la cheminée. Norah avait terminé son livre. Elle le referma en soupirant et resta quelques instants à se demander ce qu'elle allait faire. Il n'était que deux heures; c'était le jour le plus long de sa vie. Elle pouvait toujours choisir un autre livre de Ransome, sauf qu'elle avait mal aux yeux à force de lire et qu'elle avait la tête si pleine de *La vallée des hirondelles* qu'il n'y avait pas la place pour une nouvelle histoire.

— Est-ce que je peux te demander pourquoi tu n'es pas à l'école?

Le garçon s'était retourné vers elle et la regardait calmement à travers ses lunettes rondes. Il avait les yeux d'un brun terreux, délavé, comme les couleurs de sa chemise.

Norah pouvait lui raconter à lui aussi qu'elle était malade, mais une personne de son âge la croirait moins facilement qu'une grande personne. D'ailleurs quelque chose dans le visage maculé de taches de rousseur de ce garçon lui inspirait confiance.

— Je fais l'école buissonnière, dit-elle. (Puis, après une courte pause, elle ajouta: Je déteste l'école.)

Bernard lui fit un grand sourire:

— Moi aussi, moi aussi! Tu es une des invitées de guerre de 5e, n'est-ce pas?

Norah fit signe que oui:

— Et toi, tu es dans la classe de M. Bartlett. Je m'appelle Norah Stoakes.

— Et moi je m'appelle Bernard... Bernard Gunter. (Il prit un air embarrassé.) Je te remercie d'être venue à la rescousse hier. Je serais bien revenu te remercier au moment même, mais je ne suis pas très courageux, comme tu as pu le remarquer.

Il parlait d'un ton désabusé, comme une grande personne, comme s'il était beaucoup plus vieux qu'un garçon de sixième année.

Norah frissonna:

— Ils ont dû te faire horriblement mal aux oreilles en tapant comme ça. Charlie est dans ma classe: il est abominable!

— Les oreilles me tintaient encore ce matin! Mais je me fiche pas mal de ces gars-là. Charlie est un tel minus! Il est censé être en septième, mais il a redoublé deux fois. Comment as-tu fait pour ne pas aller à l'école aujourd'hui?

Norah lui raconta comme elle s'était cachée dans le ravin et comme elle avait fait une promenade en tramway. Quand Bernard lui dit qu'il avait persuadé sa mère qu'il avait trop mal au ventre pour aller à l'école, mais pas assez pour l'empêcher d'aller à la bibliothèque, le fou rire les prit tous les deux.

— Pourquoi est-ce que tu détestes l'école, toi? demanda Bernard.

C'était trop compliqué à expliquer.

— Toi d'abord, dit Norah.

— Personne ne veut être ami avec moi, dit Bernard, sans paraître s'en formaliser. Je suppose que ça n'est pas surprenant, avec la guerre et le nom de famille que j'ai. On commence à s'y habituer, ma mère et moi. Certaines des boutiques dans notre quartier ne veulent plus lui faire crédit. De temps en temps, on reçoit des lettres anonymes qui nous disent de déménager.

— Mais, qu'est-ce que ton nom de famille a à voir là-dedans?

— Gunter est un nom allemand. Mes parents viennent tous les deux de Munich, mais je suis né à Kitchener. C'est là qu'on a vécu jusqu'à la mort de mon père et après, on est venus vivre à Toronto. Ma mère pensait qu'elle trouverait un travail plus facilement. Elle travaille comme femme de ménage pour des dames riches.

Norah s'efforça d'absorber tout cela: Allemand! Allemand, comme Hitler, comme l'Ennemi. Elle se rappela l'accusation de Charlie: «Parce qu'il sympathise avec l'ennemi.»

Mais Bernard n'était qu'un garçon comme les autres, comme Tom. Pas vraiment comme les autres, cependant. Il s'était qualifié de poltron, mais il y avait chez lui quelque chose qui sortait de l'ordinaire, une espèce de dignité mêlée à une calme assurance qui n'avait rien de la poltronnerie.

197

— Est-ce que toi aussi tu vas refuser d'être amie avec moi? demanda simplement Bernard comme elle ne disait rien. Cela se comprendrait, puisque tu es anglaise. Mais ce serait un peu idiot. Je suis canadien. Je déteste Hitler et les Nazis autant que toi. Mes tantes, en Allemagne, ne les aiment pas plus que moi. On voulait qu'elles viennent ici, mais elles sont trop vieilles maintenant.

Les scrupules de Norah s'évanouirent. Si Bernard détestait les Nazis, c'était certainement un type bien. En tout cas, elle n'allait pas se conduire stupidement comme Charlie. D'ailleurs, elle le trouvait sympathique. N'était-ce pas ce qui comptait?

Elle sourit.

— Ton nom de famille m'est bien égal.

Bernard parut soulagé, et Norah se mit tout à coup à lui confier à quel point elle n'avait pas voulu venir au Canada.

— Je comprends que tu n'aies pas eu envie de quitter ta famille, dit Bernard. Mais tu as de la chance de pouvoir voyager. Et puis le Canada est un pays formidable: peut-être que tu t'y feras. Comment sont les gens chez qui tu vis?

Norah n'avait pas envie de parler d'elles. Elle haussa les épaules, et Bernard lui montra son livre sur l'Australie.

— J'essaie de me renseigner sur tous les pays du monde. Quand je serai grand, je vais les visiter tous et écrire des articles pour le *National Geographic*. M. Bartlett me les prête. Et toi, qu'est-ce que tu vas être?

— Je ne sais pas... je n'ai que dix ans!

— Tu devrais te décider, dit Bernard gravement. Ça te donnera un but. Quand je serai un journaliste célèbre, je me ficherai bien que ces gars-là m'aient mis un seau sur la tête.

Norah l'écoutait avec une admiration croissante lui parler des pays qu'il avait étudiés. Il en savait autant qu'un prof. Mlle Gleeson revint et leur sourit. Elle ne paraissait pas se soucier qu'on parle dans une bibliothèque.

Norah remarqua l'heure.

— Il va falloir que je parte, murmura-t-elle. Je dois être rentrée avant trois heures et demie si je veux qu'elles ne soupçonnent rien.

Ils échangèrent un regard conspirateur et sortirent ensemble.

Bernard la fit monter derrière lui sur sa bicyclette et la laissa près de chez elle.

— Tu vas à l'école, lundi? demanda-t-il, comme si Norah faisait l'école buissonnière chaque fois que l'envie lui prenait.

— Il faut bien. Mlle Liers ne me croirait peut-être pas si je disparaissais pendant trop longtemps. (Elle eut soudain une pensée qui la fit sursauter.) Penses-tu que si je me fais prendre, ils vont me donner la strappe?

Les 5e parlaient constamment à voix basse du châtiment du fouet. Un jour que

Charlie avait provoqué une bagarre dans la cour de l'école, il était revenu du bureau de M. Evans les mains rouges et gonflées.

— Il n'y a que les garçons qui se fassent donner la strappe, lui affirma Bernard. Moi je ne risque rien, parce que Maman me donnera un mot. Elle sait bien que j'ai besoin de me changer les idées de temps en temps. Est-ce que tu aimerais venir chez moi, demain?

— D'accord! dit Norah. Mais il va falloir que je demande la permission.

— Téléphone-moi demain matin pour me le faire savoir. (Il écrivit son numéro de téléphone et le lui tendit.)

Norah remonta en sautillant la rue ombragée. Elle se sentait légère comme l'air. Elle se souvenait à présent que l'amitié survenait parfois ainsi... si vite que, peu de temps après avoir rencontré la personne, on avait du mal à croire qu'on ne la connaissait pas depuis toujours. Juste avant d'arriver chez les Ogilvie, elle se rappela qu'elle avait laissé ses livres au fond du ravin et alla les chercher.

— Est-ce que je peux aller chez quelqu'un demain? demanda-t-elle au dîner.

— Comme c'est gentil, Norah! dit Tante Mary en souriant. Je suis contente que tu te sois fait une amie.

Mais sa mère fronça les sourcils:

— Quel est son nom de famille?

— C'est un garçon: Bernard Gunter.

— Gunter? Ce n'est pas un nom que je connais. Est-ce qu'il s'agit d'un camarade de classe?

— Il est en sixième année, dit Norah. Est-ce que je peux y aller?

Pourquoi Tante Florence ressentait-elle le besoin de faire tout un plat au sujet d'une requête aussi simple?

— Je pense qu'il vaudrait mieux l'inviter ici d'abord, après quoi je déciderai. Je suis sûre que tes parents ne voudraient pas que tu fréquentes quelqu'un de pas comme il faut.

— Ils me laisseraient en juger par moi-même, laissa échapper Norah sans réfléchir.

— Ça suffit, mademoiselle! Si tu veux inviter ce Bernard à dîner demain, je demanderai à Hanny de préparer quelque chose de spécial. Cela nous donnera à tous l'occasion de le rencontrer.

Norah termina son dessert en silence. Toute la joie que lui avait causée cette nouvelle amitié était gâchée. Elle était certaine que Bernard ne voudrait jamais venir chez les Ogilvie pour être inspecté comme de la marchandise que l'on rapporte à domicile à l'essai.

Mais à sa grande surprise, cela ne parut pas le déranger.

— Maman dit qu'elles habitent une grande maison, dit-il au téléphone le lendemain matin. Elle me laisse parfois l'accompagner quand elle va travailler... une fois, dans une de ces maisons, j'ai découvert un passage secret! Combien de pièces à leur maison?

Norah dit qu'elle n'en était pas sûre.

— Alors on pourra les compter, dit Bernard. À tout à l'heure!

En raccrochant elle constata qu'elle se sentait mieux. Le dîner allait certainement être pénible, mais il passerait vite. Ensuite on les laisserait jouer tout seuls. Elle décida de lui montrer sa collection d'éclats d'obus. Norah alla attendre Bernard sur les marches devant la maison.

— Cette maison est immense! s'écria-t-il en entrant.

Il était très propre et soigné. Ses cheveux habituellement hirsutes avaient été mouillés et peignés, et il portait une chemise bleue fraîchement repassée. Il avait même mis une cravate.

Il était aussi très poli. Il disait: s'il vous plaît et merci aux bons moments et mâchait son macaroni par petites bouchées, les lèvres closes.

— Que fait ton père dans la vie, Bernard? demanda Tante Florence.

Bernard avala avant de répondre.

— Mon père est mort il y a deux ans. Il était éboueur.

Tante Florence toussota, tandis que Tante Mary lui dit avec douceur

— Je suis désolée, Bernard. Il doit beaucoup te manquer.

— Où habites-tu? demanda ensuite Tante Florence. Comment ta mère fait-elle, toute seule?

En cinq minutes, elle avait apparemment obtenu tous les renseignements qu'elle voulait. Elle termina le repas dans un silence inhabituel.

Petit à petit, Gavin rapprocha sa chaise de celle de Bernard.

— Est-ce que tu veux venir voir mon cheval à bascule après le dîner? lui demanda-t-il avec empressement.

— Il veut regarder *mes* choses, dit Norah. Voulez-vous nous excuser!

Gavin essaya de les suivre, mais Norah, ne tenant aucun compte de son air mélancolique, referma la porte de sa chambre avant qu'il ne les rattrape.

Pendant toute une heure Bernard et elle examinèrent les éclats d'obus et les vieux livres de Tante Mary. Bernard fut naturellement impressionné et lui posa toutes sortes de questions sur la bataille d'Angleterre. Il trouva un vieux livre de géographie et demanda s'il pouvait l'emprunter.

— Si on allait compter les pièces? suggéra-t-il.

— Pas aujourd'hui, dit Norah avec gêne. Il vaut mieux qu'on reste là.

Elle ne savait toujours pas si Tante Florence l'avait trouvé «comme il faut». Elle n'avait pas été rassurée par son silence de tout à l'heure.

Elle apprit le verdict au souper.

— Ton jeune ami m'a paru très bien élevé, dit Tante Florence. Sa mère a, de toute évidence, absorbé les bonnes manières des gens chez qui elle travaille. Malheureusement, je ne peux pas te permettre de le fréquenter, Norah! Il ne vient pas du même milieu que nous: enfin, sa mère travaille pour mon amie, Mme Fitzsimmons! Cela ne ferait que le mettre mal à l'aise que d'être reçu dans une famille comme la nôtre. Et puis, il y a la question de sa nationalité. Je ne sais pas pourquoi je ne me suis pas rendu compte immédiatement qu'il était allemand.

— Il est canadien! s'écria Norah, en déposant sa fourchette avec violence. Qu'est-ce que ça peut faire, comment sa mère gagne sa vie? Chez moi les parents de mes amis font toutes sortes de métiers!

— Veux-tu avoir l'amabilité de baisser la voix, Norah, ordonna Tante Florence. Un petit village n'a rien de commun avec une grande ville: on ne peut pas être trop prudent. (Sa voix se radoucit quelque peu.) C'est pour ton bien que je le fais. Tu fais partie de la famille maintenant, et c'est mon devoir de m'occuper de toi. (Elle poussa un soupir.) Tu devrais vraiment aller à Brackley Hall, où Mary est allée.

Norah se rebiffa.

— Je ne veux pas aller à une école de snobs! Je ne fais pas partie de votre famille! Je ne vous ai pas choisies et je n'ai pas choisi de vivre ici!

L'expression scandalisée de Tante Florence réduisit tout le monde au silence. Tante Mary pressa sa serviette contre ses lèvres et Gavin fixa sur sa sœur des yeux ronds de frayeur.

Enfin, Tante Florence parla. Sa voix était de glace.

— Permets-moi de te rappeler que, nous non plus, nous n'avons pas eu le choix. Si nous l'avions eu, je suis sûre que nous aurions choisi une enfant qui était reconnaissante d'avoir l'occasion de vivre dans une famille privilégiée, et non quelqu'un de mal élevé qui n'a d'égards que pour soi. Comme nous sommes bien obligées de te supporter, tu ferais mieux d'apprendre à nous supporter aussi. Je ne veux pas que tu voies Bernard. C'est ma décision, et je ne veux plus en entendre parler.

Tante Mary respira profondément.

— Maman, n'est-ce pas un peu trop dur? Il m'a paru très gentil, ce garçon.

— Mary, enfin! Je pense qu'il vaut mieux que Norah se passe de dessert et monte se coucher immédiatement.

Tante Florence aurait apparemment bien aimé ordonner à sa fille d'en faire autant.

Une fois dans sa chambre, Norah enfila rageusement son pyjama. Pleurant de colère, elle regarda la photo de sa famille. Les yeux de son père semblaient pleins de reproche et elle se rappela les dernières paroles qu'il lui avait dites: «Si tu es mal élevée ou ingrate les Canadiens penseront que tous les enfants anglais sont comme toi.» Mais il avait également dit que les gens chez qui elle habiterait seraient bons.

Elle prit la photo et enferma les visages de ses parents dans le tiroir du haut de la commode. Tante Florence avait tort. Norah ne pouvait pas lui obéir, et elle ne lui obéirait pas. Il allait falloir qu'elle voie Bernard en secret, qu'elle trouve un moyen de le voir sans que Tante Florence ne le sache, tout simplement.

Tard dans la nuit elle se réveilla en entendant un bruit au deuxième étage. On aurait dit que quelqu'un chantait. Elle descendit sur la pointe des pieds et vit de la lumière dans la chambre de Gavin.

Était-il malade à nouveau? Norah traversa le couloir sans bruit et alla écouter à sa porte. C'était Tante Florence qui chantait, d'une voix riche et tendre:

Fais dodo, Colas mon p'tit frère
Fais dodo, t'auras du lolo
Maman est en haut
Qui fait du gâteau
Papa est en bas

Qui fait du nougat
Fais dodo, Colas mon p'tit frère
Fais dodo, t'auras du lolo.

— Quand est-ce que je vais voir mon papa? demanda Gavin. Et ma maman...

Il eut un hoquet, comme s'il avait été en train de pleurer.

— Dès que la guerre sera finie, mon petit lapin. Mais tu es avec moi maintenant, et je te protégerai. Est-ce que le cauchemar est bien parti maintenant? Parti le loup-garou? Couche-toi, alors, et je vais te chanter une autre chanson.

Norah regarda par la porte entrouverte, tandis que la belle voix s'élevait à nouveau. Tante Florence était vêtue d'une robe de chambre en soie rose qui, à la lueur de la lampe de chevet, lui donnait l'air presque doux. Elle caressait les cheveux de Gavin et son expression était triste et émue.

— Pourquoi êtes-vous fâchée contre Norah? demanda Gavin en s'endormant. Vous lui avez fait de la peine.

— Ta sœur doit apprendre à se maîtriser, dit Tante Florence d'un ton guindé. Mais ne t'en fais pas pour Norah, mon lapin. Elle est très forte, et je suis sûre qu'elle n'a pas tant de peine que ça. Allez, essaie de t'endormir à présent.

Norah remonta vite à sa chambre avant que Tante Florence ne la prenne sur le fait.

Gavin ne lui appartenait pas, pensa-t-elle avec colère. Et puis quelle chanson bébé pour un garçon de cinq ans. Mais elle n'arrivait quand même pas à oublier ce regard triste. Peut-être que Tante Florence avait chanté cette chanson autrefois pour Hugh.

15

Des nouvelles d'Angleterre

Lundi matin, Norah se tint à côté de son pupitre tandis que tout autour d'elle les élèves marmonnaient le *Notre Père* et le *God Save the King*. Elle avait la poitrine tellement serrée qu'elle avait peine à respirer. Mlle Liers quitta le piano et retourna à son bureau pour faire l'appel.

Pourquoi fallait-il que son nom commence par une des dernières lettres de l'alphabet? Norah s'assit sur ses mains pour les empêcher de trembler et Dulcie lui lança un regard étonné. Si seulement Bernard avait été là, elle aurait eu quelqu'un pour comprendre son angoisse.

Finalement, Mlle Liers appela «Norah Stoakes» de sa voix sèche.

— Présente, mademoiselle.

Le professeur leva les yeux.

— Tu n'étais pas là vendredi, Norah; as-tu apporté un mot?

— Je... je m'excuse, mademoiselle. Chez nous, on n'avait pas besoin d'apporter un mot quand on était malade.

Elle parlait d'une voix si contrainte qu'elle devait être convaincante. Mlle Liers parut la croire.

— Ici il t'en faut un, dit-elle froidement, mais je laisserai passer pour cette fois. Aie l'amabilité de te le rappeler la prochaine fois que tu seras malade. (Elle regarda les autres en fronçant les sourcils.) Il en va de même pour tous. Il vous arrive beaucoup trop souvent d'oublier.

De soulagement, Norah s'affaissa sur sa chaise. C'était fini, et elle n'avait pas eu à mentir beaucoup. Elle savait qu'elle ne ferait plus jamais l'école buissonnière. Cela l'avait mise à bout de nerfs. Au moins, maintenant, l'école ne serait plus aussi insupportable, maintenant qu'elle avait un ami à rencontrer aux récréations.

Elle retrouva Bernard au pied du mât, comme convenu. Ils jetèrent des regards prudents tout autour d'eux, cherchant Charlie des yeux, mais il était à l'autre bout de la cour d'école en train de jouer au football.

Norah ne savait pas comment dire à Bernard qu'il ne pouvait plus venir chez elle.

— Tante Florence dit qu'on n'a pas le droit de se voir, dit-elle tout d'un trait en baissant les yeux.

— Ma mère m'a prévenu qu'elle n'approuverait peut-être pas. C'est pour ça qu'elle m'a forcé à m'endimancher. (Bernard parlait nonchalamment, mais à son regard on voyait bien qu'il était blessé.) Est-ce que ça veut dire qu'on ne peut se voir qu'à l'école?

Norah lui sourit:

— J'ai pensé à un endroit où on pourra se rencontrer tous les jours, et personne ne le saura jamais: la bibliothèque!

Cet après-midi-là, elle obtint de Mlle Gleeson un formulaire qu'elle donna à signer à Tante Florence. À partir de ce jour-là, elle eut la permission d'aller à la bibliothèque tous les jours après l'école. C'était la solution parfaite, parce que le prétexte était légitime. En effet, Norah choisissait chaque jour des livres qu'elle rapportait à la maison. Mlle Gleeson avait le don de savoir exactement ce qui lui plairait et mettait de côté pour elle les nouveaux livres à mesure qu'ils arrivaient.

Quand Norah rentrait le soir elle allait droit à sa chambre et lisait jusqu'au moment où elle allait rejoindre les Ogilvie dans la bibliothèque avant le souper. Il lui arrivait souvent aussi de lire tard la nuit. Personne ne venait jamais voir ce qu'elle faisait une fois qu'on l'avait envoyée se coucher. À l'école, il lui arrivait d'être distraite et même de somnoler, mais le travail était facile et elle ne risquait pas de prendre du retard.

Tante Florence parut se féliciter de ce que Norah ait trouvé un passe-temps. Norah l'entendit même s'en vanter auprès d'un des joueurs de bridge du dimanche soir: «Norah devient un véritable rat de bibliothèque», dit-elle avec une fierté surprenante.

Mais Tante Mary la surveillait anxieusement.

— Tu as les traits tirés, Norah! Je pense que tu passes trop de temps toute seule.

Ce qu'elle ne savait évidemment pas, c'était que Norah n'était pas seule. Elle apportait son dîner à l'école tous les jours et mangeait en vitesse dans sa classe; après quoi, elle et Bernard avaient encore une demi-heure pour parler dans la cour. Elle ne mettait jamais longtemps à choisir des livres après l'école, de sorte qu'il leur restait toute une heure pour jouer.

Souvent ils allaient dans le ravin, en prenant soin d'y descendre bien avant d'atteindre la maison des Ogilvie, pour ne pas être vus. Ils étaient en train de construire un fort au pied du pont avec des vieux bouts de bois et de carton qu'ils y transportaient quand ils en trouvaient. Bernard avait inventé une méthode compliquée pour fabriquer un toit, en entrelaçant des brindilles. Cela prenait du temps parce que les brindilles se brisaient les unes après les autres.

La couleur des arbres était en train de tourner et l'air qui fraîchissait sentait la pomme nouvelle. Le sol était jonché de châtaignes dans leurs enveloppes vertes fendues. Ils les ramassaient pour en faire des *conkers*, que Bernard appelait des *bullies*. Chez Bernard, ils les mettaient au four pour les durcir et faisaient un trou dans chacune d'elles avec la brochette à viande de Mme Gunter, afin d'y enfiler un lacet de patin de Bernard.

Malgré l'admirable dureté de leurs châtaignes, ils n'assistaient néanmoins qu'en spectateurs aux matchs de *bully* qui avaient désormais lieu chaque jour dans la cour d'école. Norah et Bernard en étaient réduits, puisque personne ne les invitait jamais à participer, à jouer l'un contre l'autre.

Charlie et sa bande semblaient peu disposés à rosser une fille, de sorte que Norah, par sa présence, protégeait Bernard. Les garçons continuaient néanmoins à les traiter de «sale Boche» et de «sale Anglaise», mais ils s'enfuyaient ensemble et essayaient d'en rire.

Bernard vivait dans l'un des quatre appartements situés dans un immeuble de l'autre côté de la rue Yonge: «Ma mère nettoie tout l'immeuble pour avoir moins de loyer à payer», expliqua-t-il. Mme Gunter avait parfois fini de travailler avant la fin des classes. Ces jours-là, elle les attendait avec des petits gâteaux et du chocolat chaud. C'était une femme corpulente qui soupirait beaucoup. Un sourire fatigué ridait en permanence son visage pâteux sans pour autant en atténuer la triste expression. «Je suis si contente que Bernard ait une amie», avait-elle dit la première fois que Norah la rencontra. Norah espérait qu'il n'avait pas dit à sa mère que leur amitié était interdite; elle ne voulait pas ajouter à sa tristesse.

Norah parla en grand détail à Mme Gunter de sa famille et de son voyage au Canada. Bien qu'elle fût lasse de répéter son histoire pour les amis des Ogilvie, elle n'avait aucune difficulté à se raconter à cette femme si abordable.

— Ce n'est pas juste que des enfants aient à subir de telles choses, soupira la mère de Bernard. Quels temps difficiles nous traversons tous. Et ton petit frère, comment aime-t-il le Canada?

Norah haussa les épaules.

— Il aime bien ça, je suppose.

Penser à Gavin la rendait mal à l'aise. Hier après-midi il était apparu à la porte de la tour.

— Qu'est-ce que tu veux, encore? avait demandé Norah, que la surprise avait fait sursauter, car il n'avait pas mis les pieds dans sa chambre depuis qu'on l'en avait déménagé.

— Rien. Je suis monté, simplement.

Comme si cela expliquait tout, Gavin était entré et s'était assis sur le lit de Norah, les jambes ballantes.

— Quoi? avait demandé Norah avec irritation. (Elle avait hâte de se replonger dans sa lecture, qu'il avait interrompue.)

— Norah, penses-tu qu'Hitler a envahi l'Angleterre? Est-ce que Maman et Papa et Grand-père et Joey vont être faits prisonniers?

Norah avait eu la gorge tellement serrée que, l'espace d'un instant, elle ne put pas répondre. Elle avait respiré profondément et essayé de parler calmement.

— Non, je ne pense pas. On en entendrait parler, voyons! D'ailleurs peut-être qu'il n'y en aura même pas, d'invasion.

Soudain le visage confiant de son frère lui avait donné envie de le secouer. Qu'est-ce qu'elle en savait, de tout ça? Il aurait dû poser ses questions à Tante Florence.

— Va-t-en maintenant, Gavin, je veux lire.

Elle avait repris son livre et lui avait tourné le dos.

Mais elle n'avait pu se remettre à la lecture. Au lieu de cela, elle l'avait écouté redescendre à pas lents l'escalier et failli le rappeler.

— Norah? demanda Bernard. J'ai dit: est-ce que tu veux aller dans ma chambre maintenant?

— D'accord!

Norah chassa Gavin de ses pensées et suivit Bernard. Comme d'habitude ils étudièrent les cartes de géographie qui couvraient ses murs, et ensuite s'allongèrent sur le tapis pour jouer à Parcheesi et aux dames. Norah était beaucoup plus à l'aise ici que chez les Ogilvie.

— Viens aussi souvent que tu veux, insista Mme Gunter, bien qu'elle-même fut rarement à la maison: elle était habituellement sortie pour travailler.

Le fait de pouvoir s'évader dans les livres et d'avoir un ami rendait la vie d'invitée de guerre plus tolérable. Sauf que, maintenant, Norah passait des nuits blanches à s'inquiéter pour sa famille. Les reportages provenant d'Angleterre à la radio empiraient de plus en plus: Londres était maintenant bombardé chaque nuit. Elle vérifiait le courrier tous les jours sur la table du hall d'entrée, mais il n'y avait toujours pas de lettre.

Le jour même où elle avait raconté son excuse à Mlle Liers, Norah avait appris une

216

horrible nouvelle. Elle était couchée sur le tapis de la bibliothèque en train de finir de lire les bandes dessinées des journaux du samedi. En Angleterre la plupart des *comics* avaient disparu des journaux à cause de la pénurie de papier. *Rupert*, son préféré, paraissait toujours, mais ses aventures avaient dû être réduites à un seul dessin à la fois. Alors qu'ici il y en avait des cahiers pleins dans tous les journaux de fin de semaine, de sorte qu'elle mettait souvent plusieurs jours à lire toutes les bandes dessinées. *Superman*, le *Lone Ranger*, *Tarzan* et *Flash Gordon*, tout cela était nouveau pour Norah et elle dévorait leurs aventures chaque semaine.

Tante Mary était assise à côté de Norah en train de lire l'*Evening Telegram*: «Oh non!» s'exclama-t-elle tout bas.

Tante Florence releva brusquement la tête.

— Gavin, veux-tu me chercher mon métier à tapisserie? s'empressa-t-elle de dire.

Alors que Gavin quittait la pièce, Norah se releva d'un bond et parcourut la première page du journal par-dessus l'épaule de Tante Mary: «Enfants voguant vers Toronto victimes du monstre Hitler», disait le grand titre.

— Qu'est-ce que ça veut dire? murmura-t-elle.

— Donne-moi ça, ordonna Tante Florence en saisissant le journal des mains de sa fille. C'est scandaleux! s'écria-t-elle, après l'avoir lu. Ce que je ne ferais pas à cet homme-là si j'en avais l'occasion...

— Je vous en supplie, dit Norah d'une voix étouffée. Qu'est-il arrivé?

Tante Florence et Tante Mary se consultèrent des yeux en silence.

— Je suppose qu'on peut te le dire, puisque vous êtes ici sains et saufs, dit Tante Florence, mais quand Gavin reviendra nous cesserons d'en parler. Ce qui est arrivé, c'est qu'un navire a été torpillé par les Nazis. Il était rempli d'évacués en route pour le Canada et un grand nombre d'entre eux se sont noyés.

— Combien?

Tante Florence hésita avant de répondre:

— Quatre-vingt-sept enfants et deux cents six adultes, dit-elle enfin d'une voix étrangement fluette.

Tante Mary toucha l'épaule de Norah:

— Dieu merci ce n'était pas le vôtre!

Norah resta abasourdie. Tous ces jours en mer où elle avait scruté l'horizon dans l'espoir d'apercevoir un périscope, elle n'avait jamais cru un instant que les Allemands attaqueraient leur bateau. Elle se souvenait que Jamie avait dit qu'il souhaitait qu'ils soient torpillés. Il n'y avait pas cru non plus. Ce n'avait été qu'un jeu, mais ceci était bien réel.

C'est alors qu'elle se rappela Miss Montague-Scott, qui espérait revenir sur un autre navire.

— Est-ce qu'ils donnent les noms? demanda-t-elle d'une toute petite voix.

Tante Florence secoua la tête.

— Pas encore — j'imagine que les familles n'ont pas encore été avisées. (Elle regarda Norah avec un souci inattendu.) Je ne veux pas que tu te tracasses, mon petit. Je suis sûre qu'il n'y avait personne à bord que tu connaisse. Remercions seulement le bon Dieu de ce que Gavin et toi soyez arrivés à bon port.

Les deux femmes essayèrent de changer de sujet, mais dans les semaines qui suivirent Norah en entendit souvent parler aux nouvelles. Le bateau s'appelait le *City of Benares* et certains des enfants qu'on avait crus noyés furent sauvés après avoir passé plusieurs jours dans une chaloupe de sauvetage.

En attendant, elle reçut enfin un paquet de lettres d'Angleterre. Elle les ôta de la table en un clin d'œil et se précipita dans la tour pour les lire. L'enveloppe contenait trois lettres, de Maman, Papa et Tibby. «Norah et Gavin chéris», disait chaque lettre, mais il fallait qu'elle les lise seule avant de pouvoir les partager avec lui.

«Quelle chance vous avez: on dirait que vous habitez un manoir! disait Maman. Nous avons montré la photo de la maison à tout le monde dans le village. Mme Ogilvie a l'air très sympathique, sa lettre nous a bien rassurés. C'est dommage que Gavin soit trop jeune pour aller à l'école, mais il paraît qu'il fait toutes sortes d'excursions intéressantes. Nous sommes tous beaucoup plus tranquilles depuis que nous vous savons en si bonnes mains.»

Ses parents continuaient l'un et l'autre dans le même sens, en exprimant leur soulagement de les savoir en sécurité, disant combien ils leur manquaient et répondant à quelques-unes des questions de Norah. «Nous continuons à voir des tas d'avions, d'ailleurs un autre s'est abattu près de Smarden», disait Papa. «C'est à Londres que ça barde vraiment maintenant. Mais le moral est bon. Les gens couchent dans le métro. On voit parfois le reflet des incendies d'ici. On passe la nuit dans l'abri la plupart du temps mais ne t'inquiète pas, Ringden n'a pas été touché.»

Grand-père l'embrassait en post-scriptum. Tibby racontait qu'elle et Muriel étaient en train de recevoir leur formation de mécaniciennes et que c'était beaucoup plus intéressant que de faire la cuisine et le nettoyage comme elles avaient fait jusque-là. Sa lettre était parsemée de mots qui avaient été rayés à l'encre noire, de mots qui avaient l'air d'être des noms de lieu. «Tu trouveras probablement que certaines parties de cette lettre ont été censurées», prévenait Tibby. Il était troublant de penser qu'un inconnu avait déjà lu sa lettre. Muriel avait ajouté quelques mots au bas de la lettre de Tibby. «J'ai rencontré un lieutenant de rêve et nous sommes très amoureux.» Norah rit tout bas; c'était ce que Muriel disait chaque fois.

Elle lut et relut leurs lettres, en extrayant chaque parcelle d'information. La seule partie qui la mît mal à l'aise était une série de questions que lui posait son père: «Norah, nous sommes ravis de savoir que tu es en train d'apprendre tant de choses sur le Canada. Mme Ogilvie a tout dit de Gavin, mais nous aimerions bien en savoir plus long sur toi. Es-tu heureuse chez les Ogilvie? Aimes-tu l'école? Je t'en prie, dis-nous tout.»

Mais elle ne le pouvait pas. En leur écrivant de nouveau le dimanche suivant, Norah eut encore du mal à trouver assez à dire. Elle ne pouvait pas leur avouer qu'on empêchait délibérément Gavin d'aller à l'école. Elle ne pouvait pas leur parler de Bernard, au cas où ils le mentionneraient à Tante Florence. Ses lettres aussi étaient censurées.

16

Gairloch

Un jeudi d'octobre, Norah ne put se rendre à la bibliothèque pour rencontrer Bernard; elle dut rentrer directement de l'école pour aider à faire les valises. Les Ogilvie allaient dans le nord pour le week-end, à une région appelée Muskoka.

— Tu vas aimer ça, Norah, dit Tante Mary avec une sorte de ferveur. (En effet elle semblait beaucoup plus animée que d'habitude.) Hugh et moi, nous passions toutes nos vacances d'été à Gairloch: c'est le nom de la propriété, et ça se trouve sur le plus beau lac de tout l'Ontario. Notre famille y va tous les étés depuis des générations.

Tante Florence avait dit à Norah qu'elle pouvait manquer l'école de vendredi à mardi:

— Je t'écrirai un mot; je suis sûre que ton professeur n'y verra pas d'inconvénient, dit-elle avec importance. Nous allons toujours dans le nord pour l'Action de grâces. C'est la dernière fois jusqu'à l'été prochain.

Norah fut étonnée d'apprendre que Dulcie avait été invitée à l'accompagner.

— J'ai pensé que tu aimerais avoir quelqu'un de ton âge pour explorer les environs avec toi, expliqua Tante Mary.

À l'école Dulcie était tellement populaire qu'elle était constamment occupée, de sorte que c'était à peine si Norah lui adressait la parole. Mais quand ils passèrent la prendre, le vendredi de bonne heure, elle se conduisit comme si rien n'avait changé.

— C'est drôlement chouette de pouvoir manquer l'école, non? dit-elle à voix basse à Norah. C'est tellement gentil de la part des Ogilvie de m'avoir invitée. J'espère que cela ne t'embête pas, ajouta-t-elle timidement.

Norah haussa les épaules. Elle n'avait pas envie d'admettre qu'elle était bien contente d'avoir quelqu'un à qui parler, pour changer, bien qu'elle eût préféré que ce fût Bernard.

Tante Florence était au volant de la longue Cadillac grise. Tante Mary était assise de l'autre côté, avec Gavin entre elles au milieu; Norah et Dulcie avaient toute la banquette arrière pour elles seules, car les valises et les boîtes de provisions étaient dans le coffre. Hanny et Édith étaient restées pour s'occuper de la maison.

Le trajet prit la plus grande partie de la journée. À la sortie de la ville, les maisons se firent plus petites et plus espacées, puis cédèrent le terrain aux fermes. Ils traversèrent un paysage vallonné de champs parsemés de citrouilles orange vif. Norah fut éblouie par les couleurs de l'automne. En pleine campagne on eût dit une mer d'or et d'écarlate dont les vagues brillaient au soleil sous un ciel resplendissant. Les arbres étaient si lumineux qu'ils semblaient irréels.

— Je dois dire que les couleurs, cet automne, sont les plus belles qu'on ait jamais vues, dit Tante Florence avec satisfaction.

Elle parlait comme si elle avait personnellement commandé ce magnifique spectacle.

Ils pique-niquèrent sur le bord de la route, de sandwichs au poulet mayonnaise sur pain blanc, de branches de céleri, de gâteau aux graines de pavot et de lait. Tout le monde, même les deux femmes, s'en alla, tour à tour, se soulager derrière un buisson.

— Vous allez penser que nous nous conduisons de façon bien primitive, dit Tante Florence, mais c'est plus propre qu'une station-service.

Norah et Dulcie échangèrent un regard et réprimèrent un fou rire en pensant à Tante Florence accroupie dans une position manquant à ce point de dignité. Plus elles s'éloignaient de Toronto, et plus les deux dames Ogilvie se décontractaient.

Après l'escale du dîner, les champs et les collines furent remplacées par des rochers et de la forêt, interrompue ici et là par des nappes d'eau. Quand ils traversèrent un petit pont, Tante Mary se mit soudain à chanter à tue-tête:

Pays du bouleau
Pays du castor
Pays où l'orignal
Erre encore à sa guise
Rivages rocheux
De nos beaux lacs bleus
Nous voici enfin revenus.
Boum didi ah dah...

Elle se tut en rougissant lorsqu'elle s'aperçut que les trois enfants la dévisageaient bouche bée.

— Hugh et moi chantions toujours cette chanson une fois passé le pont, expliqua-t-elle timidement. Il l'avait apprise au camp. Cette rivière marquait les limites de la Muskoka.

La voiture poursuivit son chemin vers le nord. Gavin et Dulcie s'endormirent et Norah elle-même commença à avoir les paupières lourdes. Mais Tante Florence était infatigable. Elle parlait à sa fille de doubles fenêtres et de la chance qu'elles avaient de tomber en plein été des Indiens. «Qu'était-ce que l'été des Indiens?» se demanda Norah à moitié endormie, le regard perdu dans l'immense paysage.

Le Canada était si grand! Elle n'était jamais allée aussi loin en voiture. Ses parents n'en avaient jamais eu une, bien que Grand-père eût autrefois remis en état une vieille Morris. Tante Florence aimait conduire, de toute évidence; elle étirait ses longues jambes jusqu'aux pédales et se calait dans la banquette comme si elle était assise dans un fauteuil moelleux. Norah essaya d'imaginer la sensation qu'on éprouvait en prenant le contrôle d'une machine aussi puissante. Peut-être était-ce ce qu'elle deviendrait quand elle serait grande, une personne qui conduit des voitures.

Ils s'arrêtèrent enfin dans un minuscule village qui se résumait à un magasin, une station-service et quelques maisons assez délabrées.

— Tout le monde descend, ordonna Tante Florence. Maintenant, Gavin, on va monter en bateau!

Les enfants se réveillèrent. Le petit magasin était situé au bord d'un immense lac. Norah respira le bon air frais tandis qu'un homme sortait du magasin et les conduisait à un bateau à moteur amarré au quai.

— C'est le seul moyen d'arriver, expliqua
Tante Mary. M. McGuigan nous conduit
chaque fois dans son bateau. Parfois il faut
faire plusieurs voyages à cause des provisions, mais ça en vaut la peine, rien que
pour l'île.

Norah se retourna brusquement.

— Nous allons être sur une île?

— Mais oui, Norah, ne te l'avais-je pas
dit? Elle n'est pas très grande, mais elle est à
nous.

Elle avait l'air aussi excitée que Norah.
Une île! Comme dans *Hirondelles et
Amazones*.

Gens, valises et provisions furent chargés
dans le bateau qui s'ébranla en chevrotant.
Norah était assise à l'avant, cheveux au vent,
le visage éclaboussé de gouttelettes d'eau
froide. L'eau était verte et claire comme du
verre; quand ils ralentissaient elle voyait des
pierres dans les profondeurs.

Droit devant eux, sur une hauteur, s'élevait une grosse maison ronde, avec une véranda qui en faisait tout le tour:

— La voilà! s'écria Tante Mary d'un air
radieux. Voilà Gairloch!

Le chalet était aussi grand que la maison
de Toronto, mais il paraissait plus invitant,
peut-être parce qu'il avait un nom. Ils débar-
quèrent et chacun aida à transporter les bagages par un escalier en pente raide, du quai
au chalet. Celui-ci avait des murs en bois

peint, d'un blanc fané, surmontés ici et là de tourelles. C'était d'une construction curieuse, comme si des rajouts avaient été faits, un peu pêle-mêle, au cours des années.

Tante Florence ouvrit la porte d'entrée avec sa clé. L'intérieur était sombre, parce que les volets des fenêtres étaient fermés. Les enfants aidèrent à les ouvrir, et le soleil déclinant inonda les grandes pièces qui, à l'encontre de l'austère maison de Toronto, étaient meublées d'un bric-à-brac de fauteuils et de coussins dépareillés, de toutes les couleurs. Un immense foyer en pierre occupait tout un mur de la salle commune; les autres murs étaient en lattes de bois différentes juxtaposées, formant contraste.

— Voyons un peu... réfléchit Tante Florence. Je pense qu'il vaut mieux que Gavin dorme au rez-de-chaussée avec Mary et moi. Les filles, montez vos valises et choisissez n'importe quelle chambre là-haut qui vous plaira. Mary fera vos lits quand vous aurez fait votre choix.

Il y avait six immenses chambres à coucher au deuxième étage. La plus grande contenait deux lits doubles.

— Ça ne t'ennuierait pas... si on couchait toutes les deux dans celle-ci? demanda Dulcie. J'aurais peur toute seule.

Norah avait peur de mouiller le lit comme elle le faisait encore régulièrement; il ne fallait, en aucun cas, que Dulcie le sache. D'un autre côté, elle serait bien contente d'avoir de la compagnie pour changer; elle décida de tenter sa chance.

— D'accord. Prends ce lit-là et je prendrai celui qui est près de la fenêtre.

Elle jeta sa valise dans un coin tant elle était impatiente de sortir jouer.

Les deux filles dévalèrent les escaliers et trouvèrent les Ogilvie en train de déballer les provisions dans la cuisine, qui était très grande et équipée d'un four à bois noir. Les deux femmes s'étaient changées et avaient revêtu de vieilles robes de calicot délavées; celle de Tante Florence était même trouée.

— Nous souperons dans environ une heure, leur dit-elle. Il nous faudra un certain temps pour allumer et faire chauffer le four. Pourquoi ne sortez-vous pas explorer tous ensemble? Surveille bien Gavin près de l'eau, Norah: elle est très profonde et on perd pied presque tout de suite.

Norah se précipita dehors, suivie de Dulcie et de Gavin. À travers le feuillage touffu, il n'y avait que du ciel bleu, de l'eau, et des arbres. «Venez-vous-en!» cria-t-elle en dégringolant la pente jusqu'au bord du lac.

L'abri à bateaux, peint en gris, avait un balcon orné d'une balustrade blanche à l'étage supérieur. Il était presque aussi grand que Little Whitebull. D'autres énormes chalets avec leurs jolis abris à bateaux longeaient la rive opposée. Les enfants trempèrent leurs

230

mains dans l'eau glacée et s'aventurèrent avec précaution sur le plongeoir au bout du quai.

Norah eut brusquement envie de courir. Elle s'élança dans l'escalier qu'elle escalada, suivie des deux autres. Ils firent tout le tour de la rive et revinrent au point de départ; ils étaient vraiment sur une île! Puis ils grimpèrent sur des rochers et se retrouvèrent au sommet d'un promontoire. Le lac s'étendait au-dessous d'eux comme une mer bleue et ridée. À l'horizon, les arbres flambaient de couleurs, comme un incendie contre lequel se détachaient, ici et là, un sapin noir, un bouquet de bouleaux blancs.

— Je suis fatiguée, Norah, dit plaintivement Gavin. Tu vas trop vite.

— Tu es paresseux, répliqua Norah en riant, tu t'es trop fait gâter.

— Moi aussi, je suis fatiguée, dit Dulcie, tout essoufflée. Est-ce qu'on peut se reposer ici une minute? N'est-ce pas superbe? Tu en as de la chance de pouvoir passer tout l'été ici.

— Tout l'été? répéta Norah.

En été, l'eau serait peut-être assez chaude pour nager.

— Tante Dorothy dit que les Ogilvie viennent ici tous les ans, de juin à septembre. Peut-être même qu'elles te sortiront de l'école plus tôt! Les Milne aussi vont à un cottage, sur la baie Georgienne, mais seulement pour deux semaines.

Norah n'arrivait pas à s'imaginer l'été prochain: serait-elle encore au Canada?

— Les enfants! Venez manger! (C'était la voix de Tante Mary qui s'élevait jusqu'à eux.)

Le repas avait été préparé par Tante Florence en personne. Il y avait des saucisses, des pommes de terre au four et d'énormes pommes McIntosh. On mangea sur la table de la cuisine.

— Sans me vanter, dit Tante Florence, ce repas est très bon. Tu ne trouves pas que je fais bien la cuisine, Gavin?

Norah la considéra curieusement. Si Tante Florence aimait tant sa propre cuisine, pourquoi donc était-ce toujours Hanny qui la faisait, en ville?

Tante Florence tendit à Norah une tasse de thé. Maman lui avait écrit pour donner sa permission.

— Toi aussi, on te permet de boire du thé, Dulcie?

— Oh oui, madame. Tante Dorothy dit qu'on peut avoir tout ce qu'on nous donne chez nous.

Tante Florence fit une moue de désapprobation, tandis que Norah, faisant de son mieux pour ne pas sourire de triomphe, sirotait bruyamment le liquide laiteux et familier.

— Votre cottage est très grand, mademoiselle, dit Dulcie à Tante Mary. Est-ce qu'il y avait plus de personnes dans votre famille autrefois?

Tante Florence répondit pour sa fille:

— Le chalet n'appartient pas seulement à nous, Dulcie. C'est mon père et ses frères qui l'ont construit. Ils étaient des Drummond, moi aussi d'ailleurs avant mon mariage. Gairloch appartient à tous les Drummond, qui se le partagent. Autrefois, ils faisaient le voyage en train et en bateau à vapeur, et ils venaient avec une armée de domestiques. Hanny et son mari nous accompagnent l'été, mais en octobre, nous nous débrouillons toujours seules.

— La famille est si nombreuse que certains s'installent dans les petites cabanes au bas de la pente, dit Tante Mary. Les enfants plus âgés dorment soit dans les anciennes chambres des domestiques, à l'arrière de la maison, soit au-dessus de l'abri à bateaux. Nous les appelons les dortoirs des garçons et des filles, respectivement. Toi, Norah, tu coucheras au-dessus de l'abri à bateaux: il y aura aussi plusieurs cousines de ton âge.

Norah digéra la nouvelle.

— Pourquoi ne sont-elles pas là en ce moment? demanda-t-elle, même si elle était contente qu'elles n'y soient pas, car elle préférait de loin avoir Gairloch pour elle toute seule.

— La plupart des membres de la famille habitent Montréal, expliqua Tante Mary. C'est trop loin pour venir passer un week-end, mais tu rencontreras certains d'entre eux à Noël.

— Mary et moi habitons la maison principale, bien sûr, dit Tante Florence. Je suis l'aînée, et donc, à toutes fins pratiques, le chef, du clan Drummond. (Et elle parut se gonfler d'orgueil, comme un paon qui fait la roue.)

Norah aussi éprouvait une fierté grandissante. Elle avait beau n'être qu'une invitée de guerre, si Tante Florence était le chef de la famille, elle bénéficierait peut-être, par association, d'une partie de son prestige auprès de la multitude de cousins, l'été prochain. Si elle était encore là, bien entendu!

— Il est presque l'heure où les petits garçons se couchent, dit Tante Florence tendrement. Norah, aide Gavin à trouver son pyjama. Ensuite vous pourrez, Dulcie et toi, vous préparer à vous coucher. Mary et moi nous nous chargerons de la vaisselle.

Une fois en pyjama et en robe de chambre, Norah alla faire un tour sur la véranda et s'assit sur un banc-balançoire. La nuit était aussi noire, et les étoiles aussi brillantes, que chez elle en Angleterre. Elle scruta le ciel pour repérer la Grande Ourse et s'étonna de la retrouver exactement pareille à elle-même. Est-ce que les siens aussi la regardaient à ce moment-même? L'air ici était plus vif qu'en ville: elle voyait sa propre haleine.

— Norah, rentre donc, tu vas prendre froid! appela Tante Mary.

Norah resta quelques minutes de plus, jusqu'à ce qu'elle eût bien froid, puis rentra en courant se réchauffer devant le feu.

— Je vais maintenant lire à haute voix, annonça Tante Florence. C'est une tradition lorsque nous sommes ici. (Elle choisit un volume usé, relié en cuir, sur les rayons d'une petite bibliothèque.) Ce livre s'appelle *Le livre de la jungle*. Il devrait te plaire, Gavin, c'était le préféré de Hugh. (Elle l'ouvrit, s'assura que tout le monde était attentif, et commença.) Il était 7 heures, par une soirée très chaude dans les montagnes que l'on appelle Sioni, lorsque Père Loup se réveilla de sa sieste, se gratta, bâilla, et s'étira les pattes l'une après l'autre afin d'en chasser l'engourdissement dans les extrémités...

Gavin s'endormit vite, blotti contre Tante Florence, mais l'histoire retint l'attention de Norah. Tante Florence était une lectrice hors pair. Sa voix sonore donnait vie à Mowgli et aux loups dans son imagination. Elle aimait tellement mieux cela que les soirées qu'elle passait en ville à s'ennuyer pendant que les Ogilvie lisaient le journal, jouaient aux cartes ou écoutaient la radio après le dîner.

Tante Florence referma le livre et Norah et Dulcie montèrent se coucher. Elles s'endormirent immédiatement.

À son grand soulagement, Norah se réveilla dans un lit sec. Il faisait un soleil radieux, avec un peu de vent. Après le petit déjeuner, Gavin joua sans se plaindre sous la véranda avec ses soldats. Norah et Dulcie essayèrent de pêcher avec de vieilles cannes à pêche qu'elles trouvèrent dans l'abri à bateaux. Norah creusa le sol et trouva des vers de terre, mais Dulcie fit tant d'histoires quand vint le temps de les mettre sur les hameçons, qu'il fallut laisser tomber. Elles escaladèrent les rochers jusqu'à leur plus haut point, puis descendirent la pente et regardèrent aux fenêtres des chalets fermés.

Cet après-midi-là, Tante Mary leur fit faire une promenade en chaloupe. Celle-ci était pourvue de coussins de velours et de trois paires de rames. Chacun s'essaya à ramer à son tour, et Norah fut surprise de constater que Tante Mary le faisait de main experte. Son visage était serein et, d'une certaine façon, jeune.

— En été, on prend le bateau à moteur et on va dans les autres îles faire des pique-niques, dit-elle en indiquant du doigt les endroits dont elle parlait. Tous les enfants savent faire marcher le moteur, tu apprendras vite, Norah.

Chaque fois qu'on parlait de l'été prochain, Norah recommençait à se poser des questions sur cet avenir inattendu auquel elle n'avait pas pensé.

Ce soir-là, quelques voisins, venus eux aussi «fermer» leurs chalets pour l'hiver, arri-

236

vèrent dans leurs bateaux. Tous demandèrent à Norah et à Dulcie comment elles aimaient le Canada.

— C'est fatigant, tu ne trouves pas, de toujours se faire demander la même chose, dit Dulcie à voix basse pendant le repas. Je réponds toujours que j'aime beaucoup.

Norah acquiesça d'un signe de tête, heureuse de voir que Dulcie avait la même réaction qu'elle. Dulcie n'était pas si bête: si seulement elle était plus courageuse.

Après le départ des invités, elles se couchèrent tard; mais Norah et Dulcie n'avaient pas sommeil. Elles se mirent à parler de l'école.

— C'est dommage que Mlle Liers ne nous aime pas, soupira Dulcie. Elle trouve à redire à tout ce que je fais.

— Elle déteste Charlie encore plus que nous, dit Norah. Je pensais qu'elle allait lui donner un coup avec sa baguette la semaine dernière quand il a été si insolent avec elle.

— J'aurais bien aimé qu'elle le fasse! J'ai peur de Charlie. Il tire les cheveux d'Ernestine et il me traite de «sale Anglaise».

— Toi aussi?

Norah pensait qu'elle était la seule dans la classe à se faire tourmenter de la sorte.

— Malgré tout, je préfère cette école à celle de Ringden, poursuivit Dulcie. Le travail est beaucoup plus facile et personne ici ne se moque de moi. Babs et Ernestine sont tellement gentilles. Je vais chez elles presque tous les jours après l'école. On se déguise et on fait semblant d'être des vedettes de cinéma.

Si c'était ce qu'elles faisaient ensemble, Norah était bien aise de pas figurer parmi leurs amies.

— Je sais bien que ça ne me regarde pas, Norah, dit lentement Dulcie, mais tout le monde a remarqué que tu étais amie avec Bernard Gunter. Ici, les filles ne jouent pas avec les garçons. Tout le monde t'aimerait mieux si tu ne le voyais plus. D'ailleurs tu ne devrais pas fréquenter un Allemand. Et si c'était un espion?

— Mais ce n'en est pas un! C'est un *Canadien*, pas un Allemand. Et puis j'aurai les amis que je veux!

— Bon, bon, dit précipitamment Dulcie, qui s'empressa de changer de sujet. Mme Ogilvie n'est vraiment pas si terrible. Et Mlle Ogilvie est si bonne.

— Elle est gentille, je suppose. Mais Tante Florence est autoritaire et une vraie snob. Elle te semble peut-être sympathique ici, mais, en ville, elle est insupportable! Je ne l'aimerai jamais!

— Ah!

Il y eut un long silence.

— As-tu reçu beaucoup de lettres de Ringden? demanda Norah.

Et elles se mirent brusquement à parler en même temps, dans leur hâte de se dire tout ce qu'elles savaient. Norah avait pratiquement oublié qu'elle et Dulcie étaient du même village.

Lorsqu'elles eurent enfin fini de parler de tout le monde dans le village, Dulcie ajouta, la voix pâteuse de sommeil,

— Tu sais quoi, Norah?

— Quoi? répondit Norah qui, étendue sur le dos, regardait fixement la lune à travers les arbres.

— Des fois j'oublie de quoi ils ont l'air, Papa et Maman. J'essaie de toutes mes forces de me souvenir, mais je n'arrive pas à imaginer leurs visages. Il y a à peine deux mois, que je ne les ai vus. Si on devait rester au Canada toute une année, je pourrais ne plus les reconnaître du tout! (Dulcie parlait d'une petite voix craintive.) Est-ce que tu te rappelles de quoi ils ont l'air, tes parents? Et tes sœurs, et ton grand-père?

Norah répondit en élevant la voix.

— Bien sûr que oui! De toute façon, j'ai une photo d'eux. Pas toi?

— Non, mais c'est une bonne idée. Je vais demander à Maman de m'en envoyer une.

Dulcie semblait s'être ragaillardie. Elle cessa de parler et Norah l'entendit bientôt respirer régulièrement.

Norah se dressa sur son séant afin d'alléger le poids qui opprimait sa poitrine. Elle essaya de se remémorer le visage de sa mère. Les cheveux blonds trop fins, les yeux bleus — ou étaient-ils gris? Elle paniqua et essaya de s'imaginer son père. Les différentes parties de sa figure lui revinrent clairement: ses cheveux noirs grisonnants, son long nez en bec d'aigle, mais elle n'arrivait pas à les rassembler en un tout.

Elle avait bien leur photo, mais elle datait de quelques années. Norah s'endormit en essayant d'évoquer l'image de ses sœurs.

Les deux jours suivants, le temps fut ensoleillé. Il faisait trop beau pour se laisser aller au mal du pays. Les enfants passèrent leur temps à errer en bienheureuse liberté. Tante Florence leur dit qu'à condition de porter leurs gilets de sauvetage, tous trois pouvaient se promener ensemble en chaloupe. Ils firent de longues promenades, faisant lentement le tour de l'île; la chaloupe était si lourde qu'ils avaient du mal à la faire avancer. Il faillit y avoir un drame quand Créature tomba par-dessus bord, mais Norah le repêcha avant qu'il coule au fond.

Le lundi à midi, tout le monde se rassembla autour d'un vieux poste de radio pour écouter un message de la princesse Elizabeth à l'intention des évacués de guerre britanniques:

— Ma sœur Margaret Rose et moi partageons sincèrement vos sentiments, car nous savons par expérience ce que c'est que d'être au loin de ceux que nous aimons par-dessus tout... disait la voix saccadée.

Norah écouta attentivement tandis que Margaret Rose obéissait à sa sœur qui lui demandait de dire bonsoir. C'était la première fois qu'elle entendait sa voix. Elle se demanda où les princesses passaient la guerre. Le mois dernier, Buckingham Palace avait été bombardé. La princesse Margaret Rose était-elle contente d'être en sûreté, loin des bombes, ou aurait-elle souhaité être sur place pour participer aux événements?

— N'est-ce pas touchant? dit Tante Mary lorsque le message fut terminé. Cela doit vous réconforter, les filles!

Norah et Dulcie se regardèrent d'un air gêné. Il était à la fois déconcertant et flatteur qu'une émission de radio leur fût tout particulièrement destinée.

Ce soir-là, un autre groupe de voisins vinrent célébrer avec eux le jour d'Action de grâces des Canadiens. On mangea de la dinde, de la purée de pommes de terre et de la tarte à la citrouille, mets nouveau pour les enfants. Dulcie murmura que ce n'était pas assez sucré et ne mangea que la crème fouettée, mais le goût cru et rustique plut à Norah.

Tante Mary avait l'air triste mardi matin quand Norah l'aida à fermer les volets.

— Gairloch a toujours l'air si désolé quand on ferme tout, comme ça. C'est navrant de penser à tout le temps qui va devoir passer avant qu'on revienne.

— Quand revenez-vous?

— Le week-end de la fête de la reine, au mois de mai, quand tout le monde vient ouvrir les chalets. Il y a des feux d'artifice et un grand feu de joie, chez les Kirkpatrick. (Elle sourit.) Je suis contente de penser que Gavin et toi serez de la fête. Et puis, en juin, nous viendrons passer trois mois entiers! Tu verras comme l'eau est bonne, et si propre, c'est à peine si on a besoin de se laver les cheveux de tout l'été.

— Mais serons-nous encore au Canada? Papa a dit qu'on resterait *peut-être* un an.

— Ma petite Norah... est-ce que tu pensais que c'était pour un an? (Tante Mary eut l'air désolé.) Ça pourrait très bien être pour plusieurs années, tu sais. On dirait que cette guerre va durer plus longtemps que prévu. Est-ce que ça te fait beaucoup de peine? C'est dur pour toi, je sais, mais tu fais déjà partie de la famille. Et, tous les étés, nous serons à Gairloch. Tu te plais ici, n'est-ce pas?

— Oui. J'aime être ici, dit Norah rageusement.

Elle s'éloigna précipitamment avant que Tante Mary puisse en dire plus. Elle aida à charger le bateau d'un air maussade et, pendant toute la durée du retour à Toronto, elle refusa de parler à Dulcie, ne tenant aucun compte des regards chagrinés que celle-ci lui lançait.

«Plusieurs années.» C'était une éternité. Tante Mary se trompait sûrement. Dès qu'ils arrivèrent à Toronto, Norah sortit la photo de ses parents, mais leurs visages lui parurent loin, trop loin maintenant.

17

Paige

À la suite de l'incident avec Norah, Tante Mary commença à faire beaucoup plus attention à elle, comme si elle se sentait aussi responsable de Norah que sa mère l'était de Gavin. Tous les soirs elle montait dans la tour lui souhaiter bonne nuit, de sorte que Norah se sentait coupable quand, après son départ, elle rallumait sa lampe pour lire. Elle s'enquit du problème nocturne de Norah, qui avait recommencé, et l'emmena voir un médecin, en disant à Tante Florence qu'elles allaient faire une promenade en voiture.

— Ce n'est pas vraiment un mensonge, dit Tante Mary une fois dans la voiture. Nous y allons en voiture, après tout, et après, je t'emmènerai faire un tour le long du lac.

Elle gloussa nerveusement; son audace stupéfia Norah.

— Elle n'a aucun problème physique, dit le docteur Morris, après un examen qui fit rougir Norah de honte. Je suis sûr que cela cessera avec le temps.

Il conseilla à Norah de ne rien boire du souper au coucher, et cela marchait à l'occasion.

— Mary pense que tu devrais rencontrer d'autres enfants de ton âge, dit Tante Florence à Norah un samedi matin. J'avais l'intention de te présenter aux enfants de bons amis à nous, mais ils étaient en vacances au Massachusetts. Frank Worsley était le meilleur ami de mon fils; il est rédacteur en chef d'un journal à Toronto. Ils habitent à quelques minutes d'ici. Gavin et toi êtes invités à dîner aujourd'hui. Ils ont des filles âgées de dix, huit et sept ans.

Norah avait prévu d'aller secrètement voir un film de Gene Autry avec Bernard.

— Je dois consulter un livre à la bibliothèque pour un devoir que je dois rendre, prétexta-t-elle.

— Cela peut attendre. Va te changer, s'il te plaît. Les petites Worsley sont toujours vêtues impeccablement.

Cela suffisait pour qu'elle les prenne en grippe avant même de les rencontrer. Quelques minutes plus tard Norah vint boudeusement faire vérifier sa tenue aux côtés de Gavin.

— Si seulement tu voulais me laisser t'acheter des vêtements neufs, Norah! (Tante Florence soupira en voyant la robe de laine étriquée que Norah portait pour aller à l'église tous les dimanches.) Tu n'aimerais pas avoir une jolie robe neuve?

— Non, merci, dit Norah d'un air hautain.

Elle ne voulait pas devoir à Tante Florence plus que le strict minimum.

Tante Florence permit à Norah et Gavin d'aller seuls, à pied, chez les Worsley. Elle leur indiqua le chemin à suivre et les salua de la main du haut des marches. «N'oubliez pas de dire merci», leur rappela-t-elle. Norah fit la grimace; pensait-elle donc que leur mère ne leur avait pas appris les bonnes manières?

Ils traversèrent le boulevard jonché de feuilles mortes qui bruissaient sous leurs pieds. Les feuilles tombaient des plus hautes branches, planant lentement au soleil. L'air était âcre et fumeux; l'odeur lui rappela l'avion allemand écrasé, puis elle s'aperçut qu'elle provenait d'un tas de feuilles qu'on faisait brûler. Gavin et elle s'attardèrent sur le trottoir à l'agacer avec des bâtons. De l'autre côté de la rue un homme poussait une brouette en criant: Bois sec à vendre!

— C'est comment, l'école, Norah? demanda Gavin brusquement.

Norah haussa les épaules.

— Aussi embêtant que l'école n'importe où. Tu as de la chance de ne pas y aller cette année.

— J'aimerais y aller, dit Gavin.

Norah remarqua l'air nostalgique de son frère; c'était comme regarder le visage d'un inconnu. Elle n'était presque plus jamais seule avec lui. Quand elle rentrait de jouer avec Bernard, elle montait tout droit à la tour et, le reste du temps, ils étaient avec les Ogilvie. Gavin serait-il malheureux? C'était impossible: il était chaque jour comblé de friandises et de gâteries de toutes sortes.

— Tu disais que tu n'aimais pas l'école, lui rappela-t-elle.

Gavin eut l'air perplexe.

— C'était avant. Norah, tu pourrais demander...

Mais ils avaient atteint leur destination.

— Je connais cette maison! s'écria Norah en l'interrompant.

C'était celle où elle avait vu le gentil chien lors de sa première promenade à pied dans le quartier. Comme cela lui semblait loin! Maintenant le chien aboyait à l'intérieur tandis qu'ils s'approchaient en hésitant de la porte principale. Norah secoua une jambe puis l'autre pour se débarrasser des feuilles sèches qui collaient à ses chaussettes.

— Tu ne vas pas frapper, Norah? demanda Gavin, mais il s'empressa de lui prendre la main quand elle le fit.

Un homme grand et maigre leur ouvrit. Il était tout en hauteur; même son visage était long et étroit.

— Vous devez être Norah et Gavin, dit-il en souriant.

Le petit terrier leur sauta dessus et essaya de leur lécher la figure. Gavin le repoussa en geignant de surprise.

— Ça va, Thistle! ordonna le monsieur.

Le petit chien n'en tint aucun compte et continua à faire des bonds comme s'il était monté sur un ressort. Norah se pencha et le prit dans ses bras; le petit chien se tortilla et lui lécha fougueusement le visage.

— Je suis monsieur Worsley, dit son maître. Vous avez du courage de venir dîner avec mes filles! À les entendre, elles pourraient être en train de tramer de vous manger à la place! Suivez-moi, que je vous présente.

Gavin s'agrippa à la main de Norah tandis qu'ils montaient un escalier en colimaçon. L'intérieur de la maison était aussi impressionnant que chez les Ogilvie, mais les murs blancs et les meubles pâles produisaient un décor plus clair et spacieux.

Des cris perçants leur parvenaient d'une des chambres à l'étage.

— La paix! dit M. Worsley en riant. Venez donc rencontrer vos invités. Norah, Gavin, je vous présente mes trois sauvagesses de filles.

Paige, Barbara et Daphné Worsley étaient vêtues de robes écossaises identiques et portaient de beaux nœuds bleu marine au bout de leurs longues tresses blondes; elles faisaient penser à trois poupées identiques, mais de tailles différentes. Sauf que Daphné avait une tache d'encre sur la jambe, qu'un des rubans de Barbara était défait et que les joues de Paige étaient barbouillées de rayures à la peinture rouge. Norah sentit sa bonne humeur lui revenir: elles portaient leurs jolies toilettes comme s'il s'agissait d'un déguisement.

— Ayez pitié, les sermonna leur père. Je vais chercher votre mère chez le coiffeur. Ellen est dans la cuisine si vous avez besoin de quelque chose. Nous serons de retour pour le dîner.

Il sortit de la pièce.

— Chic, une autre petite personne! (L'aînée, Paige, pinça la cuisse de Gavin.) Que dis-tu de servir de repas à des cannibales? On vient de finir de manger Daphné et on a encore faim.

— Non, merci, murmura Gavin, mais Paige avait déjà commencé à le ligoter avec sa corde à sauter.

— Tiens, laisse-moi t'aider, dit Norah, ravie. N'aie pas peur, Gavin, ce n'est qu'un jeu.

Gavin, pieds et poings liés, fut déposé au milieu d'une table tandis que les cannibales dansaient autour de la table en poussant des cris de guerre. Il sourit faiblement, ne sachant trop s'il s'amusait ou non. Puis on le délia et chacune choisit un morceau de sa personne à dévorer.

— Pas aussi gras que Daphné! dit Barbara.

— Je prendrai ce bras, dit Paige, en faisant semblant de le mâcher du poignet jusqu'au cou. Miam, miam!

Gavin eut l'air soulagé quand elles l'eurent mangé tout entier.

— Maintenant jouons aux cow-boys, suggéra Paige. Norah et moi serons le Lone Ranger et Tonto, et Barbara et Daphné seront nos chevaux. Gavin, toi et Thistle, vous serez des petits poulains qui suivent derrière.

Gavin préféra de beaucoup être un poulain que de servir de dîner à des cannibales. Les filles se servirent de ceintures de robes de chambre en guise de rênes et firent monter et descendre les escaliers à leurs chevaux, parcourant au galop l'immense maison de haut en bas, en brandissant des revolvers imaginaires. Thistle courait en décrivant des cercles autour d'eux, aboyant furieusement et essayant de mordre les bouts des rênes.

— Holà! dit M. Worsley qui entrait dans la maison avec sa femme. À table!

Pendant le dîner, chacune des jeunes Worsley rivalisa avec les deux autres pour parler d'une voix aiguë et criarde. Norah, assise à côté de Mme Worsley, répondit aux questions habituelles.

— Je suis sûre que tu te plairas au Canada, dit celle-ci calmement. (C'était une femme ravissante, avec de grands yeux verts et une chevelure épaisse et lustrée de vedette de cinéma.) Nous sommes enchantés de vous savoir chez les Ogilvie. C'est si près. J'espère que vous vous considérerez chez vous ici, même s'il se peut que vous trouviez mes filles un peu trop énergiques.

Elle les regarda avec une perplexité affectueuse, comme si elle n'était pas certaine qu'elles soient vraiment à elle. Elles étaient en train de harceler bruyamment leur père pour qu'il leur donne leur argent de poche.

— Allez viens, Norah, dit Paige, qui se l'était déjà appropriée. Laissons les bébés et allons à ma chambre.

La chambre de Paige était un domaine merveilleux où l'on trouvait tous les jouets, tous les jeux, tous les livres dont il était possible d'avoir envie. Comme dans la chambre de Norah en Angleterre, il y avait de belles poupées sur une tablette et des modèles réduits d'avions suspendus au plafond.

— J'ai des avions comme ça! s'écria Norah.

Paige sortit sa collection de photos en couleurs d'avions britanniques:

— Elles sont gratuites: tu n'as qu'à demander à ta cuisinière de garder les étiquettes de sirop, et tu pourras en commander par la poste, comme moi.

Norah parla à Paige des Guetteurs du ciel et de l'avion écrasé. Paige s'extasia.

— On pourrait commencer quelque chose dans le même genre ici, sauf qu'il n'y a pas d'avions ennemis à guetter. Tu en as de la chance d'avoir été au beau milieu de la guerre comme ça.

Elle traitait Norah comme une héroïne et n'avait pas dit un mot qui laissât entendre qu'elle manquait de courage pour avoir quitté l'Angleterre.

— À quelle école vas-tu? demanda Paige.

— Prince Edward.

— J'aimerais bien aller à une école publique. C'est vraiment strict à Brackley Hall: je me fais tout le temps attraper. Mais il y a beaucoup de sport. Je suis très bonne au basket parce que je suis grande. Si seulement on allait à la même école! Toutes les filles de ma classe sont ennuyeuses à mourir.

Norah pensa à Dulcie, Babs et Ernestine:

— C'est pareil dans la mienne.

— J'ai essayé d'être amie avec quelques-unes de nos invitées de guerre. Il en est venu toute une école à Brackley, avec leurs profs. Mais elles se tiennent entre elles.

Paige alors la sidéra en grimpant sur un tabouret et en se pendant à sa porte par les genoux, la tête en bas. Les bouts de ses tresses traînaient par terre:

— Qu'est-ce que tu dirais d'être amie avec moi? demanda-t-elle, mine de rien.

Elles étaient déjà si à l'aise ensemble que la question ne se posait même pas; mais Norah éprouva un vague remords: et Bernard, dans tout ça? Il était probablement à la bibliothèque à ce moment même en train de se demander où elle était passée.

— D'accord, répondit-elle, tout aussi nonchalamment. (Elle hésita.) J'ai un ami à l'école, qui n'est pas ennuyeux. C'est un garçon.

Paige posa les mains sur le tabouret, décrocha les genoux du haut de la porte, culbuta, et retomba sur ses pieds.

— Évidemment, puisque c'est un ami! dit-elle en haletant, le visage rouge. (Elle n'avait pas l'air de trouver qu'être amie avec un garçon fût quelque chose qui sortait de l'ordinaire.)

— En plus, il est... allemand, poursuivit Norah. Ses parents sont nés là-bas, en tout cas. Mais ce n'est pas un Nazi. s'empressa-t-elle d'ajouter.

— Un Nazi! Je ne croirais pas qu'il puisse en être un. Des tas d'Allemands sont venus au Canada. Papa a un ami, M. Braun, qui travaille avec lui au journal. Il lui arrive de recevoir des menaces au téléphone de gens qui lui disent de quitter le pays — et il est canadien! Ce que les gens peuvent être idiots.

— Tante Florence — Mme Ogilvie — n'aime pas Bernard. Je ne sais pas si c'est à cause de son nom de famille ou parce que sa mère est femme de ménage.

— Les deux, probablement! Papa dit qu'elle est affreusement snob. Quand lui et son fils Hugh étaient jeunes, il y avait des garçons qu'il n'avait pas le droit de voir et il était obligé de les rencontrer ici: c'est la maison où mon père est né.

— C'est pareil pour moi! (Norah se sentit soudain une affinité avec le frère de Tante Mary.) Tante Florence dit que je n'ai pas le droit de fréquenter Bernard. Mais je le vois quand même: on se rencontre en secret à la bibliothèque. Tu pourrais peut-être nous y rencontrer aussi et on pourrait te montrer le fort qu'on est en train de construire.

— D'accord! Ou toi et Bernard pourriez venir ici!

— On ne pourrait pas faire ça: tes parents connaissent les Ogilvie. Ils risqueraient de parler.

— J'ai une idée, dit Paige avec empressement. On n'a qu'à appeler Bernard par un autre nom et faire semblant que c'est un ami à moi. Alors si Mme Ogilvie en entend jamais parler, elle n'y verra que du feu. Amène-le ici lundi. Je vous montrerai notre cachette secrète dans la cave.

Paige aimait donner les ordres, c'était vrai, mais elle le faisait avec un tel enthousiasme que Norah ne pouvait pas s'empêcher de se laisser embarquer dans ses projets. Elle emmena Norah au grenier, qui était immense. Elles essayèrent de vieux vêtements qu'elles trouvèrent dans une malle. Barbara les suivit et toutes trois jouèrent aux gangsters. Paige et Norah mirent des chapeaux mous et affectèrent en parlant le rictus des gangsters de cinéma. Barbara voulait mettre une robe élégante et être leur petite amie.

— Ça la prend, par moments, dit Paige pour excuser sa sœur. Mais c'est utile quand on a besoin de quelqu'un pour jouer une fille. Quand on joue à Robin des Bois, c'est toujours elle qui joue le rôle de Lady Marian.

L'après-midi passa si vite que Norah n'en crut pas ses oreilles quand Mme Worsley les appela pour dire qu'il était l'heure de partir. Gavin attendait dans l'entrée, la main dans celle de Mme Worsley. Il avait l'air d'avoir pleuré des larmes bleues.

— Cette Daphné..., soupira Mme Worsley. Elle a essayé de teindre les cheveux de Gavin: heureusement c'était de l'encre lavable. Je l'ai envoyée à sa chambre et nous avons passé un moment tranquille à jouer du piano, n'est-ce pas Gavin? C'est tellement agréable d'avoir un gentil petit garçon dans la maison pour changer. Je suis sûre que toute l'encre est partie, Norah! Je t'en prie, dis à

Mme Ogilvie que je suis vraiment désolée et que j'espère qu'elle vous laissera revenir.

Quand Norah expliqua pourquoi Gavin avait les cheveux mouillés, Tante Florence se contenta de rire tout bas.

— Les enfants de Frank sont vraiment quelque chose, c'est sûr! exactement comme lui, quand il était petit. Comment les avez-vous trouvés? Aimeriez-vous les inviter ici une autre fois?

— Pas Daphné! murmura Gavin. Je ne l'aime pas, et Barbara a essayé de me déguiser en fille.

— Elles ne viendront pas si tu ne le veux pas, chéri, dit Tante Florence pour le rassurer. Et toi, Norah? Aimerais-tu inviter Paige? Ce serait une amie convenable pour toi.

Norah ne comprenait pas pourquoi Paige-la-sauvage était plus convenable que Bernard-le-poli. Mais elle sourit à Tante Florence malgré elle.

— J'aimerais beaucoup, merci.

Quand Paige et Bernard firent connaissance le lundi suivant, ils se plurent immédiatement. Ils étaient si différents l'un de l'autre qu'ils se complétaient parfaitement: la nature exubérante et bruyante de Paige faisait contrepoids au caractère calme et pensif de Bernard. Norah se situait confortablement à mi-chemin entre les deux, comme la garniture d'un sandwich.

Les trois amis se rencontraient presque tous les jours après l'école, tantôt à la bibliothèque, plus souvent chez Paige. C'était facile à arranger du fait que Norah pouvait aller chez les Worsley quand elle voulait. Elle appelait Bernard «Albert», son deuxième prénom, et disait que Paige l'avait rencontré à la bibliothèque, ce qui était vrai, bien sûr.

M. et Mme Worsley acceptèrent «Albert» aussi facilement qu'ils acceptaient tout ce que faisaient leurs filles, n'interrompant leurs longs après-midis de jeu que pour leur offrir à goûter. Norah trouvait que les parents de Paige étaient la perfection même. Les seuls conflits qui avaient lieu entre Paige et eux concernaient ses vêtements. Dans sa garde-robe s'alignaient une longue série de robes identiques à celles de ses sœurs.

— Quand j'aurai treize ans, je ne serai plus forcée de porter la même chose que Barbara et Daphné. (Elle poussa un soupir.) C'est encore si loin. C'est exaspérant, mais ça amuse Maman. On croirait qu'on est des Dionne!

— Qui?

— Les sœurs Dionne, les quintuplées.

Norah se rappela que sa mère en avait parlé.

— On est allés les voir, dit Paige. C'était dans le nord. On est allés en voiture et on a fait la queue pendant des heures. On est entrés dans une espèce de tunnel et on les a vues à travers un grillage. Elles faisaient du vélo, sur cinq tricycles. C'était vraiment bizarre, comme regarder des animaux dans un zoo.

— Est-ce qu'elles sont vraiment exactement pareilles?

— Exactement. Comme cinq Daphné: quelle horreur!

Être obligée de s'habiller de la même façon semblait un bien petit sacrifice pour faire partie d'une famille aussi heureuse. Si seulement elle et Gavin avaient été envoyés ici à leur arrivée! Norah passait le plus de temps possible chez les Worsley. Bernard aussi; il lui expliqua qu'il préférait leur maison à l'appartement vide dans lequel il rentrait presque tous les jours.

Paige était venue chez les Ogilvie plusieurs fois, mais elles avaient du mal à trouver à s'occuper dans la grande maison silencieuse. D'ailleurs ils préféraient tous jouer dehors, soit dans le ravin ou dans le grand jardin des Worsley. Paige inventait chaque semaine un nouveau jeu plus compliqué que le précédent. Ils jouaient au Capitaine Marvel, aux Chevaliers de la table ronde, au Magicien d'Oz. Ils essayèrent de dresser Thistle à être aussi obéissant que Toto, mais le petit chien était aussi turbulent que ses maîtresses. Au début, Norah se demanda si Bernard penserait qu'il était trop vieux pour faire semblant, mais il se mit vite de la partie.

Pour sa part, Norah inventa un jeu de bataille entre Spitfires et Messerschmitts, mais Bernard et elle insistèrent tous deux pour être des pilotes de la RAF.

— Je refuse d'être un Nazi, dit Bernard calmement.

— Ce n'est qu'un jeu, dit Paige. D'accord, c'est moi qui piloterai un Messerschmitt, Barbara aussi.

Ce n'était qu'un jeu, en effet, pensa Norah tout en mitraillant gaiement l'adversaire. Il lui était égal d'être dans l'un ou l'autre camp. Mais elle pensait à Tom et cela la rendait fière de piloter son Spitfire imaginaire. Elle fit encore plus de bruit pour ne pas penser à ce que lui et les autres Guetteurs du ciel pouvaient être en train de faire pendant ce temps-là.

Il leur arrivait de faire des randonnées à bicyclette, quand ils pouvaient convaincre Barbara de prêter la sienne à Norah. Elle était trop basse, et Norah avait des crampes dans les jambes à force de pédaler les genoux pliés. À ces moments-là, elle regrettait amèrement sa propre bicyclette. Aurait-elle eu le temps de rouiller quand elle retournerait enfin à Ringden?

— Si seulement tu avais une bicyclette à ta taille, on pourrait aller jusqu'à la plage, se plaignait Paige. Tu ne pourrais pas en demander une pour Noël?

Demander à Tante Florence quelque chose d'aussi cher et d'aussi important qu'une bicyclette? C'était impossible. Norah était sûre que Tante Florence ne voudrait jamais qu'elle en ait une, surtout si elle soupçonnait la liberté que cela lui donnerait. Un jour les trois amis s'étaient même aventurés en ville, en prenant soin d'éviter les voitures et les rails de tramway qui pouvaient leur faire perdre l'équilibre.

— Rentre tout droit de l'école aujourd'hui, Norah, dit Tante Florence un jeudi. Une assistante sociale va venir voir comment vous allez.

À contrecœur, Norah avertit Paige par téléphone et Bernard à la récréation qu'elle ne pouvait pas les rencontrer. Après l'école il lui fallut se laver et mettre des chaussettes blanches propres. Puis elle et Gavin furent emmenées au salon et présentés à Mlle Moore, une femme rondelette et joviale vêtue d'une robe trop serrée dont les boutons menaçaient de sauter. Sur une table, Norah remarqua les restes d'un thé; elle devait déjà avoir parlé aux Ogilvie. Tante Florence laissa Norah et Gavin seuls avec elle.

— Eh bien! commença-t-elle, un peu trop gaiement. Quelle chance vous avez d'être arrivés dans une maison aussi luxueuse! Êtesvous heureux de vivre ici? Est-ce qu'il y a quelque chose dont vous aimeriez me parler?

Si on lui avait posé les mêmes questions quelques semaines auparavant, Norah se serait peut-être déchargée de son dépit et de son mal du pays. Maintenant elle ne savait plus ce qu'elle ressentait.

Elle ne se servait de la maison des Ogilvie que pour dormir, manger et lire. Elle mouillait encore son lit presque toutes les nuits et, par-dessus tout, elle désirait encore ardemment rentrer chez elle. Mais si elle le disait, on les changerait peut-être de famille, et alors elle perdrait Bernard et Paige.

— J'ai une chambre formidable, dit-elle en essayant le plus possible de dire la vérité, et Hanny fait très bien la cuisine. Et puis je me suis fait deux amis, ajouta-t-elle fièrement.

— Deux amis déjà! Bravo!, dit la dame en riant. Et comment te débrouilles-tu à l'école?

— Bien.

Elle ne pouvait que mentir à ce sujet. Même avec Bernard comme allié, à l'école elle était aussi solitaire que jamais.

— Tant mieux. Et je constate bien que la vie ici réussit à Gavin: regarde-moi ces joues toutes roses! Je suis sûre que l'an prochain il sera assez costaud pour aller à l'école.

Gavin était assis tranquille et caressait son éléphant. «Décidément il est *trop* tranquille depuis quelque temps», pensa Norah, vaguement mal à l'aise. Ce n'était probablement pas bon pour lui de passer autant de temps à courir les magasins avec Tante Florence.

D'ailleurs on le laissait souvent seul: parfois, quand elle rentrait, elle le trouvait jouant tout seul dans le hall. Elle se rappela qu'il lui avait dit qu'il voulait aller à l'école. Elle pouvait dire à Mme Moore qu'il serait préférable qu'il y aille dès maintenant — et qu'il avait toujours eu les joues roses. Mais elle reconnut, une fois de plus, qu'elle serait obligée de s'occuper de lui. Elle perdrait le temps précieux dont elle jouissait après l'école, s'il lui fallait ramener Gavin à la maison chaque jour.

Mme Moore leur offrit du gâteau, dont elle se servit elle-même un morceau énorme.

— La cuisinière des Ogilvie est en effet excellente, dit-elle. Quel délicieux gâteau! Je pense que nous sommes en droit de supposer que cette famille s'est avérée un très bon choix pour vous deux. Vous semblez vous être très bien adaptés. Vous tarde-t-il de connaître notre hiver canadien? Vous verrez qu'il est beaucoup plus froid que le vôtre. Ici nous avons de la neige: vous allez adorer ça!

— Mais nous aussi, nous en avons, dit Norah. L'an dernier il en est tombé tellement que les routes étaient bloquées et que tous les magasins étaient fermés. Il a fait si froid qu'il y a des oiseaux qui ont gelé sur les branches des arbres.

— Ah bon! (Mme Moore parut déçue. Puis elle se relança.) Est-ce qu'il y a quelque chose que je peux faire pour vous? Avez-vous besoin de quelque chose?

Mme Moore était-elle en mesure de lui obtenir une bicyclette? La lui achèterait-elle, pour qu'elle ne soit pas obligée d'en demander une à Tante Florence? Norah savait bien qu'elle ne le ferait pas. Elle secoua la tête et dit poliment:

— Non merci, nous n'avons besoin de rien.

Avant de partir, Mme Moore parla de nouveau à ces dames. Tante Florence eut l'air soulagé de la voir partir.

— Je suis contente que tu n'aies pas trouvé à te plaindre, Norah, dit-elle d'un ton embarrassé.

— Tu es plus heureuse maintenant, n'est-ce pas?

Tante Mary la regardait d'un tel air suppliant que ce fut pour elle que Norah répondit:

— Oui, merci. Est-ce que je peux aller chez Paige maintenant?

18

La nuit des sorcières

Vers la fin d'octobre, le vent fit tomber les dernières feuilles des arbres et le temps se fit plus froid; un matin il y eut même une couche de givre sur le sol. Les jambes nues de Norah lui cuisaient quand elle rentrait, et elle soufflait sur ses doigts pour les réchauffer. Maman lui avait envoyé ses longues jambières en tricot qu'elle avait portées tout l'hiver dernier sous ses jupes, mais aucune des petites Canadiennes n'en portaient, de sorte qu'elle les laissait dans son tiroir.

Un jour, Tante Florence l'emmena avec Gavin chez Simpson pour leur acheter des vêtements d'hiver. Ils choisirent des costumes de neige deux-pièces, des chapeaux très ajustés qu'on appelait des tuques, des écharpes en laine et des mitaines, et des bottes en caoutchouc doublées de laine de mouton. Il y avait des chaussettes aux genoux pour Gavin et, pour Norah, des bas de laine que l'on retenait en place à l'aide d'un porte-jarretelles qui lui parut bien compliqué.

Tante Florence voulut aussi lui acheter une belle robe neuve.

— Tu peux choisir n'importe laquelle des robes que tu vois, dit-elle d'un ton grandiose.

Norah regarda curieusement les jolies robes en vente dans le département des filles. Elle n'avait jamais eu de robe achetée au magasin; elle portait habituellement les vieux vêtements de ses sœurs. Elle se rappela combien sa robe en laine lui serrait les aisselles. Mais elle avait déjà suffisamment accepté la charité de Tante Florence; elle pouvait toujours demander à sa mère de lui faire une robe neuve.

— Non merci.

— Tu es vraiment très têtue, tu sais. *J'aime* t'acheter des choses.

Disait-elle vrai? Ou voulait-elle simplement que Norah ait l'air respectable... Norah n'arrivait pas à se décider. D'ailleurs elle avait d'autres préoccupations plus importantes que ses vêtements. Dans deux jours ce serait l'Halloween.

— C'est quoi, l'Halloween? avait-elle demandé alors que Paige et Bernard n'arrêtaient pas d'en parler.

— Tu ne sais pas?

Ils se mirent à parler en même temps, se coupant la parole dans leur empressement d'expliquer à Norah qu'on se déguisait et qu'on sortait, de nuit, quêter des bonbons de porte en porte dans tout le voisinage.

— Est-ce qu'il n'y a pas de Halloween en Angleterre? demanda Bernard.

— Je ne suis pas sûre, pas où j'habite, en tout cas. Mais, en novembre, on a le feu de joie.

— Qu'est-ce que c'est?

— C'est pour la fête de Guy Fawkes. On fait un Guy — une espèce de gros mannequin de chiffon — avec des vieux vêtements, et puis on le met dans un chariot et on le promène dans le village pendant quelques jours en demandant «des sous pour le guy». On se sert de l'argent pour acheter des feux d'artifice. On fourre les feux d'artifice dans le Guy et on le brûle dans un énorme feu de joie sur la place du village: tout le monde danse la farandole autour. Sauf que l'an dernier on n'a pas pu le faire à cause du black-out.

Ils ne pourraient pas non plus cette année, pensa-t-elle tristement. Mais l'Halloween paraissait tout aussi amusant. Elle se joignit à l'enthousiasme général et on se mit à parler de costumes.

— On pourrait aller déguisés en Guy! suggéra Paige. C'est pas un peu comme un clochard? Tout ce qu'on aurait à faire, ce serait de se mettre des vieux vêtements: tu pourrais en demander aux Ogilvie, Norah!

Norah se demanda si elle aurait la permission de participer à pareille manifestation d'anarchie. Toutefois, Tante Florence parut approuver l'Halloween. Elle avait acheté à Gavin un costume de clown orné de quantités de fanfreluches orange et vert et une perruque orange vif pour aller avec. Après souper, le soir de l'Halloween, elle maquilla la figure de Gavin en rouge et blanc.

— Est-ce qu'il n'est pas adorable, Mary? (Tante Florence tint Gavin à bout de bras, puis l'attira à elle et l'embrassa.) Maintenant, je vais prendre votre photo, que j'enverrai à vos parents. Allons, Norah, toi aussi.

Tante Mary avait aidé Norah à trouver de vieux vêtements. Elle portait un gigantesque pantalon de pêche tout fripé, ayant appartenu à Hugh, une vieille chemise et le chapeau feutre de M. Ogilvie. Ravie de pouvoir impunément se livrer à un tel laisser-aller, elle s'était barbouillé la figure et les mains avec un bouchon de liège carbonisé.

— Ne te tiens pas trop près de Gavin, dit Tante Florence. Tu risquerais de le salir. (Elle mit la lentille de l'appareil au point.) Voilà!

Norah fut éblouie par le flash. Au même moment, on frappa à la porte principale. Un deuxième clochard, une sorcière et un chat noir à la queue traînante entrèrent dans le vestibule: c'était Paige, Barbara et Daphné.

— Je veux que vous soyez rentrées pour 9 heures, Norah! dit Tante Florence. Je vais te prêter ma montre. Est-ce que tes parents vous ont fixé où vous avez le droit d'aller, Paige?

— Oui, madame Ogilvie, répondit poliment Paige. On nous a défendu de traverser la rue Yonge.

Elle fit un clin d'œil à Norah quand Tante Florence eut le dos tourné.

— Allons-y, alors, Gavin!

Tante Florence avait prévu de l'emmener en voiture rendre visite aux maisons de tous ses amis. Les couleurs vives de sa perruque et de son maquillage contrastaient fortement avec son expression dolente. Il se tourna vers Norah et dit plaintivement:

— Est-ce que je ne peux pas plutôt aller avec toi?

— Tu es trop jeune, grommela Norah.

— Bien sûr que non, chéri, renchérit Tante Florence. Tu aurais du mal à les suivre.

— Pourquoi pas? dit Paige. On s'occupera de lui.

— Merci, Paige, mais je ne pense pas qu'il s'amuserait.

Alors que Tante Florence l'emmenait, Gavin se retourna et lança aux enfants un dernier regard suppliant.

Norah fut surprise qu'il ait voulu les accompagner; elle pensait qu'il avait peur des Worsley. Mais elle oublia vite son air chagrin quand elle et ses compagnes sortirent dans la rue. Sur le trottoir, des ombres les frôlaient en passant dans l'obscurité: des fantômes, des cow-boys, des pilotes, des soldats et des pirates. La brise soulevait les feuilles et les faisait tourbillonner à leurs pieds. Elles rencontrèrent Bernard, comme prévu, au coin de la rue. Il faisait un drôle de clochard avec ses lunettes.

— Hou! Hou! Méfiez-vous! Des sorcières et du loup garou!

Le cri grêle retentissait autour d'eux tandis que des bandes d'enfants escaladaient résolument les marches devant chaque maison, éclairées par des lanternes taillées dans des citrouilles à visage menaçant ou goguenard.

À l'école on leur avait demandé de récolter des sous au lieu de bonbons pour contribuer à l'effort de guerre, mais ils portaient des taies d'oreiller avec leurs bouteilles de lait vides. À presque toutes les portes, ils recevaient une friandise en plus d'un don en argent.

Paige refusa de solliciter de l'argent.

— Ce n'est pas juste. J'ai déjà collectionné le plus de capsules de bouteilles de ma classe pour la Croix-Rouge. L'Halloween est censé être pour nous! S'ils ne veulent pas nous donner de bonbons, on leur jouera des tours.

— Comme quoi? demanda Norah.

— Comme de savonner leurs fenêtres, ou d'enlever leurs grilles ou de remplir leurs boîtes aux lettres de crottin de cheval, dit Paige. En tout cas, c'est ce que font les grands. Je n'ai encore jamais joué de tour, mais ça ne veut pas dire que je ne le ferais pas.

Ils traversèrent la rue Yonge pour couvrir aussi le quartier de Bernard. Au coin d'une rue, Charlie et ses amis étaient en train de retourner des poubelles en faisant beaucoup de bruit. Les enfants les regardèrent faire de loin, afin de pouvoir se sauver le cas échéant. Puis ils se mirent au défi de sonner à la porte d'une vieille maison obscure. Daphné fut la seule à en avoir le courage, mais personne ne vint ouvrir.

— Salut Norah!

Norah sursauta en sentant une main gantée de blanc lui tapoter l'épaule. C'était Dulcie, en robe de dentelle et bijoux. Elle avait le visage très fardé.

— J'adore l'Halloween, pas toi? On est toutes des vedettes de cinéma: moi je suis Betty Grable.

Derrière elle se cachaient Babs et Ernestine. Leurs bottes de caoutchouc dépassaient de leurs longues robes du soir.

Babs regarda Norah et Bernard en fronçant les sourcils.

— Viens donc, Dulcie, c'est l'heure de rentrer.

— Nous avons refusé d'accepter des bonbons, dit vertueusement Ernestine en voyant la taie d'oreiller pleine de Norah. On est censés récolter de l'argent.

— C'est bien ce que je fais! s'écria Norah en agitant furieusement sa bouteille remplie de pièces de monnaie.

— Dulcie..., insista Babs en s'éloignant. Tu te rappelles le *party* chez moi? Maman a préparé des montagnes de fudge, et on va faire la pêche à la pomme: tu vas aimer ça.

Dulcie hésita.

— Je n'ai pas encore envie de rentrer. Allez-y, vous. Je vous rejoindrai là-bas.

Ses amies eurent l'air surpris, mais se hâtèrent de partir. Dulcie elle-même parut surprise de son audace.

— Je peux venir avec vous un bout de temps? demanda-t-elle timidement.

Norah lui fit un grand sourire.

— D'accord!

Elle présenta Dulcie aux Worsley. Paige l'examina d'un œil méfiant, mais oublia vite Dulcie quand ils récoltèrent encore plus de bonbons. Quand leurs sacs furent presque trop lourds à porter, ils se reposèrent sous un réverbère et comparèrent leur butin. Les friandises les plus prisées étaient les boules de maïs soufflé maison; les plus dédaignées étaient les pommes ordinaires qu'on pouvait s'offrir n'importe quand.

— Il nous reste encore une heure avant de rentrer, dit Paige en étirant un long fil de tire de sa bouche avec ses doigts. Je sais ce que tu aimerais, Norah. Si on faisait un feu de joie? Comme ça on pourrait fêter Guy Fawkes en même temps.

— Mais on n'a pas de Guy! dit Norah.

— Et on n'a pas d'allumettes, dit Bernard d'un air inquiet. De toute façon, il n'y a pas d'endroit où faire un feu en toute sécurité.

Mais Paige, comme d'habitude, n'écoutait personne quand elle avait une idée dans la tête.

— J'ai pris des allumettes au salon avant de partir. Et j'ai un Guy. (De sa poche elle tira une petite poupée de chiffon tout usée.) Il n'est pas très gros, mais il fera l'affaire.

— C'est à moi, ça! protesta Daphné.

— Tu ne joues plus avec depuis des années, tu n'as jamais vraiment joué avec. Elle n'a même pas de nom. Tu n'aimerais pas la voir flamber?

Daphné réfléchit un instant puis acquiesça d'un signe de tête, une lueur de malice dans les yeux.

Jusqu'à présent Dulcie avait paru s'amuser en leur compagnie. Maintenant elle avait l'air d'avoir peur.

— Je pense que je vais aller au *party*, la maison de Babs est à deux pas. (Elle s'éloigna précipitamment.)

— Quelle poule mouillée, dit Paige, en fouillant de nouveau dans ses poches.

Norah songea à la façon dont Dulcie avait fait ce qu'elle avait envie de faire en dépit de la désapprobation de ses amies.

— Non, ce n'est pas une poltronne. Elle aime faire autre chose que ce qu'on aime faire, mais c'est une fille sympa, somme toute.

— Si tu le dis. Maintenant regarde. (Elle avait trouvé un crayon et dessiné une moustache sous le nez de la poupée.) Tiens, ça va être Hitler: comme ça, ça sera encore plus amusant de le brûler. On fera le feu près du fort. Si on entasse de la terre tout autour, il n'y aura pas de danger. Allons-y, pendant qu'il nous reste du temps!

Bernard avait encore l'air d'hésiter et Norah eut un moment de frayeur. Mais les sœurs Worsley étaient complètement déchaînées. Elles remontèrent la rue au pas de course, faisant des bonds et poussant des cris aigus, puis dévalèrent le ravin. Comme il était difficile de se diriger dans l'obscurité, ils se laissèrent glisser jusqu'au bas de la pente en se tenant par la main. Peu à peu leurs yeux s'habituèrent et ils reconnurent la faible lueur des réverbères sur le pont au-dessus d'eux.

— Je gèle! se plaignit Barbara. Dépêche-toi de faire du feu, Paige.

Paige commença par leur ordonner de ramasser des brindilles et des branches, tandis que Bernard et elle creusaient une tranchée circulaire à l'aide d'une planche empruntée au fort. Lorsque le tas de bois fut assez gros, elle prit une allumette, la frotta à une pierre, et l'approcha des plus petites brindilles.

La flamme vacilla puis s'éteignit. Norah se remit à respirer normalement, mais Paige regarda autour d'elle avec impatience.

— Du papier... voilà ce qu'il nous faut. Ça va si on se sert de vieilles bandes dessinées? On les a toutes lues.

Avant que les autres puissent répondre, elle saisit une pile de bandes dessinées qui étaient dans le fort. Elle arracha les pages, les mit en boule, les introduisit sous le petit bois et alluma une autre allumette.

Le vent se leva et le papier prit aussitôt. Les brindilles puis les branches épaisses ne tardèrent pas à s'embraser. Les étincelles s'envolèrent vers le ciel noir et les flammes bondissantes illuminèrent leurs visages sales.

— Bravo!

Paige jeta la poupée dans le feu et saisit la main de Norah. Criant comme des putois, ils se mirent à danser autour du feu qui ne cessait de grandir.

Les flammes crépitantes donnaient à Norah un sentiment de puissance et d'audace. Elle cessa d'avoir peur. Elle oublia presque qu'elle était au Canada et, pendant quelques instants, se revit chez elle à Ringden avant la guerre, en train de danser autour du Guy.

Guy, Guy, Guy
Crevons-lui les yeux
Mettons-le au feu
Réglons-lui son sort
Brûlons-lui le corps
Guy Fawkes est bien mort.
Hip! Hip! Hourra!

Les autres se mirent à chanter avec elle. «Hitler est bien mort!» ajouta Paige. Les flammes rebelles s'élevaient de plus en plus haut, et les enfants jetaient du bois sur le feu pour alimenter sa colère grandissante. Même Bernard avait perdu son calme habituel.

— Et de Charlie! cria-t-il en jetant une grosse branche sur le bûcher.

Norah rajouta des bandes dessinées.

— Et de Tante Florence! hurla-t-elle.

Même Paige eut l'air un peu choquée en l'entendant. Puis elle éclata de rire et cria:

— L'école! Les robes! LES GRANDES PERSONNES!

Ils continuèrent leur ronde endiablée, criant à tue-tête, le feu rugissant avec eux.

Brusquement Bernard poussa un cri très différent:

— REGARDEZ!

Ils se figèrent aussitôt. Une partie du feu avait franchi d'un bond la tranchée. Une des boîtes en carton qui leur servait de table s'était embrasée aussitôt et maintenant le feu avait gagné le fort même.

— Arrêtez-le! s'écria Paige. Jetez de la terre dessus!

Ils essayèrent d'étouffer les flammes en y jetant de la terre à pleines poignées et en les battant avec des branches. Mais le feu continua de rugir comme une bête enragée et de dévorer le bois dont était fait le fort.

Daphné se mit à sangloter hystériquement et Barbara s'accrocha à elle, le visage blanc de terreur:

— Faites quelque chose! implora-t-elle.

Bernard se tourna vers Norah.

— Cours chez les Ogilvie appeler les pompiers. Vite! Paige et moi, on continuera de jeter de la terre dessus.

Norah remonta en trébuchant la pente raide sans trop savoir comment elle faisait marcher ses jambes. Quand elle parvint à la porte de la maison, elle avait le souffle si court qu'elle eut l'impression de suffoquer.

— Norah! Qu'est-ce qui ne va pas?

Tante Marie se leva précipitamment en la voyant apparaître à l'entrée de la bibliothèque.

— Il y a le feu. Dans le ravin! souffla Norah. Les autres... y sont... encore.

Puis ses jambes lui manquèrent et elle s'effondra dans un fauteuil.

Le restant de la soirée s'écoula dans une sorte de brouillard d'irréalité. Les camions de pompiers arrivèrent vite, leurs sirènes lui rappelant le tocsin lors des raids aériens. Norah, hébétée, regarda du jardin à l'arrière de la maison les longs tuyaux qui arrosaient les flammes du haut du pont. Pendant qu'on éteignait le feu, les pompiers allèrent chercher Paige, Bernard, Barbara et Daphné, menant les uns par la main, portant les autres dans leurs bras.

Aucun des enfants ne pouvait parler. Quand Tante Florence et Gavin rentrèrent, les cinq enfants étaient dans la cuisine, où Tante Marie et Hanny essayaient de leur faire boire du chocolat chaud. Les pompiers se tenaient dans un coin de la pièce, buvant le leur et considérant les enfants d'un air sévère.

— Que se passe-t-il donc? demanda la voix solennelle de Tante Florence.

Elle adressa sa question à Norah, après avoir d'abord lancé à Bernard un regard furibond.

Heureusement M. Worsley arriva au moment où Norah allait devoir répondre.

— Vous n'êtes pas blessées? s'écria-t-il, en examinant chacune de ses filles comme si elle était peut-être cassée. Puis son expression se fit grave. Il dit qu'il reconduirait Bernard chez lui et l'emmena précipitamment ainsi que ses trois filles.

— De toute évidence, ils nous doivent des explications, dit-il à Tante Florence, mais je pense que cela peut attendre à demain. Il vaut mieux ne pas les envoyer à l'école. Je vous appellerai demain matin et nous essaierons de voir clair dans tout ça.

On envoya Norah se coucher. Elle ne se lava même pas la figure et les mains, mais se roula en boule dans son lit et essaya tant bien que mal de calmer sa respiration. Les flammes bondissantes, menaçantes, et l'expression outragée de Tante Florence hantèrent ses rêves.

Le lendemain matin, il fallut tout avouer. Les Worsley arrivèrent après le petit déjeuner et les filles durent ensemble vider leur sac devant les quatre adultes.

Tante Florence rejeta une grande partie de la responsabilité sur Bernard:

— Je t'avais bien dit qu'il n'était pas un ami convenable! D'ailleurs que faisais-tu avec lui, Norah, quand tu savais que je t'avais défendu de le voir?

C'est alors qu'elle découvrit que Norah n'avait jamais cessé de le fréquenter.

— Nous ne savions pas qu'elle n'avait pas la permission de jouer avec lui, dit timidement Mme Worsley. Nous pensions qu'il s'appelait Albert. Il paraît si raisonnable pour son âge, il n'aurait pas pu être l'instigateur.

— C'est moi qui ai eu l'idée, dit Paige. Pas Bernard.

— Je n'en doute pas, dit son père d'un ton lugubre.

Mais Tante Florence n'avait pas l'air de la croire.

— Voyons, Paige, tu n'aurais jamais pensé toute seule à faire une chose pareille. C'est extrêmement malhonnête de ta part, Norah, de faire semblant que Bernard était quelqu'un d'autre.

M. Worsley les sermonna longuement sur l'imprudence avec laquelle elles avaient agi. Il leur dit exactement le genre de choses que le père de Norah aurait dit. C'était pénible: Barbara pleurait et Paige serrait les lèvres et faisait semblant de ne pas avoir envie d'en faire autant, mais tout ce qu'il disait était tellement vrai que Norah lorsqu'il eut fini se sentit purgée.

Puis Mme Worsley et Tante Marie parlèrent, chacune à leur tour. Elles se tordirent les mains de désespoir en gémissant qu'ils auraient tous pu être brûlés vifs. Puis Norah et Paige furent avisées qu'elles ne pourraient pas se voir de tout le week-end.

Pendant tout ce temps, Tante Florence garda un silence inquiétant. Norah devina qu'elle réservait le restant de ses remarques pour elle seule.

En effet, dès que Paige, Barbara et Daphné furent ramenées chez elles, Tante Florence dit ce qu'elle avait à dire. Elle garda Norah au salon pendant une demi-heure et lui dit et redit combien elle la trouvait ingrate et désobéissante.

Elle souleva même la question des accidents nocturnes de Norah. Avant le petit déjeuner, comme si elle avait décidé de choisir le moment où tout le monde était mécontent de Norah, Édith était allée voir Tante Florence pour lui dire qu'elle refusait de continuer à laver les draps de Norah.

— Quelle sorte de petite fille mouille encore son lit à dix ans? dit Tante Florence, d'un air dégoûté. Je pense que tu dois le faire exprès.

Plus elle la réprimandait de sa voix glaciale, et moins Norah l'écoutait. Quelque chose au fond d'elle-même était maintenant de pierre.

— Norah! J'ai dit, voudrais-tu que je te fasse transférer dans une autre famille? Je ne suis pas sûre du tout que j'aie envie de continuer à essayer de m'entendre avec toi, alors que tu ne fais pas le moindre effort en sens inverse. Je ne suis même pas sûre que ce soit dans l'intérêt de Gavin d'être avec toi. Peut-être qu'il vaudrait mieux vous séparer.

Norah regarda Tante Florence droit dans les yeux:

— Ça m'est égal. Faites ce qui vous plaira. Maintenant, puis-je aller à ma chambre?

Tante Florence parut sur le point d'en dire plus. Mais elle respira profondément et acquiesça d'un signe de tête.

— Très bien. Nous en reparlerons plus tard, à tête reposée. Il vaut mieux que tu ailles à l'école cet après-midi. Va te laver les mains avant le dîner. Je te donnerai un mot pour ton professeur.

Norah s'assit sur la banquette sous la fenêtre de la tour. Elle lutta cinq brèves minutes contre sa propre indécision, puis vida son cartable de livres et commença à rassembler ses affaires.

19

Gavin

— **E**s-tu sûre que tu te sens assez bien pour retourner à l'école cet après-midi, Norah? demanda anxieusement Tante Marie. (Elle rectifia l'angle de son chapeau devant le miroir du vestibule.) Tu dois encore être sous l'effet du choc d'hier soir... moi-même, je le suis encore.

Sa mère se hérissa:

— La question ne se pose pas. Je ne vois pas pourquoi elle manquerait une journée entière de travail scolaire. Pourquoi portes-tu cet affreux chapeau, Mary? Va donc mettre ton chapeau neuf.

Les deux femmes étaient attendues pour le lunch.

Comme Tante Mary se précipitait vers l'escalier, Norah tenta de lui sourire. Puis elle répliqua au regard dédaigneux de Tante Florence en prenant une expression encore plus glaciale. Là! C'était la dernière fois qu'elle les verrait, l'une aussi bien que l'autre.

— Heureusement que tu n'as pas brûlé, Norah, dit Gavin, attablé en face d'elle à un bout de la grande table de la salle à manger.

Norah, trop distraite, ne l'écoutait pas.

— Tu ne vas pas finir ton sandwich? lui demanda-t-elle.

Quand Gavin fit signe que non, elle fourra les restes du dîner de son frère et trois des pommes qui étaient sur le buffet dans son cartable.

— Pourquoi tu fais ça? demanda Gavin.

— C'est pour... un pique-nique. Après l'école. Mais ne le dis pas, sinon je vais me faire attraper.

— Je ne dirai rien. Je peux venir? Est-ce que vous allez le manger dans votre fort? Quand est-ce que vous l'avez construit, le fort? Est-ce que je peux vous aider à le réparer?

— Non tu ne peux pas! Laisse-moi tranquille, Gavin! Pourquoi ne cesses-tu pas de toujours m'embêter? Tu ne vois pas que j'essaie de penser? Va trouver Hanny: je m'en vais à l'école.

284

Les grands yeux de Gavin se remplirent de larmes. Il descendit lentement de sa chaise et se dirigea vers la cuisine.

Norah faillit pleurer aussi, de frustration. Pourquoi donc fallait-il toujours que Gavin joue les victimes? En fait ne devait-elle pas au moins lui dire au revoir? Elle ne le reverrait plus jusqu'à la fin de la guerre, quand il serait renvoyé en Angleterre. D'un autre côté, cela ne ferait que le bouleverser, si elle lui disait qu'elle partait. Peut-être même qu'il le dirait aux Ogilvie.

Le vestibule était aussi silencieux qu'une église vide. Norah sortit son costume de neige neuf du vestiaire et enfila précipitamment la veste et le pantalon. Il ne faisait pas froid aujourd'hui, mais elle ne savait pas où elle passerait la nuit. Elle vérifia une dernière fois le contenu de son cartable: tout y était, sa brosse à dents, son pyjama, un chandail supplémentaire, et ses éclats d'obus; le billet de cinq livres qu'elle avait conservé tout ce temps et, pour une raison ou une autre, la vieille poupée que Tante Mary lui avait donnée. Elle avait aussi réussi à faire rentrer le plus récent de ses livres de bibliothèque. Cela ressemblait un peu à du vol, mais elle le renverrait par la poste de l'Angleterre.

Elle respira une dernière bouffée d'encaustique et de roses et dit un silencieux adieu à cette sombre maison où elle avait toujours eu trop chaud. Puis elle referma doucement la porte derrière elle.

Encombrée par son costume de neige, Norah avait du mal à marcher vite. Elle décida d'inspecter le fort et de s'y reposer, le temps de se calmer un peu. Cette fuite lui donnait bien plus la frousse que de sécher l'école; bien plus, en réalité, que tout ce qu'elle avait jamais fait.

Au grand jour le bois carbonisé du fort avait un air sinistre. Mais il n'y avait pas autant de dégâts qu'elle ne l'avait cru la veille au soir. Norah s'assit à côté du cercle de débris détrempés, noirs de suie, qui marquait l'emplacement de leur feu. Il lui sembla que des années s'étaient écoulées depuis qu'ils avaient dansé autour de ses flammes.

Elle essaya de penser clairement. Où allait-elle aller? Tout ce qu'elle savait, c'était qu'elle voulait rentrer chez elle, trouver un moyen de regagner l'Angleterre et rejoindre ses parents. La seule façon dont elle pouvait y parvenir était de repartir comme elle était venue: par train jusqu'à Montréal et de là par bateau. Encore fallait-il qu'elle trouve la gare; cela ne devait pas présenter trop de difficulté. Elle se rappelait qu'elle était située non loin de l'université. Elle n'avait qu'à aller en ville et demander à un passant.

Mais un adulte l'interrogerait peut-être, et se demanderait pourquoi elle n'était pas à l'école. Allait-elle pouvoir voyager seule en

train sans se faire remarquer? Comment allait-
elle faire pour savoir quel bateau prendre?
Allait-elle essayer de voyager clandestine-
ment, comme un personnage de roman?

Le fardeau de tous les problèmes qui l'at-
tendaient était écrasant. Elle n'avait pas bien
dormi la nuit précédente et les moments de
terreur qu'elle avait vécus l'avaient épuisée. Il
faisait plus doux qu'à l'accoutumée pour un
jour de novembre; son costume de neige était
comme un cocon douillet. Norah se coucha
sur un tas de feuilles sèches et s'endormit.

Elle rêva de voyages, elle se vit marchant,
marchant, marchant sans jamais atteindre sa
destination. En marchant, elle tenait une petite main chaude qui lui donnait des forces.
Elle était en Angleterre, elle marchait avec
Gavin. Le sentiment d'errer interminablement
la quitta quand ils approchèrent de leur propre village. Comme ils remontaient en courant
la rue principale jusqu'à leur maison, Norah
se sentit envahie par un immense soulagement. Elle courait, entraînant Gavin avec elle,
et riant de bonheur à l'idée qu'elle allait bientôt se jeter dans les bras de ses parents.

Mais Little Whitebull avait été démolie. À
sa place s'élevait un amas de décombres
noircis — comme le fort, comme la maison
de Grand-père à Camber.

— Où êtes-vous? criait Norah désespérément. Maman! Papa! Grand-père! Où êtes-
vous?

287

— Ils ne sont plus là... ricanait une voix horrible. (C'était une voix d'outre-tombe, de croque-mitaine, de Guy... provenant d'une figure menaçante avec une moustache en brosse et une croix gammée sur son chapeau. Le spectre se penchait sur elle en ricanant cruellement.) Ils ne sont plus là, ils sont morts... Je les ai tués!

— Non! cria Norah en se réveillant en sursaut.

Elle se dressa sur son séant et éclata en sanglots. Ce n'était qu'un rêve, mais elle ne parvenait pas à s'arrêter de pleurer.

Maintenant, elle voulait plus que jamais regagner l'Angleterre, pour s'assurer que sa famille était sauve. Pourquoi perdait-elle son temps au fond de ce ravin? Elle se releva, secoua les feuilles mortes qui collaient à ses vêtements, ramassa son cartable et tendit la main pour prendre celle de Gavin.

La sienne se referma sur le vide. Elle l'enfonça rageusement dans sa poche. Gavin était toujours chez les Ogilvie à se faire dorloter et gâter. Elle ne voulait pas de lui, n'avait pas besoin de lui.

Soudain ses jambes se mirent à trembler, à tel point qu'elle fut forcée de se rasseoir. Les paroles de tous lui revenaient à l'esprit: «Prends soin de Gavin, prends soin de ton petit frère...»

Elle ne s'était *jamais* occupée de lui. Depuis le début de leur voyage au Canada, elle n'aurait rien aimé mieux que d'être débarrassée de lui. Elle se rappela toutes les fois où il lui avait lancé ce regard meurtri, déconcerté; toutes les fois où elle aurait pu le consoler, mais ne l'avait pas fait. Et la dernière fois, quelques heures auparavant, quand elle l'avait fait pleurer en le repoussant. Il n'avait que cinq ans, il n'était qu'un petit garçon, perdu, sans autre famille qu'elle. Il était son frère; Tante Mary, Bernard et Paige n'avaient pas de frère. Elle pensa à la voix angoissée de Tante Mary quand elle avait parlé de Hugh. Elle avait perdu son frère; Norah, elle, avait encore le sien.

Elle se rappela le jour, il y avait bien des années, où on avait posé Gavin par terre à un bout de la cuisine à Little Whitebull et où, gloussant de fierté et de joie, il avait fait ses premiers pas chancelants jusque dans les bras de Norah. Elle se rappela comme il appelait «Ora, Ora», quand Maman le grondait. Mais elle n'avait pensé à lui que comme un trouble-fête, qui monopolisait si complètement l'attention de sa mère et de ses sœurs qu'elle s'était tournée de plus en plus vers son père.

Mais il était son frère. Il avait besoin de Norah et elle avait besoin de lui. Et elle était sur le point de l'abandonner dans un pays étranger aux mains d'une idiote qui allait le ruiner.

Norah remonta la pente presque aussi vite qu'elle l'avait fait la veille au soir. Elle essaya de reprendre son souffle en entrouvrant la porte et jetant un coup d'œil à l'intérieur.

Heureusement: l'horloge du vestibule marquait 2 heures à peine passées. Elle n'avait pas dormi aussi longtemps qu'elle ne le pensait. Et Gavin, comme d'habitude, jouait dans l'entrée avec les cannes et les parapluies qui avaient autrefois appartenu à M. Ogilvie. Il les flattait et leur parlait doucement, faisant semblant que c'étaient des chevaux.

Norah le regarda faire un moment. Elle vit son expression rêveuse, repliée sur soi-même, sa solitude. Qu'avait-il donc vécu, ces derniers mois, enfermé tout seul dans cette grande maison morne quand Tante Florence était occupée? Elle avait envie de s'élancer vers lui et de manifester bruyamment son affection; elle avait l'impression de ne pas l'avoir vu depuis des années.

Mais il fallait qu'elle soit prudente.

— Gavin, murmura-t-elle.

Gavin, saisi, laissa tomber une canne.

— Chut! Ce n'est que moi. Viens, on va sortir.

— Sortir? Avec toi?

Un tel empressement se lisait sur son visage que Norah le serra dans ses bras.

— Oui. On va se sauver. Mais elles pourraient essayer de nous arrêter, alors il ne faut pas faire de bruit. Que fait Hanny?

— Elle fait une tarte. Elle va m'appeler quand elle sera prête pour que je puisse en manger un morceau.

Norah la sentait d'ici.

— Alors dépêche-toi! (Elle l'aida à mettre son pantalon de costume de neige.) J'aurais bien aimé pouvoir prendre encore plus à manger et ta brosse à dents, mais on n'a pas le temps. Est-ce que tu as Créature?

Gavin brandit son éléphant. Ses yeux brillaient d'anticipation.

— On part pour une aventure?

— C'est ça. Allez, viens.

Avec la petite main chaude de son frère dans la sienne, Norah referma la porte derrière eux.

Cinq heures plus tard, ils se retrouvèrent blottis sur un banc dans un parc, cachés par un buisson, tout près de la gare de chemin de fer. À la faible lueur d'un réverbère, Norah lisait à haute voix une histoire dans laquelle un groupe de cinq enfants avait l'occasion de se faire exaucer trois vœux. Parvenant à la page où les enfants n'arrivent pas à décider quel souhait formuler, elle referma le livre avec impatience. Son souhait à elle était si simple, mais il lui semblait de plus en plus compliqué à réaliser.

Le temps s'était refroidi et maintenant elle était bien contente d'avoir pensé à prendre les costumes de neige. Les joues et le nez de Gavin étaient écarlates de froid.

— Continue de lire, Norah, supplia-t-il. J'aime le petit garçon, il est drôle.

— Une minute: il faut que je réfléchisse. Va te balancer un peu, ça te réchauffera.

Gavin lui obéissait facilement. Il était si heureux de faire quelque chose avec Norah qu'il ne se plaignait pas des heures qu'ils avaient déjà passées à marcher et à attendre.

Ils avaient commencé par aller en ville, à la banque, pour changer le billet de cinq livres.

— Où as-tu trouvé ça? avait demandé la caissière d'un air soupçonneux. C'est une grosse somme pour une petite fille.

— Notre m-mère nous a envoyés la changer: elle est malade, avait bégayé Norah, à qui l'énormité de ce mensonge donnait un peu le vertige.

La caissière avait encore l'air d'avoir des doutes, mais elle avait fini par remettre à Norah une liasse de dollars canadiens.

Après quoi, ils avaient demandé à un garçon le chemin de la gare Union et s'y étaient rendus en tramway. Norah avait peur d'attirer l'attention en demandant des renseignements sur le train de Montréal. Elle réussit à trouver un horaire sur un panneau d'affichage; à sa grande consternation, le train suivant ne partait pas avant 8 h 30 du soir.

Ils s'étaient acheté du thé et des sand-wichs au fromage dans le restaurant de la gare pour passer le temps. La caissière les avait regardés curieusement, mais n'avait rien dit. Alors ils s'étaient installés sur un long banc en bois verni dans la caverneuse salle d'attente de la gare. Enlevant leurs costumes de neige, ils s'en étaient servi comme oreil-lers. La gare était pleine de voyageurs de fin de semaine qui étaient tous préoccupés de l'endroit où ils allaient et de ceux qui les at-tendaient. Personne n'avait prêté attention à Norah et Gavin jusqu'à ce qu'un policier les aborde.

— Vous êtes seuls, les enfants? avait-il demandé avec bonté. (Il avait l'accent an-glais.)

Norah avait pensé vite.

— Non, notre mère est allée nous cher-cher des sandwichs. On a longtemps à at-tendre avant de monter dans le train.

— Vous allez où, comme ça?

— À Montréal. On va visiter des amis de Maman pour le week-end.

— Vous êtes des invités de guerre, n'est-ce pas?

Norah acquiesça d'un signe de tête.

— Vous avez de la chance que votre mère ait pu venir avec vous. J'ai une sœur et trois neveux là-bas que j'aurais bien voulu faire venir au Canada, mais il est trop tard à pré-sent. Depuis qu'ils ont torpillé ce bateau, toute évacuation est suspendue jusqu'à nouvel ordre. D'où êtes-vous? J'ai grandi à Newcastle.

Norah lui avait répondu. Il était tellement gentil qu'elle avait envie de tout lui dire, mais c'était impossible. Et plus ils seraient restés à bavarder avec lui, plus il aurait commencé à se demander où leur mère était passée. Au moins Gavin avait eu assez de présence d'esprit pour ne pas la contredire.

Elle était devenue de plus en plus agitée. C'est alors qu'à son grand soulagement, un ivrogne qui criait à l'autre bout de la gare avait attiré l'attention du policier.

— Il va falloir que j'aille voir. Alors ne bougez pas de ce banc. Je suis sûr que votre mère va revenir bientôt.

Dès qu'il les eut laissés, Norah avait ramassé leurs affaires et entraîné Gavin dehors.

— Où est-ce qu'on va? avait-il demandé, tandis que, cachés derrière un pilier, ils se dépêchaient d'enfiler leurs costumes de neige.

— Je ne sais pas. Il va tout simplement falloir continuer de marcher jusqu'à ce qu'il soit temps d'acheter nos billets. Si on s'assied, on attire trop l'attention.

Alors ils avaient marché, marché jusqu'à en avoir mal aux jambes. Ils s'étaient arrêtés à toutes les vitrines et s'étaient réchauffés dans le hall d'un immense hôtel. Quand la nuit était tombée, ils furent moins visibles, mais les phares des voitures qui passaient les aveuglaient et les rendaient nerveux. Enfin ils avaient trouvé le parc et s'étaient installés sur le banc à moitié caché.

Maintenant Norah regardait Gavin qui se balançait de toutes ses forces, une ombre mouvante dans la nuit. Il faisait trop froid pour qu'ils puissent rester là plus longtemps; il était probablement temps de commencer à se diriger vers la gare.

Elle redoutait d'essayer d'acheter le billet. Que dirait-elle? Elle était certaine qu'on ne le lui vendrait pas. Peut-être le policier les attendait-il déjà.

Norah sentit soudain sa fermeté, sa résolution, s'effondrer. Elle avait délivré Gavin des Ogilvie; au-delà de cela, il lui semblait impossible de continuer. Elle n'avait que dix ans: les grandes personnes lui feraient obstacle sur toute la ligne. Si grand que fût son désir, elle savait depuis le début qu'ils n'étaient pas en mesure de rentrer en Angleterre.

Ils n'avaient pas le choix; ils allaient être obligés de rester au Canada, sans savoir où aller. Tout comme au début du rêve qu'elle avait fait, ils faisaient un voyage dont elle n'entrevoyait pas la fin.

Gavin sauta de la balançoire et revint en courant vers Norah.

— Je me suis réchauffé, mais je recommence à avoir faim. Je peux manger mon sandwich du dîner? Norah? Pourquoi tu pleures?

Norah sanglotait et des larmes brûlantes coulaient sur ses joues froides.

— Je suis fatiguée, gémit-elle. J'en ai assez... de me battre. Pourquoi faut-il qu'il y ait une guerre! Je déteste cette guerre! Je veux rentrer chez nous!

Gavin lui tapa dans le dos.

— Partons alors, dit-il calmement. Tante Florence va se demander où on est passés. Je pense qu'elle aimerait pas qu'on se sauve sans lui dire. Et puis il y a de la tarte aux pommes pour dessert.

Norah fut si surprise qu'elle cessa de pleurer.

— Je ne veux pas dire chez les Ogilvie. Je veux dire *chez nous*! À Ringden, avec Maman et Papa et Grand-père. En *Angleterre*. Tu ne te souviens pas?

— Mais si, je me souviens. Mais je pensais que chez nous maintenant, c'était le Canada.

Norah le dévisagea.

— Gavin, est-ce que tu aimes vivre chez les Ogilvie?

— J'aime Tante Florence et Tante Mary et Hanny et tous mes nouveaux jouets. Mais je n'aime pas magasiner et sortir tout le temps prendre le thé chez des gens. J'aimerais bien pouvoir aller à l'école comme toi.

— Mais, tu es venu avec moi quand j'ai dit qu'on allait se sauver!

— Tu as dit que ça allait être une aventure. Mais on n'est même pas montés en train et je pensais que l'aventure serait finie à temps pour le souper. Je suis fatigué maintenant. On ne peut pas rentrer? S'il te plaît?

Norah céda. Ils n'avaient pas d'autre endroit où aller que chez les Ogilvie.

— D'accord, dit-elle avec lassitude, en séchant ses joues mouillées avec ses moufles. On va se faire drôlement gronder, par contre. Moi, en tout cas. Probablement qu'elles m'enverront dans une autre famille. (Elle se leva.) Mais je n'irai pas sans toi! Est-ce que ça t'embêterait, qu'on aille vivre chez quelqu'un d'autre?

— Je n'aimerais pas ça, dit Gavin gravement, mais j'irais avec toi. Papa a dit qu'il fallait se serrer les coudes!

Norah fut bien obligée de sourire devant son expression sérieuse.

— Il avait raison: dorénavant, c'est ce que nous allons faire. Allez viens.

Gavin la prit par la main et l'entraîna hors du parc:

— Peut-être qu'il restera de la tarte.

Dans le tramway, les gens les dévisageaient, mais personne ne leur posa de questions. Quand ils parvinrent enfin à la maison des Ogilvie, ils la trouvèrent illuminée de fond en comble. Une voiture de police était stationnée devant la porte.

— Oh-oh!

Norah s'arrêta un instant et prit ce qu'il lui restait de son courage à deux mains. Ce qui l'attendait allait être beaucoup plus difficile que de guetter des parachutistes dans le ciel. Elle était tellement épuisée qu'elle se demanda si elle allait pouvoir monter les marches

— Bon!... Finissons-en!

Ils poussèrent la porte et se tinrent à l'entrée du salon, la main dans la main. Plusieurs personnes se précipitèrent vers eux, parlant toutes en même temps. Hanny poussait des cris et Tante Mary n'arrêtait pas de les embrasser. Mme Worsley pleurait. M. Worsley ébouriffait les cheveux de Norah en répétant: «Eh bien! Vous voilà sains et saufs! Eh bien!» Même Paige et Dulcie étaient là qui sautillaient et tiraillaient les bras de Norah.

Ils étaient contents de la voir! pensa Norah avec surprise. Tout le monde l'étreignait, l'embrassait. Personne n'était fâché. Elle se sentait molle comme une poupée de chiffon, tandis qu'on se la passait de main en main.

Puis elle se raidit. Tante Florence serrait Gavin dans ses bras:

— Oh mon chéri, tu es sûr que ça va? Vraiment?

Elle le relâcha doucement et se retourna vers Norah. Pendant quelques instants elles se dévisagèrent, visiblement mal à l'aise l'une comme l'autre.

— Est-ce que vous allez me faire partir? murmura Norah.

— Te faire partir?

À la stupéfaction de Norah, les yeux de Tante Florence étaient pleins de larmes. Mais c'était probablement le fait d'avoir retrouvé Gavin.

Sa voix, pourtant si forte, tremblait cependant.

— *Jamais* je ne te renverrai, Norah. Tu fais partie de la famille. Je veux te demander pardon de ce que j'ai dit ce matin. Me pardonneras-tu? M'accorderas-tu une autre chance?

Cette manifestation d'humilité réduisit tout le monde au silence. Tante Florence tendit la main. Norah n'hésita qu'un instant avant de la prendre dans la sienne. Sans lâcher la main qui la tenait si fermement, Norah sentait ses yeux se fermer: Tante Florence l'attrapa au vol.

TROISIÈME PARTIE

20

Nouveaux débuts

Norah se retourna et s'étira. Son bras baignait dans une petite flaque de soleil chaud. Elle s'assit et regarda par les rideaux entrouverts. Le soleil était haut; elle avait dû dormir presque toute la matinée. Mais elle se rappela que c'était un samedi et se réjouit de pouvoir ainsi se prélasser à ne rien faire.

Son expression s'épanouit; son lit était sec. Une étrange tranquillité l'habitait de la tête aux pieds. Elle n'y comprenait rien: n'aurait-elle pas dû se faire gronder, après tout ce qui s'était passé la veille?

Elle se leva pour aller aux cabinets, puis se recoucha. Une odeur appétissante de bacon lui parvint de l'escalier. Norah se tendit à nouveau, ne sachant pas plus ce qu'on attendait d'elle que le premier jour où elle était arrivée dans la maison. Peut-être allait-on la punir, malgré l'accueil qu'on lui avait fait hier soir.

On frappa à sa porte et Tante Florence fit son entrée, un plateau dans les bras.

— Es-tu réveillée? Tu as dormi longtemps. Tu vas me manger tout ça et tu passeras les deux prochains jours au lit. Est-ce que tu sais que tu t'es évanouie hier soir?

Norah n'en avait aucun souvenir. Elle s'attaqua aux œufs brouillés, au bacon et aux rôties, tandis que Tante Florence lui racontait la venue du docteur Morris, qui l'avait trouvée surmenée et à bout de nerfs. Norah, stupéfaite, regarda Tante Florence ouvrir résolument les rideaux et suspendre ses vêtements. Elle n'était encore jamais montée dans sa chambre.

— Fini? Voilà une bonne fille! Maintenant, Norah j'aurais plusieurs choses à te dire au sujet d'hier soir: ensuite nous n'en reparlerons plus. Je pense que tu dois te rendre compte à quel point tu as été imprudente de te balader toute seule à travers la ville, surtout lorsque tu étais responsable de ton petit frère. Est-ce que tu me promets de ne jamais recommencer?

Norah acquiesça d'un signe de tête.

— Bien. Te rappelles-tu ce que j'ai dit hier soir?

Norah hocha de nouveau la tête. Elles avaient toutes deux l'air mal à l'aise.

— J'étais sincère. Quand on s'est rendu compte que tu étais partie, Mary m'a dit, sans détours — et Tante Florence fit une grimace, comme si elle n'en croyait toujours pas ses oreilles — que c'était ma faute si tu t'étais sauvée. Elle avait raison, Norah! J'étais tellement préoccupée de Gavin, que je ne faisais pas attention à toi. Peut-être que nous nous ressemblons trop, toi et moi. Cela ne veut pas dire qu'on ne peut pas essayer de s'entendre.

Elle s'interrompit, un peu gênée, et reprit le plateau, qu'elle posa sur la table. Puis elle resta longuement à regarder par la fenêtre.

Norah fixait son large dos, sachant qu'elle aurait dû parler, mais elle était trop partagée dans ses sentiments pour prendre la parole. Dire que Tante Mary avait dit ça à sa mère!

Était-ce vraiment la faute de Tante Florence? Pas entièrement, pensa-t-elle inconfortablement. Elle s'était monté la tête contre Tante Florence dès le début. Tante Florence avait été aussi têtue qu'elle. Maintenant cependant, c'était elle qui cédait la première.

— Norah? (Le personnage majestueux de Tante Florence se retourna pour lui faire face.) Qu'en penses-tu? Je suis prête à re-commencer à zéro si tu l'es.

Norah savait ce qu'il lui en coûtait de dire cela. Elle sourit avec appréhension.

— Moi aussi, murmura-t-elle.

— Bien! Tu sais, mon petit... jusqu'à ce que tu partes... je ne m'étais pas rendu compte... à quel point je tenais à toi.

Elle s'approcha et embrassa fermement Norah sur le front. Puis elle s'assit sur le lit, disant, comme si de rien n'était:

— Eh bien, donc! aimerais-tu que je te fasse la lecture?

Soulagées, elles se réfugièrent ensemble dans le monde anodin du conte des trois vœux. Norah n'écoutait que d'une oreille. Tante Florence l'avait embrassée! Elle se de-mandait si elle était bien réveillée.

Gavin entra doucement et alla se peloton-ner au bout du lit; puis Tante Mary monta chercher le plateau. C'était étrange, mais agréable, d'avoir soudain tant de monde dans cette chambre où elle avait vécu si longtemps en solitaire.

On laissa Norah seule, afin qu'elle se re-pose. Elle se blottit sous l'édredon et passa tout l'après-midi à réfléchir. La veille, Tante Florence lui avait demandé de lui donner «une autre chance». Il semblait bien que c'était aussi ce qui s'offrait à Norah. Elle pouvait repartir à zéro, comme si elle venait d'arriver au Canada.

Le restant de la fin de semaine vit se succéder les plateaux de nourriture, les visiteurs, les lectures à haute voix et les siestes. Norah se prélassa au lit et fit des projets. Dès dimanche soir, elle avait retrouvé ses forces et pris de nouvelles résolutions.

Elle commença le lundi matin au petit déjeuner, alors que Tante Florence s'était présentée à table à l'improviste.

— J'ai décidé de laisser dormir Mary, pour changer, expliqua-t-elle.

— Gavin vient à l'école avec moi aujourd'hui, lui annonça Norah.

— C'est vrai? s'écria celui-ci avec empressement.

— Mais...

Tante Florence fronça les sourcils, mais parut aussi vite se rappeler ses propres résolutions et poursuivit sur un ton plus conciliant.

— Bon, Norah! je suis d'accord qu'à bientôt six ans, il est prêt pour aller à l'école. Mais j'avais prévu de l'inscrire à l'école Saint-Martin. C'est une petite école privée qui lui conviendra beaucoup mieux que Prince Edward. Et j'avais pensé qu'à Noël tu irais à Brackley Hall avec Paige. Qu'en dis-tu? Bien entendu, ce serait à mes frais.

Norah essaya de s'exprimer aussi poliment que possible.

— Merci, Tante Florence, mais je pense que nous devrions aller à la même école tous les deux, pour que je puisse veiller sur lui. (Elle regarda Tante Florence dans les yeux.) Je suis sûre que c'est ce que mes parents voudraient.

C'était un conflit mené selon des conditions nouvelles: sur un ton civilisé, en restant maîtresse de soi. Norah se redressa dans sa chaise, elle était pleine d'entrain. Elle savait qu'elle allait gagner.

Tante Florence hésita, puis sourit légèrement.

— Très bien, si tu penses que cela vaut mieux, Norah! Mais, il n'a pas besoin de commencer tout de suite. Il peut attendre après Noël.

— Oh, Tante Florence, vous ne pensez pas qu'il pourrait commencer dès maintenant? dit patiemment Norah. Il a déjà manqué tellement d'école. Je ne voudrais pas que Papa et Maman sachent combien il a manqué.

Elle posa son verre de jus d'orange et attendit. Tante Florence essaya une dernière fois:

— Peut-être devrions-nous demander à Gavin ce qu'il en pense. Aimerais-tu aller à l'école, mon chéri? À l'école de Norah, ou à une bonne école privée?

— À l'école de Norah! dit Gavin, haut et fort.

— Très bien, soupira Tante Florence, mais ne préférerais-tu pas attendre jusqu'en janvier? N'oublie pas que nous allions rendre visite à Mme Teagle, aujourd'hui. Tu sais comme tu aimes jouer avec son chat.

— Je veux y aller tout de suite!

Gavin était si excité qu'il bascula sur sa chaise et faillit tomber à la renverse.

Tante Florence regarda Norah d'un air étrange et surpris et soupira de nouveau:

— Si c'est ce que tu veux, alors tu le peux. Je vais téléphoner à M. Evans et lui dire que tu viens ce matin avec Norah.

Norah n'avait pas dit à Tante Florence combien elle craignait que Gavin ne se sente aussi exclu qu'elle à l'école. Il y avait plusieurs autres invités de guerre en première année, cependant; il ne se ferait pas autant remarquer qu'elle. Quand elle alla le voir à la récréation, Gavin tenait ses deux mains tendues tandis qu'un autre petit garçon y versait quelque chose.

— Salut, Norah, lui lança-t-il. Dick m'échange des billes contre un de mes soldats.

Il empocha les billes et partit avec Dick courir après un ballon.

Norah alla trouver Bernard près du mât. Ils avaient beaucoup de choses à se dire; elle ne l'avait pas vu depuis le soir du feu.

— Où es-tu allée, vendredi? demanda-t-il aussitôt. Mme Ogilvie a téléphoné chez nous pour voir si tu y étais.

— J'aime mieux ne pas en parler, marmonna Norah.

Bernard parut comprendre; ils parlèrent alors de la nuit de l'Halloween, en passant en revue tous les horribles détails.

— Maman était tellement bouleversée qu'elle en pleurait, dit doucement Bernard.

— Que dirais-tu de venir chez moi après l'école? dit Norah quand la cloche sonna. Paige va nous rejoindre après sa leçon de piano.

— Je pensais que c'était interdit!

— Ne t'en fais pas, les choses ont changé.

Comme tous trois, Norah, Bernard et Gavin, rentraient à pied cet après-midi-là, Norah se demanda si elle n'y allait pas un peu fort. Mais elle se sentait d'attaque et conduisit Bernard directement à la bibliothèque.

— J'ai ramené Bernard, dit-elle. Est-ce qu'on peut demander à Hanny de nous donner à goûter?

Tante Florence leva les yeux de sa tapisserie; elle eut un sursaut de surprise.

— Bernard? Enfin, Norah... (Elle s'interrompit et prit une grande respiration.) Euh... Est-ce que ta mère sait que tu es ici, Bernard?

— Oui, madame Ogilvie, dit Bernard, qui essayait de se cacher derrière Norah.

Tante Florence continua de le dévisager et Norah la prit en pitié.

— Est-ce qu'on peut prendre un goûter? lui demanda-t-elle avec douceur.

— Sans doute... allez à la cuisine chercher quelque chose.

Elle avait toujours l'air déconcerté quand ils quittèrent la pièce.

Tante Florence ne reparla pas à Norah de son invitation à Bernard; mais, par la suite, elle le traita chaque fois avec une froide politesse. Norah lui en fut reconnaissante; elle savait que c'était le mieux qu'elle pût faire.

Au lieu de s'exiler dans sa tour, Norah se mit à parcourir la maison des Ogilvie presque aussi librement que si elle était chez elle. Elle entrait même parfois dans la chambre de Tante Mary, et lui parlait tandis que celle-ci s'habillait pour sortir. Tante Mary lui laissait essayer ses bijoux et ses nombreux chapeaux. La seule chambre dans laquelle Norah ne s'aventurait pas était celle de Tante Florence; c'était vraiment aller trop loin!

Norah recommença également à passer une partie de son temps dans la cuisine et personne ne s'en formalisa.

— Mary et Hugh avaient l'habitude de venir me voir comme tu le fais, dit Hanny. Je me demandais pourquoi tu avais cessé de venir.

— Mais Tante Florence disait que je vous dérangeais!

— Ah, *elle*. Tu apprendras vite à ne pas prendre la moitié de ce qu'elle dit au sérieux. Si je croyais tout ce qu'elle dit, j'aurais été renvoyée cent fois. L'ennui, avec celle-là, c'est qu'elle parle avant de penser. Je l'écoute toujours poliment et puis j'en fais à ma tête. Elle le sait très bien, sinon je ne resterais pas.

Hanny avait raison. Pour gagner avec Tante Florence, il fallait être aussi directe qu'elle. Leurs personnalités se heurtaient encore, mais leurs relations avaient changé, comme si chacune respectait secrètement l'autre.

À présent Bernard et Paige venaient parfois jouer chez Norah. Gavin les suivait souvent et s'habitua à servir de figurant dans leurs jeux. L'école le rendit plus brave; parfois quand ils allaient chez les Worsley il se défendait lorsque Daphné et Barbara le taquinaient.

Norah commença à être aussi fière de Gavin que Tante Florence.

— C'est un petit garçon très intelligent, disait Mme Ogilvie pour le vanter. Son professeur me dit qu'il est très en avance sur ses camarades.

Norah l'emmena à la bibliothèque et le présenta à Mlle Gleeson.

— Je ne savais pas que tu avais un petit frère! s'exclama celle-ci avec un sourire épanoui. Pourquoi ne me l'as-tu pas amené avant?

— Il était... euh... occupé, marmonna Norah en rougissant. Il lit très bien pour son âge. Avez-vous des livres faciles?

Norah ne savait toujours pas quoi faire au sujet de l'école: comment s'attaquer au problème de l'indifférence de ses camarades et de l'hostilité de Mlle Liers. Elle se demanda s'il ne valait pas mieux, tout compte fait, qu'elle aille à l'école de Paige; mais elle savait qu'elle ne pouvait pas abandonner Gavin et Bernard. Depuis le temps, elle s'était habituée à son isolement, mais elle observait toujours de loin les jeux dans la cour de récréation avec le même regret de ne pouvoir y participer et de ne pas avoir plus d'amis. Tout le monde semblait avoir oublié qu'elle existait, même Charlie et sa bande.

Tous les mardis matin, Mlle Liers prenait quelques minutes pour inscrire les nouvelles de la guerre au tableau et demandait la participation des élèves. Norah n'avait jamais contribué en quoi que ce soit à cet exercice; au contraire, elle se contentait de prendre un air lointain et méprisant et de se dire qu'elle en savait beaucoup plus long sur la guerre qu'aucun d'eux.

Quelques jours après le bombardement de Coventry, elle écoutait en silence, tandis que

Mlle Liers décrivait les dommages d'un air grave.

— J'ai vu des bombes comme celles-là aux actualités filmées: elles peuvent raser une ville entière! dit Charlie.

Il poussa un hurlement strident et rabattit sa main sur son pupitre en imitant le bruit d'une explosion.

Si les Nazis pouvaient à ce point porter atteinte à de grandes villes comme Coventry et Londres, que feraient-ils à Ringden? Norah se sentit la poitrine opprimée. Elle lança un regard à Dulcie, de l'autre côté de la pièce, et constata qu'elle était pâle et silencieuse.

Charlie continuait à décrire les bombes avec enthousiasme et devenait de plus en plus odieux. Tout à coup, Norah ne put le supporter plus longtemps.

— Arrête! s'écria-t-elle, en se retournant pour lui faire face. Tu ne sais même pas ce que c'est! Et les gens, qu'est-ce que tu en fais? la maison de mon grand-père a été complètement démolie par une bombe. Il a seulement eu la chance de ne pas y être. (Elle frissonna en se rappelant son rêve.)

— Norah a raison, Charlie, dit Mlle Liers. Tu es si loin de la guerre que tu trouves cela excitant. Mais la guerre n'est pas un jeu: c'est une chose terrible et cruelle.

Pour une fois, sa voix n'avait rien de sarcastique. Pour la première fois depuis que Norah avait lu à haute voix le poème, la

314

première semaine après la rentrée, Mlle Liers la regardait avec respect.

— Aimerais-tu nous parler un peu plus de ce que c'était pour toi? Viens te tenir à l'avant de la classe et dis-nous ce dont tu te souviens.

Norah n'avait pas envie de s'exhiber devant toute la classe, mais il fallait qu'elle fasse ce qu'on lui disait. Elle se donna du courage en regardant le portrait de la princesse Margaret Rose sur le mur de la salle de classe et se mit lentement à parler, en commençant en mai dernier, avec Dunkerque. Elle leur raconta comment des milliers de troupes britanniques avaient été secourues et ramenées de France par des petits bateaux civils, et comme elle et Molly s'étaient tenues le long de la voie ferrée, jour après jour, pour saluer les trains bondés de soldats épuisés qui arrivaient de la côte.

Sa voix prit de l'assurance à mesure qu'elle décrivait les préparatifs qu'avait faits le village en prévision d'une invasion possible; elle commença à y prendre plaisir et choisit ses mots avec délices. À mesure que son histoire se faisait plus excitante, elle parlait plus vite et plus fort. La classe était aussi captivée que quand la bibliothécaire avait lu *Alenouchka*. Norah décrivit en détail les combats aériens, les parachutes, la Botte et toutes les autres choses qui étaient tombées du ciel. Quand elle en vint à l'épisode de l'avion écrasé ses paroles sortirent avec une telle puissance qu'on eût dit qu'elles provenaient de quelqu'un d'autre.

C'est alors que Charlie leva la main, faisant tressaillir Norah et rompant l'envoûtement. Les autres lui lancèrent des regards furibonds.

— Mademoiselle, ça ne peut pas être vrai, ce qu'elle raconte, hein?

Mlle Liers le regarda en fronçant les sourcils.

— Bien sûr que c'est vrai, Charlie. Penses-tu que Norah nous mentirait? Je pensais que tu étais si bien renseigné sur la guerre. Peut-être devrais-tu te mettre à lire les journaux, en plus d'aller au cinéma. Laisse Norah finir, je t'en prie.

Charlie, décontenancé, se tut. Norah parla pendant tout le premier cours, qui était en principe consacré à l'arithmétique. Même Dulcie avait l'air stupéfait, comme si les choses que Norah décrivait ne lui étaient pas arrivées à elle aussi. Quand Norah parvint au moment de l'arrivée à Toronto elle s'arrêta, aussi épuisée que si elle venait de revivre tout le voyage.

Mlle Liers lui sourit bel et bien.

— Merci, Norah, c'était *très* intéressant. Nous sommes tous heureux que Dulcie et toi soyez saines et sauves au Canada.

Pour une fois, elle ne rappela pas à la classe qu'une multitude d'enfants ne partageaient pas sa bonne fortune.

À la récréation, Norah fut entourée et bombardée de questions, tout comme Dulcie l'avait été le premier jour. Charlie lui demanda même si elle pourrait lui montrer ses éclats d'obus. Quand Norah apporta sa collection après le dîner, les élèves de sixième vinrent l'admirer aussi.

Norah pensait qu'après ça elle serait populaire, comme autrefois à Ringden. Mais bien qu'on fût bienveillant à son égard maintenant, elle était encore exclue des activités qu'elle aimait. Dans cette école, la règle tacite selon laquelle les garçons et les filles ne jouaient pas ensemble n'était jamais enfreinte. Quand elle demanda aux garçons si elle pouvait se joindre à leur partie de football, ils se contentèrent de marmonner que «les filles ne jouent pas au football» d'un air gêné.

Au lieu de cela, elle allait parfois sauter à la corde avec les filles, qui lui apprirent un tas de nouveaux refrains. Mais quand elle jouait avec les filles, elle s'en voulait d'abandonner Bernard. Il était encore malmené, surtout si Norah n'était pas avec lui.

— Vous ne pouvez pas le laisser tranquille? cria Norah à Charlie, un jour qu'ils avaient peint une croix gammée sur sa bicyclette.

— Tu ne comprends pas, dit Charlie en se sauvant avant que Norah puisse le contredire.

— On devrait le dire à M. Evans! dit Norah, mais Bernard ne voulut pas.

— Il le sait. Il a même parlé à Charlie, mais ça ne change rien. (Bernard essaya d'enlever la croix noire en la grattant.) Penses-tu que Paige aurait de la peinture pour couvrir ça?

Norah frappa le sol gelé avec son talon d'un geste rageur. Il y avait des choses qu'elle ne pouvait pas changer.

Le temps se refroidit tant et si bien qu'une partie de la cour de l'école fut, à l'aide de tuyaux d'arrosage, transformée en patinoire. Tante Mary conduisit Norah et Gavin à la cave, où elle ouvrit une armoire pleine de patins, de skis et de bâtons de hockey.

— Je suis sûre qu'on va trouver ce qu'il te faut, dit-elle. Tiens, ceux-ci devraient t'aller, Norah!

Les bottines noires, à lacets, étaient pourvues de lames étincelantes. Pour Gavin, il y avait des patins à deux lames qui s'attachaient à ses caoutchoucs. Tante Mary essuya la poussière de ses propres patins et fit aiguiser les trois paires. Puis elle les emmena patiner.

L'hiver précédent, quand l'étang du village avait gelé, Norah avait souhaité avoir des patins. Elle pensait qu'elle saurait patiner immédiatement, mais, les premières minutes, elle glissa et dérapa sur la glace dure. Bientôt, cependant, elle put faire quelques glissades hésitantes, en tenant la main de Tante Mary. Gavin piétinait gaiement sur la glace, sans glisser vraiment.

À la surprise de Norah, Tante Mary patinait très bien. Sa silhouette grassouillette devenait gracieuse quand elle se mettait à faire des pirouettes, à patiner à reculons et même à exécuter de petits sauts.

— Que c'est amusant! s'écria-t-elle en riant. Je craignais d'avoir oublié. Sais-tu que j'ai autrefois gagné une coupe de patinage artistique?

Elle apprit à Norah à garder son équilibre et, quand vint la fin de l'après-midi, Norah pouvait faire tout le tour de la patinoire toute seule sans tomber. L'air froid lui soufflait sur les joues à mesure qu'elle tentait d'accélérer. Elle avait l'impression de voler.

Paige et Bernard arrivèrent et on commença une partie de hockey. Quand elle se termina, Norah était tombée tant de fois qu'elle avait les genoux, les coudes et le derrière endoloris et mouillés. Mais elle mourait d'envie de revenir patiner le lendemain.

Gavin eut six ans à la fin de novembre et Tante Florence donna une grande fête d'anniversaire en son honneur. Tous les enfants de sa classe furent invités, ainsi que les Worsley et les Smith. Bernard aussi: Gavin avait beaucoup insisté pour qu'il fût de la fête. Un magicien professionnel exécuta des tours de magie, puis les grands parmi les enfants organisèrent des parties de chaises musicales, du jeu de l'âne, et de colin-maillard. Enfin ils s'assirent tous autour de la table de la salle à manger pour goûter au gâteau et à la crème glacée.

Le visage de Gavin rayonnait presque autant que ses six bougies. Il avait reçu d'innombrables jouets et livres; le plus gros était un camion de pompiers rouge qu'il pouvait conduire lui-même. Mais son cadeau préféré était un minuscule chandail que Hanny avait tricoté pour Créature avec des curedents. Norah ne craignait plus qu'il soit trop gâté. Gavin, avait-elle décidé, était tellement lui-même que personne ne pouvait gâcher sa nature.

Quand la plupart des invités furent partis, les Ogilvie, M. et Mme Worsley, Norah et Paige s'affalèrent dans les fauteuils du salon. Barbara et Daphné s'étaient emparées du jeu de Meccano de Gavin et étaient en train de lui apprendre à s'en servir dans sa chambre.

— Si nous prenions un verre, gémit Tante Florence. J'avais oublié à quel point une fête d'anniversaire peut être épuisante.

Le salon était sens dessus dessous: chapeaux de fête, ballons crevés, serpentins et papiers d'emballage gisaient épars sur le tapis.

— Voulez-vous qu'on commence à ranger? demanda Norah.

— La femme de ménage le fera demain, dit Tante Florence avec soulagement.

Norah pensa à la fête de Gavin, l'année précédente. Il n'avait invité que deux amis, mais ils avaient fait presque autant de dégâts que les trente enfants d'aujourd'hui. Maman avait passé toute la soirée à remettre la maison en ordre.

Aujourd'hui, Maman pensait probablement aux six ans de Gavin. Et Papa, Grand-père, Muriel et Tibby aussi. Il devait leur manquer terriblement. Elle se demanda si Maman ferait quand même un gâteau, bien que ce soit difficile cette année, avec le rationnement. Norah eut soudain une telle envie de se retrouver parmi les siens qu'elle ramassa un magazine pour cacher ses yeux pleins de larmes.

Paige se grattait sous sa robe en organdi rose.

— J'aimerais bien pouvoir ôter cette robe, elle me pique, murmura-t-elle à l'intention de Norah. J'aimerais la donner à ton amie Dulcie. Elle n'a pas arrêté de me dire comme elle l'aimait.

— C'est plus fort qu'elle, dit Norah machinalement.

Elle avait étouffé ses larmes et maintenant écoutait attentivement les grandes personnes, qui sirotaient leurs consommations et parlaient du «Blitz».

— D'abord Londres et Coventry, maintenant Southampton et Bristol, dit M. Worsley en soupirant. Quand cela va-t-il finir?

— Oui, quand? demanda Norah avec désespoir, d'une voix qui se brisait.

Il lui répondit avec précaution:

— Personne ne sait, Norah. Pas avant longtemps, j'en ai bien peur. (Il lui sourit.) C'est dur, je sais, mais nous sommes contents que Gavin et toi soyez là pour aussi longtemps que la guerre durera.

— Elle est très courageuse d'avoir enduré tout ce qui lui est arrivé jusqu'ici, dit Tante Florence.

Chaque fois qu'elle disait quelque chose d'aussi flatteur à son égard, Norah s'en étonnait.

Paige rit sous cape.

— Durcis-toi, Norah: endure tant que ça dure!

— C'est malin, dit son père d'un ton sec. Mais en attendant cesse de crâner.

Norah poussa un soupir. «Durcir», et «endurer», et «durer», étaient des mots durs, qui décrivaient des choses dures à faire. Peut-être que maintenant elle allait pouvoir endurer. Dans le mois qui venait de s'écouler elle s'était «adaptée»; elle avait même cessé de mouiller son lit.

À présent elle pouvait écrire de longues lettres, non censurées, à sa famille et dire honnêtement qu'elle se portait bien. Mais cela ne voulait toujours pas dire qu'elle voulait être ici.

21

La Bonne Nouvelle

Norah fit une boule de neige et la lança aux pieds de Dulcie. Paige, Barbara et Daphné, en manteaux de tweed identiques, se couchèrent l'une à côté de l'autre sur le sol et essayèrent de faire des anges dans la neige jusqu'à ce que leur mère les somme de se relever. Tout autour du portail de l'église Saint-Pierre, des enfants se lançaient poliment des boules de neige qui rataient leur cible, ou raclaient la neige de leurs talons impatients, ne pouvant jouer comme ils voulaient dans leurs vêtements du dimanche, alors qu'ils étaient cernés de toutes parts par des adultes.

Norah se rapprocha imperceptiblement du groupe qui comprenait les deux Ogilvie. Peut-être que si elle avait l'air suffisamment affamé, elles finiraient par comprendre et prendraient le chemin du retour. Tous les dimanches, Tante Florence et Tante Mary parlaient aux autres membres de la congrégation avant le service religieux, chuchotaient entre elles à leur sujet pendant l'office et restaient à bavarder en petits groupes à la sortie. Il en avait été de même à Ringden. Les grandes personnes semblaient aller à l'église pour s'observer mutuellement, échanger des commérages, et perdre un temps précieux. La nuit dernière il avait encore neigé. Il était presque midi, et Norah n'était toujours pas libre d'en profiter.

— Puisque c'est leur premier Noël loin de chez eux, nous allons faire en sorte que ce soit aussi mémorable que possible, disait Tante Mary.

— Oh, nous aussi! répondait Mme Milne avec empressement. Nous avons si peur que Derek, Dulcie et Lucy aient le mal du pays, bien qu'ils se débrouillent exceptionnellement bien depuis leur arrivée. Cela a changé nos vies, savez-vous, d'avoir ces enfants parmi nous.

Tante Mary dit doucement:

— Oui... cela a changé la nôtre, aussi.

Enfin, les dernières poignées de main et les dernières salutations furent échangées, et les enfants furent libérés de leur attente. Norah et Gavin coururent devant, soulevant des nuages de neige étincelante.

Norah pensait à Noël. Quoi que fassent les Ogilvie, elle savait bien que Noël ne pourrait jamais être pareil au Canada. Elle ralentit, traînant une branche derrière elle sur le trottoir. Alors que la maisonnée des Ogilvie s'affairait à des préparatifs de grande envergure, elle ne pouvait penser à rien d'autre qu'à ce que sa famille était en train de préparer chez elle.

— Est-ce que tu peux m'aider à faire un bonhomme de neige après le dîner, Norah? demanda Gavin.

Norah acquiesça d'un signe de tête. Plus elle s'occupait, et moins elle avait de temps pour s'ennuyer des siens.

L'achat de cadeaux était une chose qui l'empêchait de broyer du noir. Elle avait aidé Hanny à remplir un énorme panier de provisions pour sa famille. Elles y avaient mis un pudding de Noël, des gâteaux, des conserves de fruits et de poisson, et un jambon entier. Norah frétillait de joie en pensant au plaisir que les siens en retireraient.

— Avant que tu n'arrives, la guerre paraissait si lointaine, dit Hanny. Maintenant, c'est notre guerre aussi.

Tante Mary les avait emmenés chez Woolworth, acheter le restant de leurs cadeaux.

— Hugh et moi faisions tous nos achats ici quand nous avions votre âge, expliqua-t-elle.

Elle donna à Norah et Gavin un dollar chacun et les laissa à eux-mêmes. Ils passèrent une heure à parcourir séparément le magasin bondé de monde.

Norah choisit un mouchoir pour Tante Mary, du parfum «Soir de Paris» pour Tante Florence et un paquet d'épingles à cheveux pour Hanny. Bien qu'Édith lui fût encore manifestement hostile, elle trouva un peigne violet pour elle. Au département des jouets elle trouva des pistolets à eau pour Paige et Bernard et, pour Dulcie, du simili rouge à lèvres. Puis elle se rappela Mlle Gleeson et lui acheta un signet, sur lequel était inscrit «C'est ici que je me suis endormie». Son panier fut bientôt rempli de cadeaux. Elle en connaissait du monde, au Canada!

Elle n'arrivait pas à se décider au sujet de Gavin. Il avait une multitude de voitures, d'avions et de soldats. Elle s'engagea dans une allée d'où provenaient des bruits d'oiseaux et découvrit des perruches criardes au plumage vivement coloré. Gavin aurait adoré en avoir une, mais elles coûtaient trop cher. C'est alors qu'elle vit un aquarium où évoluaient de scintillants poissons rouges. *Cinq cents*, disait la pancarte. C'était parfait.

Elle trouva un vendeur qui plongea un petit filet dans l'aquarium et en sortit le poisson de son choix, le plus gros et le plus brillant. Il le mit dans une petite boîte en carton ciré muni d'une poignée en fil de fer, qu'il avait d'abord remplie d'eau. Il restait à Norah juste assez d'argent pour acheter de la nourriture à poisson. Elle jeta un coup d'œil dans la boîte et regarda le poisson rouge tourner en rond dans son domicile provisoire. Elle demanderait à Hanny de lui donner un bocal pour le poisson et le cacherait dans sa garde-robe jusqu'à Noël.

Quand elle retrouva Gavin, après avoir passé à la caisse la première, afin de pouvoir cacher le poisson rouge dans son sac, elle s'aperçut qu'il avait acheté des boules à mites pour tout le monde.

— Ça dit «utile» sur l'emballage, expliqua-t-il, en prononçant soigneusement. J'aime l'odeur, aussi.

Le prochain signe avant-coureur de Noël fut une énorme réception donnée par un propriétaire de magasin fortuné en l'honneur de tous les invités de guerre de la ville de Toronto. Norah se rappela que Mlle Carmichael leur en avait parlé. Elle n'avait pas envie de se sentir à nouveau comme si elle venait d'arriver.

— Est-ce qu'il faut que j'y aille? demanda-t-elle.

Mais Tante Florence insista:

— Et je t'en prie, Norah, laisse-moi t'acheter une robe neuve. Tu en auras besoin pour le dîner de Noël de toute façon, et puis tu ne peux tout simplement plus continuer à porter cette vieille robe de laine.

— Maman m'a dit dans sa dernière lettre qu'elle était en train de me raccourcir une de ses propres robes.

— Mais cela n'arrivera pas à temps pour la réception. Je veux que tu sois élégante... après tout, c'est une grande occasion. Et ils vont penser que je ne m'occupe pas bien de toi si tu portes une vieille robe.

— D'accord, céda Norah avec un soupir.

Courir les grands magasins était une telle perte de temps, alors qu'elle aurait pu être en train de faire du toboggan.

Tante Florence l'emmena en ville dans un magasin chic où l'on marchait sur du tapis épais et où les murs étaient couverts de miroirs. Toutes les vendeuses semblaient savoir qui elle était.

— Par ici, madame Ogilvie, dit la dame responsable. Aimeriez-vous vous asseoir?

Elle emmena Norah à une salle d'essayage et lui apporta des robes.

Norah commença à être intéressée malgré elle. La plupart des robes avaient trop de fanfreluches, comme celles que portait Dulcie. Mais il y en avait une qui lui plut immédiatement. Elle était en velours rouge, à col et à poignets blancs. Quand elle l'essaya, la richesse et la lourdeur de l'étoffe lui firent une impression de douillette sécurité.

— J'aime celle-là, dit-elle, en sortant se montrer. Elle passait et repassait ses mains sur le velours avec un plaisir évident.

— Mais tu ne veux pas essayer les autres?

— Non, merci!

Tante Florence examina la robe sous toutes ses coutures, en acheteuse avisée qu'elle était.

— Il est certain qu'elle te va très bien, avec tes cheveux foncés. (Elle se retourna vers la vendeuse.) Auriez-vous un bandeau pour aller avec?

— Bien sûr, madame Ogilvie.

La gérante s'esquiva et revint à court d'haleine, avec un étroit bandeau rouge, parfaitement assorti. Il donnait à Norah l'air soigné en dégageant ses cheveux de sa figure et était beaucoup plus confortable qu'un nœud, qu'elle trouvait gênant, ou une barrette, qui grattait la tête.

— Très bien, nous le prenons. Tu as bon goût, ma chère. Maintenant il nous faut des souliers.

Tante Florence acheta à Norah des chaussures en cuir verni noir et des chaussettes blanches. Norah regarda furtivement la facture quand tout fut additionné et n'en crut pas ses yeux. Même en livres sterling, c'était une somme énorme.

— C'est terriblement cher, Tante Florence.

— Ne dis pas de bêtises. C'est un plaisir d'avoir quelqu'un pour qui dépenser de l'argent.

Norah ravala son orgueil et la remercia.

— Oh! Norah, regarde! s'écria Tante Florence. (Elle tenait une culotte courte en velours rouge.) Est-ce que ce n'est pas mignon? Gavin serait adorable là-dedans, et cela irait avec ta robe. Je vais en prendre une, un six ans.

Quand elles furent rentrées à la maison, Gavin regarda la culotte et se rebiffa au premier coup d'œil.

— Je ne l'aime pas. Merci quand même, ajouta-t-il, d'un ton poli mais ferme.

Tante Florence était surprise; c'était la première fois que Gavin se rebellait.

— Eh bien! peut-être qu'en effet cette culotte fait un peu jeune pour toi, reconnut-elle. Je vais la rendre et tu n'auras qu'à porter ton costume marin pour la réception.

Gavin sourit. Il aimait son costume marin parce qu'il était orné d'un sifflet.

Tante Mary les déposa à l'hôtel Royal York, où la réception avait lieu. C'était le même édifice imposant où Norah et Gavin s'étaient réfugiés le jour où ils s'étaient sauvés; Tante Mary leur dit que c'était l'édifice le plus élevé de tout l'Empire. Une femme les conduisit à une immense salle de bal remplie d'enfants endimanchés. Dans le charivari de petites voix criardes, Norah prit la main de Gavin dans la sienne.

— Si ce n'est pas Norah et Gavin! s'écria Mlle Carmichael en se précipitant vers eux et en les embrassant. Que vous avez l'air bien, tous les deux! Vous avez pris du poids: notre cuisine canadienne a l'air de vous convenir. Quelle robe ravissante, Norah! Est-ce que vous êtes bien installés maintenant? Vous aimez votre école?

— Oui, merci.

Norah répondit poliment à toutes ses questions et Gavin se mit à lui parler de ce qu'il faisait en première année. Mlle Carmichael était bonne, constata Norah. Elle avait été la bonté même dans la résidence aussi, mais Norah avait été trop malheureuse pour s'en apercevoir. Cette semaine mouvementée de leurs vies semblait bien loin à présent.

— Tu commences à perdre ton accent, Gavin, dit Mlle Carmichael. Quand viendra le moment de rentrer en Angleterre, tu parleras comme un Canadien! Ton accent aussi est en train de changer, Norah!

Était-ce possible? Norah ne voulait pas perdre son accent. Ce n'était pas juste que cela puisse arriver sans son consentement.

Dulcie et Lucy les trouvèrent et ils se dirigèrent tous ensemble vers le buffet.

— Derek n'a pas voulu venir, dit Dulcie. Il dit qu'il n'a plus l'âge de venir à une fête pour enfants et qu'il est canadien maintenant, et pas un invité de guerre. J'adore ta robe, Norah!

Norah était confuse. Elle ne voulait être ni canadienne ni une invitée de guerre; elle voulait simplement être elle-même. Mais les longues tables chargées de nourriture la distrayèrent. Elles regorgeaient de gâteaux de Noël, de punch, de petits fours et de plats de bonbons. Norah dut empêcher Gavin de se remplir les poches. Elle reconnut des enfants rencontrés sur le SS *Zandvoort* et ils formèrent un cercle et se mirent à comparer leurs nouvelles familles.

— Nous avons un chien! dit Johnnie, tout fier de lui.

— Je vis chez mon oncle et ma tante dans une petite ville en dehors de Toronto, dit Margery. J'ai mes poulets à moi et je vends les œufs.

Norah l'envia un instant; elle aurait bien aimé être envoyée dans un endroit qui ressemblait davantage à celui d'où elle venait. Mais alors, elle ne serait pas avec les Ogilvie. Elle n'arrivait pas à se l'imaginer, tant elle était habituée à elles, maintenant.

Le fait de revoir des enfants du bateau lui fit se demander comment était Jamie; elle l'avait complètement oublié.

— J'ai tellement hâte à Noël, pas toi, Norah? lui demanda Dulcie. On va assister à une pantomime au Théâtre Royal Alexandra. Tante Dorothy va t'inviter aussi.

Norah ne voulut pas désabuser Dulcie en lui disant que Noël au Canada ne serait pas comme ceux qu'elle avait connus jusqu'ici.

Un homme demanda le silence et présenta leur hôte. Tout le monde applaudit et une des grandes parmi les jeunes Anglaises fit un bref discours de remerciement:

— Nous sommes tous émus et reconnaissants de l'accueil que nous ont fait les Canadiens dans leurs foyers, dit-elle. Montrons-leur notre appréciation, tout le monde.

Il y eut de nouveaux applaudissements et un des adultes entonna *There'll always be an England*. Norah leva les yeux au ciel, mais finit par chanter avec les autres. À cette réception, tout se passait comme au commencement: ils étaient tous entassés dans une salle à écouter des discours et des chansons. Mais cela ne la dérangeait plus; ce n'était plus important.

— Ce n'était pas si mal, avoua-t-elle à Tante Florence en rentrant. (Mais elle était contente d'en avoir fini.)

— C'était formidable! dit Gavin, la bouche pleine de fudge. Je suis content qu'on soit des invités de guerre.

— Pas moi! décréta Norah, oubliant de se montrer reconnaissante.

Tante Florence jeta un coup d'œil dans sa direction.

— Cela a dû être terrible pour tes parents de prendre la décision de se séparer de vous. Mais, puisqu'il l'ont fait, je suis heureuse que ce soit chez nous qu'on vous ait envoyés.

À l'école, tout le monde était maintenant tellement surexcité par l'approche des vacances de Noël que, pour la première fois, Mlle Liers avait peine à maintenir l'ordre. Elle essayait de leur faire chanter chaque matin un chant de Noël, mais ils passaient leur temps à changer les paroles pour rigoler.

— Ça suffit! On ne chantera pas du tout si vous vous conduisez aussi stupidement!

Elle referma le couvercle du piano avec fracas. Norah partagea le fou rire étouffé de ses camarades. Pauvre Mlle Liers: elle ne semblait jamais avoir envie de s'amuser!

Un après-midi, alors que Norah allait prendre Gavin à la sortie des classes, comme d'habitude, elle vit d'autres enfants britanniques qui se tenaient dans le vestiaire des première et deuxième années, faisant une mine d'enterrement. Dulcie essayait de consoler Lucy qui pleurait.

— On n'a pas eu les cadeaux... sanglotait-elle.

— Que se passe-t-il? demanda Norah.

Gavin et Lucy essayèrent de lui expliquer.

Après le dîner, une équipe de tournage était arrivée à l'école Prince Edward pour faire un film sur tous les invités de guerre de la maternelle à la deuxième année. Ils allaient l'envoyer en Angleterre pour que les parents puissent voir leurs enfants en train de passer un joyeux Noël au Canada.

— Il nous a emmenés dans le gymnase et il y avait un énorme arbre de Noël, disait Lucy en hoquetant. Il y avait toutes sortes de cadeaux sous l'arbre.

— Le monsieur a dit que ce n'était que des boîtes vides, dit Gavin gravement. Il a dit qu'on devait les ouvrir et faire semblant que c'était des cadeaux, parce que c'était une espèce de jeu qu'on jouait pour le film.

— Mais ils n'étaient pas vides du tout! dit Lucy. Il y avait des poupées et des jeux et le mien était une boîte à musique qui jouait *Somewhere Over the Rainbow*. (Elle se remit à pleurer.) Mais, à la fin du film, il a fallu tous les rendre. Il a dit que tous les jouets appartenaient à ses enfants!

— Ne t'en fais pas, dit Dulcie. Bientôt ce sera vraiment Noël et tu auras des cadeaux que tu pourras garder.

Norah se demanda si ses parents verraient le film. Elle ne s'était jamais doutée que le fait d'être évacués leur vaudrait tant d'attention: des foules pour les accueillir, leur photo dans les journaux, des messages radiophoniques, des princesses et maintenant un film.

La semaine suivante, on diffusa à la radio un autre message, un message beaucoup plus personnel que celui de la princesse Elizabeth.

— J'ai une merveilleuse surprise pour vous, Norah et Gavin, dit Tante Mary avec un sourire rayonnant. La CBC va diffuser des messages au Canada de la part de vos parents. Ils ne peuvent pas nous donner l'heure exacte, mais après l'école aujourd'hui, il se peut que vous entendiez leurs voix.

Norah n'en put croire ses oreilles, jusqu'au moment où ils se pressèrent tous autour de la radio, cet après-midi-là. Du coffre en bois verni leur parvenaient faiblement des voix à l'accent britannique, lointaines et émues: «Tiens bon, Tim... Vous nous manquez Kathleen et David... Joyeux Noël, Margaret...» Avant chaque message, l'annonceur disait le nom de la famille concernée.

À mesure que l'émission se poursuivait, la gorge de Norah se resserrait de peur. Elle pensa à son cauchemar. Depuis qu'elle l'avait fait, elle attendait encore plus impatiemment qu'avant les lettres de sa famille pour se rassurer et se convaincre qu'ils étaient sains et saufs. Mais elle n'avait rien reçu depuis deux semaines. Si elle n'entendait pas la voix de ses parents aujourd'hui, cela voudrait dire que le pire était peut-être arrivé.

C'est alors que l'annonceur dit:

— Et maintenant, nous avons un message pour Norah et Gavin Stoakes, chez les Ogilvie de Toronto.

La voix légère de sa mère remplit la pièce silencieuse.

— Allô, Norah et Gavin. On veut que vous sachiez que vous nous manquez et qu'on vous aime. (Sa voix flancha à la fin.) Ici Papa. Passez un très joyeux Noël. Tout le monde va bien et Grand-père et les filles vous embrassent.

Ce fut tout.

Gavin s'était figé dès qu'il avait entendu la voix de sa mère. Quand le message fut terminé il resta un instant bouche bée; puis il se mit à bredouiller:

— C'était Papa et Maman! Tu as entendu, Norah? Vous avez entendu, Tante Florence? C'était ma maman!

Il regarda Tante Florence d'un air de doute et sortit Créature de sa poche. Sur son visage se lisait la même expression que celle qu'il avait eue les premiers temps après leur départ.

— Mon pauvre petit... commença Tante Mary, mais sa mère lui lança un regard pénétrant.

— Oui je les ai entendus, Gavin, dit-elle. Comme ils semblaient près, tu ne trouves pas? Maintenant viens, on va aller lire une gentille histoire de Winnie l'Ourson.

Elle le mena hors de la pièce.

Ils avaient semblé *trop* près, pensa Norah. À cause de cela, elle avait encore plus de mal à accepter qu'ils fussent en réalité si loin. Comment leurs voix pouvaient-elles lui parvenir de l'autre côté de l'océan?

Elle se demanda où ils étaient allés pour envoyer leurs messages: à Londres? Maman avait dû mettre son tailleur gris et Papa avait dû faire semblant de ne pas s'énerver. Et Grand-père avait dû grogner parce qu'il n'avait pas pu les accompagner.

O-oh tidings of comfort and joy, avait chanté le chœur à la fin de l'émission. Paroles de réconfort et de joie. Et cela avait été réconfortant d'entendre leurs voix familières. Au moins elle savait qu'ils étaient sains et saufs. Mais pas réjouissant. Elle ne se réjouirait que si elle pouvait être avec eux pour Noël.

— Ça va, Norah? demanda Tante Mary, qui sortit le jeu de cribbage. Si on jouait une partie?

Norah jouait très bien au cribbage maintenant. Elle se concentra résolument sur sa tâche, qui consistait à s'assurer que sa fiche prenne de l'avance sur celle de Tante Mary.

L'après-midi de la veille de Noël, Norah aida Tante Mary à monter des cartes de Noël sur les cadres des tableaux qui ornaient les murs. On attendait le «clan Drummond», ainsi que l'appelait Tante Florence; quelques-uns des cousins de Montréal faisaient le voyage en voiture et allaient rester trois jours. Édith avait passé toute la matinée à se plaindre et à faire les lits dans les chambres d'amis. Trois petites-nièces allaient dormir dans la tour avec Norah sur des lits de camp et dans le lit supplémentaire. Celle-ci essayait de ne pas se tracasser en tentant vainement de s'imaginer à qui elle aurait affaire.

Elle n'avait jamais vu autant de cartes de Noël. Chez elle, ses parents en recevaient juste de quoi remplir le manteau de la cheminée, mais il en était arrivé des douzaines et des douzaines pour les Ogilvie.

— Vous devez connaître beaucoup de monde, dit-elle à Tante Mary.

— C'est que les Drummond et les Ogilvie sont deux familles très nombreuses et, comme Maman est l'aînée, tous les amis de la famille lui envoient des cartes. On n'arrive jamais à les monter toutes. Et l'ennui, quand on en reçoit tant, c'est le nombre qu'il faut en envoyer à notre tour.

Norah avait vu le livret que Tante Florence gardait à cet effet, avec ses longues listes de noms cochés de différentes couleurs suivant qu'ils représentaient des cartes reçues ou envoyées. Certains noms avaient été rayés, d'autres rajoutés; c'était comme un jeu compliqué.

Elle-même avait reçu cinq cartes de Noël. Il y en avait une du directeur de son école et deux, pour elle et Gavin conjointement, de la part de la mère de Joey et de Mme Curteis. Une autre était de Molly. Elle disait qu'elle était désolée que Norah ait été évacuée aussi, mais qu'elle espérait qu'elle s'amusait au

Canada. «Le pays de Galles est très pluvieux, écrivait-elle. Parfois j'ai le mal du pays, mais Papa et Maman vont venir passer Noël.»

La dernière carte avait un rouge-gorge anglais sur le devant. Elle disait:

Chère Norah,
Les combats aériens ont cessé alors il faut croire que la bataille d'Angleterre est terminée. Maintenant il y a des bombardements à Londres, à la place. On n'a plus de Guetteurs du ciel. C'est moi qui ai le plus d'éclats d'obus de tout le village. Quand reviens-tu?

Ton ami,
Tom

Ces deux cartes étaient si troublantes que Norah les avait mises sur le rebord de sa fenêtre sans les relire. Molly et Tom et ses autres amis de là-bas lui semblaient être des gens qu'elle avait connus dans une vie antérieure.

— Là! (Tante Mary descendit de son tabouret.) Je pense que nous sommes enfin prêtes.

Norah suivit son regard, qui faisait le tour du salon. Chaque tableau était surmonté de cartes. Il y avait de gros bouquets de houx dans des bols en argent sur les tables. Dans un coin se dressait le plus gros arbre de Noël que Norah avait jamais vu, et qui donnait à la pièce l'odeur d'une forêt.

— Allume les lumières, Norah, dit Tante Mary. Ils devraient arriver d'une minute à l'autre. Je vais aller aider Hanny dans ses préparatifs.

Norah brancha l'arbre. Elle et Gavin avaient aidé à le décorer de fragiles boules de verre, de flocons de neige faits au crochet et d'ampoules qui faisaient des bulles. À mesure que les lumières se réchauffaient, les boules commencèrent à se balancer doucement. Un ange aux ailes de gaze était perché au sommet de l'arbre.

C'était sans contredit un arbre magnifique... mais Norah pensait à un autre, le petit arbre que Papa coupait dans le bois chaque année et qu'on mettait sur la table dans le salon. Il n'y avait pas de lumières, mais les guirlandes argentées scintillaient à la lumière de la fenêtre. Elle se revit faisant des chaînes de papier; ouvrant un nouveau paquet de papier coloré qui comprenait parfois quelques bouts de papier argenté ou même doré, et s'asseyant avec toute la famille autour de la table de la cuisine pour coller les deux bouts de chaque languette de papier de façon à former des anneaux. On tendait ensuite les chaînes en guirlandes de coin en coin dans toutes les pièces de la maison; Papa les effleurait de la tête en passant. En dernier lieu on suspendait le gui au-dessus de la porte d'entrée et tous les visiteurs étaient immobilisés dessous pendant qu'on les embrassait, ce qui provoquait le fou rire général...

Norah cligna des yeux et regarda de nouveau l'arbre des Ogilvie. Il abritait une telle pile de cadeaux que ses branches inférieures y étaient ensevelies. D'autres encore s'entassaient contre le mur à côté de l'arbre. Beaucoup d'entre eux portaient son nom ou celui de Gavin. Il y avait un gros paquet enveloppé de papier brun et de ficelle. Il avait l'air bien quelconque à côté des autres dans leurs beaux emballages, mais il disait: Pour Norah, de Papa et Maman. Elle allait ouvrir celui-là en premier.

Un vague remous d'émotion se fit sentir au fond de Norah. Elle se pencha pour secouer le cadeau de ses parents. C'est alors que retentit le heurtoir de la porte d'entrée, ce qui lui fit aussitôt échapper le colis.

— Joyeux Noël! s'écriaient des voix venant du hall. Tante Florence! Tante Mary! Et qui est cet adorable petit? Tu dois être Gavin.

Une foule de gens, les bras chargés d'un plus grand nombre encore de cadeaux, entrèrent en procession dans le salon. Norah reculait à mesure qu'ils continuaient d'arriver. Tous avaient la démarche résolue et parlaient d'une voix retentissante. Quoi de plus intimidant qu'une pièce entière remplie de gens apparentés aux Ogilvie?

— Et voici Norah, notre autre invitée de guerre, dit Tante Florence.

Elle mit son bras autour de l'épaule de Norah en la présentant, et elle avait l'air fière d'elle. Son geste chaleureux donna à Norah le courage de répéter «Comment allez-vous?» autant de fois qu'il le fallut.

Lorsqu'ils furent tous installés avec un verre, elle commença à les observer de plus près. Il y avait cinq adultes et cinq enfants. Deux petits garçons de l'âge de Gavin allaient coucher dans sa chambre avec lui.

Les trois filles vinrent s'asseoir près de Norah avec leurs *Ginger ale*. L'aînée s'appelait Florence — Flo, s'empressa-t-elle de corriger. Elle avait quatorze ans et sa sœur Janet en avait onze. L'autre fille, Claire, avait douze ans. Elles bavardaient avec tant d'assurance que Norah recommença à se sentir comme une étrangère. Après tout, elles étaient vraiment de la famille, et non de simples invitées.

Janet paraissait la plus gentille des filles; elle avait un visage large et quelconque, et riait beaucoup.

— J'ai tellement hâte, je pense que je vais être malade! dit-elle à Norah. C'est généralement ce qui m'arrive à Noël.

— Je t'en prie, épargne-nous cette année, dit Flo.

Elle rejeta ses longs cheveux en arrière d'un coup de tête, prenant une allure sophistiquée. Claire se plaignait d'avoir été obligée de venir:

— C'est pareil tous les ans, expliqua-t-elle. C'est une tradition. Mais j'aurais préféré aller faire du ski avec mes amies à Montréal.

Sa mère, à côté d'elle, lui lança des yeux une mise en garde, et se mit à poser à Norah les questions habituelles.

— Tu dois te lasser de dire aux gens combien tu aimes le Canada, murmura Janet.

Norah lui sourit et se rapprocha d'elle sur le sofa.

— Es-tu déjà allée à *Gairloch*? demanda Janet.

— Oh oui! répondit Norah avec enthousiasme. (Elle n'avait pas repensé à Gairloch depuis quelque temps.) J'ai beaucoup aimé.

— Attends de le voir l'été! C'est l'endroit que j'aime le mieux au monde. On dort au-dessus de l'abri à bateaux et on s'amuse comme des folles. On sort en secret la nuit et on va se baigner à poil, et on attrape des grenouilles pour les lâcher dans le dortoir des garçons.

Tout cela intriguait Norah, tout en lui faisant un peu peur. Elle se rappela le lac aux ondes paisibles, l'écran d'arbres et le vieux chalet accueillant. L'été prochain, elle allait pouvoir y passer trois mois. L'été prochain...

Gavin et les deux plus jeunes cousins semblaient s'être transformés en un seul petit garçon extrêmement bruyant qui faisait des courses de voitures d'un bout à l'autre du hall.

— Du calme, vous trois! s'écria une des mères. Allez vous laver les mains pour le souper.

Tout le clan passa à la salle à manger. Le dîner était modeste en prévision du festin du lendemain: il y avait de la tourtière et une salade. Norah sursauta lorsqu'au dessert tout le monde se mit à chanter rythmiquement: «*Tu* cries, *On* crie, *Tout le monde* crie: *Crème à la glace!*» Hanny entra, portant un gros bol en verre plein de crème glacée.

Norah mangea la sienne en silence, se sentant à nouveau exclue. Combien d'autres rites étranges cette famille pratiquait-elle?

Après le dîner, tout le monde se groupa autour du piano et on chanta des cantiques tandis qu'un oncle jouait. Puis Tante Florence lut à haute voix un extrait du célèbre *Conte de Noël* de Dickens. Les petits garçons tombaient manifestement de sommeil. Malgré les protestations de Flo, on envoya les sept enfants se préparer à se coucher.

Chez elle, Norah aurait posé une chaussette de Papa en travers du pied de son lit, mais ici on pendait des bas de laine, tricotés à la main et joliment décorés, à des crochets sous le manteau de la cheminée. Tante Mary avait trouvé le sien et celui de Hugh pour Norah et Gavin, et les cousins avaient apporté les leurs. Gavin, qu'on avait emmené à la parade du père Noël en novembre, fut désigné pour disposer le verre de lait et l'assiette de petits gâteaux devant l'âtre.

— Maintenant au lit! dit Tante Florence en souriant. Le père Noël ne viendra qu'une fois que tu dormiras.

— Est-ce qu'il me trouvera ici? demanda Gavin anxieusement. Est-ce qu'il va penser que je suis encore en Angleterre?

Tante Florence l'embrassa.

— Il te trouvera, je lui ai dit où tu étais.

Gavin la dévisagea d'un air stupéfait, puis monta se coucher avec les autres.

Flo, Janet et Claire restèrent longtemps à parler, à rire et à se tourner et se retourner dans leurs lits étroits. Au début, Norah n'apprécia pas d'avoir à partager sa chambre avec trois inconnues, surtout quand elles lui dirent qu'elles y couchaient tous les ans à Noël. Elle voulait qu'elles sachent que c'était sa chambre maintenant, mais elle ne trouvait pas les mots pour le dire.

— Comment peux-tu supporter de vivre avec Tante Florence? demanda Flo. Elle est tellement autoritaire, elle pense qu'elle est la Reine!

348

Flo se leva, fourra son oreiller sous le plastron de sa chemise de nuit et le retint en place au moyen d'une ceinture. Puis, elle se promena dans la pièce en saluant à droite et à gauche: «Vous pouvez me baiser la main», dit-elle d'un air hautain.

Sur le coup, Norah fut choquée. Puis elle se mit à rire si fort que les autres durent lui taper dans le dos. Quel délice que de pouvoir être aussi coquine, de se moquer de Tante Florence avec quelqu'un d'autre qui la connaissait! Norah se mit à parler aux cousines avec autant d'aisance que si elle leur était réellement apparentée. Elle s'endormit au beau milieu d'une blague.

Quelque chose dans la pièce troubla le sommeil de Norah. Elle se retourna et sentit un poids sur ses pieds.

Bien sûr! son bas de Noël. Tante Florence ou Tante Mary — ou le père Noël, se dit-elle en souriant — avait dû entrer sur la pointe des pieds et le mettre là. C'était exactement la même sensation qu'à la maison, une des sensations les plus familières qu'elle connût, mais elle n'y pensait jamais, sauf à Noël. Tous les ans, depuis toujours, elle s'était réveillée à la pointe du jour en sentant sur ses pieds ce poids délicieux. Elle ne cédait jamais à l'envie d'y toucher que lorsque le matin était vraiment venu; elle se rendormait toujours immédiatement.

Mais, cette fois, elle ne se rendormit pas. La joie que lui causait le bas de Noël était la même, mais rien d'autre n'était pareil. Plus rien jamais ne le serait. Elle était loin de sa famille, dans un pays étranger, et elle y serait probablement encore longtemps.

Mais elle avait maintenant des moyens de s'en tirer. Une famille à laquelle elle commençait enfin à appartenir, avec l'attrait nouveau et inattendu d'une ribambelle de «cousins». Et la famille de Paige, et celle de Bernard. Peut-être fallait-il trois familles empruntées pour prendre la place d'une seule vraie famille. Elle se réjouissait d'avance d'aller à Gairloch cet été. Et d'abord et avant tout, il y avait Gavin.

Le poisson rouge de Gavin! Norah se leva sans faire de bruit et se rendit à sa garde-robe sur la pointe des pieds pour ne pas réveiller les autres. Le poisson rouge tout frétillant nageait autour de son bocal. Elle le prit avec précaution. Elle le descendrait à la chambre de Gavin et le mettrait bien en évidence pour qu'il le voie dès son réveil.

Norah descendit l'escalier à pas de loup et entra dans sa chambre. Elle ne le trouva pas tout de suite parmi les visiteurs. Il dormait paisiblement, la joue blottie contre Créature. Elle posa le bocal sur sa table de nuit et glissa dessous la carte qu'elle avait préparée: «Un très joyeux Noël à Gavin de la part de Norah». Elle resta quelques instants à regarder son visage. Quoi qu'il pût leur arriver d'autre pendant leur séjour au Canada, elle allait s'assurer que Gavin continue d'être le plus heureux possible.

Elle ne dormait toujours pas. C'était chouette d'être la seule debout de toute la maisonnée endormie. Elle décida de descendre en cachette voir l'arbre une dernière fois avant que tout le monde se lève. En bas, il faisait noir et froid, mais une fois qu'elle eût branché l'arbre, le salon se ranima. Dans l'obscurité, les lumières brillaient d'un éclat encore plus glorieux qu'elles ne le faisaient de jour. Norah resta devant l'arbre, les mains tendues, à les regarder changer de couleur.

Soudain, elle eut le souffle coupé. Accotée à une chaise près de l'arbre, elle venait d'apercevoir une superbe bicyclette flambant neuve. Elle lut la carte attachée au guidon en retenant son souffle: «Joyeux Noël à Norah, avec mon affection, Tante Florence.»

C'était une Hurricane, comme celle de Paige, de couleur bordeaux à rayures or. Elle était même pourvue d'un réflecteur à dynamo et d'un gros panier en osier. Elle passa ses mains sur le chrome et la selle en cuir lisse, n'osant toujours pas en croire ses yeux. Quand ils joueraient aux chevaux, elle l'appellerait «Hurricane», en l'honneur des avions du même nom.

Une bicyclette, cela signifiait la liberté. Cela voulait dire que Tante Florence lui faisait confiance et la connaissait assez bien pour deviner ce qui lui plairait le plus. Norah mourait d'envie de monter dessus, de continuer à la caresser; mais elle n'avait pas le droit d'être là, de voir son cadeau avant le matin de Noël. Elle se dépêcha de débrancher l'arbre et remonta se coucher en vitesse. Elle se tortilla en grelottant dans son lit en attendant de se réchauffer, rigolant tout bas. Une bicyclette!

Dehors, dans la rue elle entendit la neige crisser sous les pieds d'un passant. Une voix d'homme et une voix de femme chantaient doucement: «Douce nuit, Sainte nuit...». Norah s'assit et ouvrit les rideaux. Soudain elle débordait de joie, de la joie magique de Noël qui revenait chaque année. C'était le même Noël, en dépit de tout. Si Noël se déroulait au Canada comme il le faisait chez elle, peut-être que d'autres bonnes choses resteraient aussi les mêmes.

Norah regagna à nouveau son lit d'un bond qui fit tinter le grelot de son bas de Noël. Elle resta couchée sur le dos à regarder les pâles nuages couleur d'étain, dehors. Sa respiration était légère et facile, comme si un grand poids venait de lui être ôté. Tout ce qui tombait du ciel à présent était une douce neige blanche.

POSTFACE

Pendant la Deuxième Guerre mondiale, près de 15 000 enfants anglais furent évacués dans des pays d'outre-mer. Presque 8000 d'entre eux vinrent au Canada; la plupart furent parrainés par des particuliers, mais 1500 enfants furent secourus par le *Children's Overseas Reception Board* (Comité d'accueil pour les enfants d'outre-mer). Parmi ces enfants parrainés par l'État, environ le tiers furent, comme Norah et Gavin, placés chez de parfaits étrangers.

La réaction des Canadiens en face de la situation des enfants anglais fut extraordinairement chaleureuse; il est probable qu'un plus grand nombre encore d'enfants auraient été accueillis si le *City of Benares* n'avait pas été torpillé, mettant fin à tout plan d'évacuation pour l'avenir. On trouvera dans *The Guest Children*, de George Bilson, le seul ouvrage entièrement consacré à ce sujet jusqu'à présent, un compte rendu fascinant de la participation du Canada.

Mon livre toutefois est un roman. Il ne fait nul doute que nombre d'enfants, qui furent envoyés au Canada, vécurent une grande aventure et y trouvèrent des foyers chaleureux et accueillants. J'ai essayé d'imaginer une enfant pour qui ce n'aurait pas été le cas. Ma description des événements de la guerre est aussi fidèle que possible, venant d'une personne née tout de suite après. Les lieux principaux sont également réels. Mais la plupart des détails, comme le village de Norah, le bateau, son école, la bibliothèque locale et surtout les personnages, sont fictifs.

Je n'aurais pas pu écrire ce livre sans l'aide de nombreuses personnes. Merci à Bryan Bacon; à Auriol Hastie; à Jacquetta, à Shaun et au regretté Pat Jackson; à Kay et à Sandy Pearson; à Kathleen Tankard et à Alan Woodland, pour m'avoir fait part de leurs expériences de la guerre; à David Conn, pour ses précieux conseils au sujet de la bataille d'Angleterre; à Sarah Ellis et à Jean Little pour avoir lu le manuscrit; à Patrick Dunn, qui m'a procuré des livres des quatre coins du continent; à David Kilgour pour son travail de détective; et à Vicki Lazier et à Christine McMeans pour s'être rappelées une chanson de famille. J'aimerais surtout remercier Alice Kane, de qui j'ai entendu pour la première fois l'histoire d'*Alenouchka et son frère*, et dont le souvenir de l'avoir racontée à des enfants évacués m'a inspiré ce livre.

Table des matières

Lithographié au Canada
sur les presses de
Metrolitho inc. – Sherbrooke